À PROPOS DE L'AUTRICE

Archiviste le jour, c'est la nuit qu'Angeline Peyre se consacre à l'écriture de romances du temps passé. Incorrigible romantique, elle compte sur la magie de la rencontre amoureuse pour élargir les horizons et faire découvrir l'Histoire sous un autre jour.

À Marianne, mon éditrice de cœur,
pour sa patience et ses précieux conseils.

La fiancée du désert

Collection : VICTORIA

© 2024, HarperCollins France pour la traduction française.

Tous droits réservés, y compris le droit de reproduction de tout ou partie de l'ouvrage, sous quelque forme que ce soit.
Toute représentation ou reproduction, par quelque procédé que ce soit, constituerait une contrefaçon sanctionnée par les articles 425 et suivants du Code pénal.

Si vous achetez ce livre privé de tout ou partie de sa couverture, nous vous signalons qu'il est en vente irrégulière. Il est considéré comme « invendu » et l'éditeur comme l'auteur n'ont reçu aucun paiement pour ce livre « détérioré ».

Cette œuvre est une œuvre de fiction. Les noms propres, les personnages, les lieux, les intrigues sont soit le fruit de l'imagination de l'auteur, soit utilisés dans le cadre d'une œuvre de fiction. Toute ressemblance avec des personnes réelles, vivantes ou décédées, des entreprises, des événements ou des lieux serait une pure coïncidence.

HARPERCOLLINS FRANCE
83-85, boulevard Vincent-Auriol, 75646 PARIS CEDEX 13
Service Clients — www.harlequin.fr
ISBN 978-2-2804-9596-7 — ISSN 2493-013X

Édité par HarperCollins France.
Composition et mise en pages Nord Compo.
Imprimé en janvier 2024 par CPI Black Print (Barcelone)
en utilisant 100% d'électricité renouvelable.
Dépôt légal : février 2024.

Pour limiter l'empreinte environnementale de ses livres, HarperCollins France s'engage à n'utiliser que du papier fabriqué à partir de bois provenant de forêts gérées durablement et de manière responsable.

ANGELINE PEYRE

La fiancée du désert

1

Blancastel (Qasr al-Charak), Royaume de Jérusalem,
Seigneurie d'Outre-Jourdain, juin 1185

Aude balaya une nouvelle fois du regard le champ clos où devaient s'affronter les chevaliers. Du haut de l'estrade seigneuriale, elle voyait parfaitement le long rectangle de terre assigné aux joutes et, sur les côtés, les tentes de toile qui abritaient encore les combattants. Leurs destriers, somptueusement harnachés pour la plupart, étaient déjà prêts. Caparaçonnés de tissus aux couleurs vives, la tête protégée par un chanfrein de métal délicatement ciselé, ils piaffaient d'impatience près des barrières. À quelques pas, sous l'œil fasciné des petits pages, les écuyers finissaient de briquer écus et armes de combat. Soigneusement alignées le long des pavillons, lances, épées, haches et masses brillaient sous la lumière crue de midi.

Çà et là, le vent chaud et sec faisait claquer les immenses bannières qui se dressaient. La jeune femme soupira. Tout à l'heure, hommes et bêtes s'élanceraient les uns contre les autres sous les cris de la foule. Elle n'appréciait guère ce simulacre de guerre mais le spectacle à venir lui rappelait si fort ses derniers moments de bonheur qu'elle se détendit soudain. Malgré la chaleur presque insupportable, en fermant les yeux, elle arriverait peut-être à se croire revenue chez elle, à Chécy, au cœur du royaume de France.

Pleine d'espoir, elle abaissa ses paupières et revit en pensée

7

ce jour où elle avait assisté à la victoire de son père contre les nobles barons au grand tournoi annuel de la bonne ville d'Orléans. Lui, un simple chevalier, leur avait fait tour à tour mordre la poussière, à tous, sans exception. Il avait remporté haut la main le trophée et avait dédié sa victoire à sa fille chérie, son unique enfant. Fière au-delà de tout, elle avait couru vers lui malgré le danger qu'il y avait à traverser le champ clos encore empli d'hommes en armes et de chevaux rendus nerveux par les assauts. Son père l'avait soulevée d'une seule main et l'avait installée à ses côtés sur la selle en la sermonnant doucement. À treize ans révolus, elle était presque une femme et devait se comporter comme telle, non comme une gamine écervelée. Puis il l'avait serrée plus fort et tous deux avaient fait le tour de la lice devant la noble assemblée. Blottie tout contre lui, elle s'était sentie invincible.

Aude serra les poings, indifférente à la rumeur qui montait progressivement de la foule, et une larme coula sur sa joue pâle. Si seulement elle pouvait remonter le temps et revenir à cet instant précis où tous deux avaient repris la route vers leur demeure, fiers et impatients de conter les exploits du combattant à la maisonnée. En priant fort le Seigneur, leur vie n'aurait peut-être pas basculé dans l'horreur.

Mais non, jamais elle ne pourrait inverser le cours des choses. Déçue, elle ouvrit les yeux. Rien, décidément, n'était pareil. Aucun visage familier en vue. Et là, autour d'elle, poussée par le vent du désert, une fine poussière de pierre couvrait déjà les tribunes, tandis que la chaleur accablante trempait sa robe trop ajustée.

— Eh bien ma chère, toujours indisposée par ce climat digne des Enfers, ou est-ce autre chose ?

Comme à contrecœur, Aude se tourna lentement vers l'homme qui la questionnait. Grand et musculeux, la joue droite barrée d'une cicatrice qui courait jusque sous son menton, il la fixait sans douceur.

— Je vous prierais de faire bonne figure, ajouta-t-il plus bas d'une voix presque menaçante tandis qu'il plaquait sur son visage un sourire de circonstance. Rappelez-vous que c'est un honneur de m'accompagner et de siéger ainsi près de moi.

Aude frémit sous ce rappel à l'ordre. Elle ne devait en aucun cas contrarier son compagnon sinon elle risquait fort de le regretter.

— Vous... avez raison seigneur, cette chaleur m'incommode et ce petit vent est bien désagréable, minauda-t-elle.

Il la regarda, l'air vaguement suspicieux.

— Cela fait pourtant près de cinq années m'avez-vous dit que vous vivez ici, en terre d'Orient. Vous devriez être coutumière de ces températures qui n'ont rien d'exceptionnel en ces lieux.

— Certes, monsieur, mais... voyez-vous, certains jours les femmes sont plus sensibles aux... contingences du moment, si peu étonnantes soient-elles.

— Je vois répondit-il d'une voix soudain plus rauque en s'approchant d'elle dangereusement, nous veillerons ce soir à vous procurer tout ce qu'il faut pour vous faire oublier ces désagréments passagers.

Mon Dieu, songea Aude en blêmissant, *quelle idiote je fais d'avoir ainsi attiré son attention !* Et elle s'écarta autant qu'elle le put de cet homme qui lui répugnait à proportion qu'il la terrorisait.

— Seigneur Gauthier, lança timidement une petite voix tout près d'eux, pouvons-nous faire sonner les trompettes pour annoncer le début des joutes ?

Le comte de Montvallon se redressa. Avant de consentir à la suggestion de son jeune page, il jeta un rapide coup d'œil devant lui. Chevaliers et montures, soigneusement alignés près des tentes, étaient prêts à en découdre. Au-delà d'un rang de soldats lourdement armés, une foule bigarrée se massait, fidèle au rendez-vous. Il esquissa un sourire, un vrai cette fois-ci. Son idée d'offrir ces joutes à la cité de Blancastel dont il était désormais le chef était vraiment très bonne. Elle lui permettrait d'assurer son pouvoir et de s'octroyer la reconnaissance de son peuple. Quel peuple étrange d'ailleurs ! Sous ses yeux, Francs et Sarrasins se côtoyaient sans animosité, presque en harmonie. Les choses avaient donc bien changé durant son exil. Quant à lui, il haïssait toujours autant les Infidèles et les préférait morts que vivants, mais il devait composer avec la décision du nouveau régent du royaume de Jérusalem, Raymond de Tripoli, de donner une chance à la paix.

D'un geste de la main il donna enfin le signal attendu et aussitôt les trompettes retentirent tandis que le héraut annonçait les noms des participants.

Aude respira soudain plus librement. Le tournoi allait commencer et nul doute que l'attention du comte se porterait exclusivement sur les combats. Malgré l'inconfort du siège où elle avait pris place et la chape de chaleur qui ne cédait pas, elle bénéficierait d'un moment bien à elle durant lequel elle serait libre de laisser son esprit divaguer vers ses pensées les plus secrètes. Elle ferma de nouveau les yeux, désireuse de revivre encore une fois les derniers jours passés avec ses parents. Même si elle savait que cela serait douloureux, elle se devait de se rappeler, de ne jamais oublier les siens ni les événements qui l'avaient conduite jusqu'ici.

Ce jour-là, au retour d'Orléans, tout s'était précipité. À la sortie de la forêt qui bordait le manoir, son père avait brusquement tiré sur les rênes de leur monture, médusé par ce qu'il découvrait. Leur demeure et toutes ses dépendances n'étaient plus que cendres. Affolée, elle avait sauté à terre et s'était précipitée vers sa mère qui gisait tout près, prostrée au pied du grand tilleul. On n'avait jamais su ce qui s'était passé. La pauvre femme avait perdu la parole et semblait avoir atteint les rivages de la folie. Plusieurs serfs étaient morts dans l'incendie et les récoltes patiemment engrangées en prévision de l'hiver avaient totalement brûlé. Furieux, leur seigneur avait repris son fief et banni son vassal. Tous trois s'étaient retrouvés du jour au lendemain errants sur les routes. Le père avait décidé de se rendre en Palestine dans le dessein d'y gagner une terre à la pointe de son épée, et avec l'espoir un peu fou de voir son épouse retrouver la parole et la raison sur le tombeau du Christ. Mais Dieu en avait voulu autrement.

Après avoir traversé une bonne partie du royaume de France, ils avaient embarqué à Marseille grâce à l'argent rapporté par la vente du trophée gagné à ce fameux tournoi. Puis, en vue de l'île de Chypre, le sort s'était acharné. Leur bateau avait été attaqué par des pirates et ses parents avaient été sauvagement massacrés. Violentée par ses agresseurs, elle n'avait dû son salut qu'à l'intervention d'un chevalier hospitalier déguisé en pèlerin. Il l'avait ensuite conduite jusqu'à l'hospice Sainte-Marie-du-désert où les sœurs de l'Ordre l'avaient prise en charge. De Jérusalem, elle n'avait rien vu. De ce pays, elle ne connaissait que les vastes étendues pierreuses et cette maudite cité...

Soudain, une clameur s'éleva de la foule, interrompant le cours de ses pensées. Elle ouvrit les yeux. Deux chevaliers venaient de s'affronter et l'un d'eux était à terre. Blessé sérieusement au défaut de l'armure, il gisait inanimé dans une mare de sang. Triste spectacle. Elle lança un bref regard au comte. Haletant, la bouche légèrement entrouverte, il semblait se réjouir de toute cette violence. Elle tressaillit. Cet homme était sans pitié, il restait pourtant son seul espoir de retourner un jour en terre de France.

— Ne pourrait-on pas s'arrêter quelques minutes, Kader ? À ce rythme jamais les chevaux ne tiendront jusqu'à Qasr al-Charak, cria son compagnon qui venait tout juste de le rattraper.

Le cheikh Kader ibn Saleh tourna légèrement la tête. Le corps presque couché sur sa monture pour lui donner plus d'élan, Sélim semblait en peine. Ce n'était cependant pas le moment de faiblir. Il fallait absolument qu'ils arrivent avant le début du tournoi afin d'être bien placés. Il voulait voir au plus près le visage de ce chien de Gauthier de Montvallon afin de graver pour longtemps ses traits dans sa mémoire. Et pour cela, il devait impérativement se tenir devant les tribunes. Inquiet néanmoins de l'état de son ami qui suait à grosses gouttes sous son turban, il hésita un court instant. Le cheval de Sélim paraissait tenir le choc pourtant. Même si ses mouvements de tête se multipliaient et si sa foulée manquait de régularité, il n'était pas encore arrivé à épuisement. Il jeta un coup d'œil à son propre étalon. Sheitan ne présentait aucun signe de fatigue. Rassuré, il lança :

— Nous y sommes presque mon ami, encore un petit effort, les chevaux tiendront, ne t'inquiète pas !

Et comme pour prouver son affirmation, il éperonna Sheitan qui partit comme une flèche droit devant. Sélim grogna en serrant les dents et pressa à son tour les flancs de sa monture qui hennit bruyamment avant de s'élancer.

Autour d'eux, peu à peu, le désert de sable faisait place à une étendue grise et pierreuse au relief accidenté. Les deux hommes chevauchaient maintenant dans un nuage de poussière qui leur brûlait les yeux, seule partie exposée de leur visage. Ils venaient d'entrer sur les terres conquises par les Francs, dans la partie orientale du royaume de Jérusalem que ceux-ci avaient baptisée pompeusement « Seigneurie d'Outre-Jourdain », car elle se situait au-delà du fleuve du même nom. Obtenu de haute lutte au début du siècle, le fief contrôlait plusieurs routes stratégiques reliant le Nord au golfe d'Aqaba. Certaines menaient même au-delà, jusqu'en Égypte, ou encore à Médine et La Mecque. *Jamais la région n'aurait dû tomber aux mains des mécréants*, songea amèrement Kader. Dès la conquête, ceux-ci avaient élevé plusieurs forteresses pour sécuriser le territoire, Kérak de Moab, tout près de la mer Morte, Mont Réal, plus au sud, et en avait pris certaines autres, comme Qasr al-Charak, qu'ils appelaient « Blancastel » à cause de la pierre presque blanche utilisée pour sa construction. La forteresse était située à l'extrême est de la Seigneurie d'Outre-Jourdain, tout près des terres arabes, à seulement quelques heures de cheval de l'oasis où s'élevait son palais. Sitôt conquise, la place s'était rapidement agrandie et était devenue une cité florissante que l'on venait de donner à Montvallon, le pire des Francs. Malgré ce constat, le cheikh sentit sa rancœur s'apaiser. Cette décision le servait finalement. N'allait-elle pas l'aider à approcher enfin cet homme dont il désirait se venger depuis plus de deux longues années ?

Les cavaliers atteignirent bientôt la route des Rois qui les mènerait tout droit à la cité. Kader jura en mettant son cheval au pas. La voie était bien trop encombrée. Tous les habitants du désert semblaient s'être donné rendez-vous ici. Aussi loin qu'il pouvait voir, les caravanes se succédaient en une longue chaîne dont la lenteur aurait exaspéré même le plus patient des voyageurs. Autour des animaux, hommes, femmes et enfants s'agitaient en tous sens en s'interpellant bruyamment dans une joyeuse confusion. Certains piétons, fatigués, s'étaient même arrêtés en plein milieu du chemin pour se reposer, assis à même le sol.

— Si nous suivons la route nous arriverons au coucher du soleil, se désespéra Sélim en rejoignant le cheikh.

— À moins de forcer le passage, mais il risquerait d'y avoir des blessés, tous ces gens semblent si peu vigilants !

— Sans doute à cause de la trêve mon ami. Les routes sont plus sûres depuis quelques semaines et le commerce reprend peu à peu.

Kader fit la moue et répliqua, l'air méprisant :

— La trêve, tu parles, elle n'est que perte de temps. La victoire était proche, j'en suis convaincu. Jamais Saladin, notre sultan, n'aurait dû passer cet accord avec le régent du royaume de Jérusalem. Il aurait dû poursuivre l'offensive. Son peuple méritait mieux que cette paix au rabais.

— Notre chef, que Dieu le garde, avait ses raisons, tu le sais aussi bien que moi. Bien sûr, la situation ne se prête pas à ta... à ton projet mais...

Sélim avait parlé plus bas, désireux de rester discret. Son compagnon lui coupa brutalement la parole d'une voix forte, sans se soucier d'être entendu.

— J'aurai ma vengeance, sois-en certain. En attendant, il nous faut avancer. Passons par la crête, c'est plus risqué mais nous gagnerons du temps.

Et, aussitôt dit, il obliqua vers la gauche, en direction des sommets qui bordaient la route des Rois.

Une heure plus tard les deux hommes étaient en vue de Qasr al-Charak. Ils durent encore patienter de longues minutes avant d'entrer. Des soldats contrôlaient chaque personne souhaitant se rendre dans la cité. Pour passer, les habitants présentaient un sauf-conduit établi par les autorités locales tandis que les autres étaient groupés à part pour être dûment fouillés. Après avoir mis pied à terre légèrement à l'écart des remparts et confié leur monture à l'un des gamins qui se trouvaient là contre quelques piécettes, Kader et Sélim rejoignirent la file des visiteurs en renâclant. Décidément cette trêve ne leur apportait qu'humiliation. Afin de ne pas se faire remarquer et de passer pour des hommes du peuple venant assister au tournoi, ils avaient dû revêtir une longue tunique de grossier tissu au-dessus de leur saroual de coton et avaient couvert leur visage d'un vieux turban d'une propreté douteuse. Bien sûr, ils avaient laissé sabres et poignards au palais. Se présenter dans cette tenue, désarmés de surcroît, était déjà suffisamment mortifiant, mais être traités comme des intrus sur leur propre territoire dépassait les bornes. Les soldats ne cachaient pas leur mépris envers les Sarrasins qu'ils contrôlaient. S'ils laissaient plus volontiers passer les Francs, ils s'acharnaient sur les autres. Les fouilles étaient brutales. Tous devaient s'y soumettre, y compris les femmes. Deux accortes matrones avaient été désignées pour s'acquitter de cette tâche qu'elles effectuaient aussi violemment que les hommes, sans précaution particulière.

Kader retint avec peine un geste d'irritation. Même s'il les combattait, Saladin avait toujours respecté ses ennemis et n'hésitait pas à leur tendre la main. Avant cet accord avec Raymond de Tripoli, n'avait-il pas proposé à l'ancien roi de Jérusalem, Baudouin le quatrième, qui se mourait de la lèpre, l'aide de son médecin personnel ? Et cela pendant que ce chien de Montvallon s'en prenait à Hassan, son frère bien-aimé, de la plus odieuse manière. Le cheikh serra les poings tout en ravalant sa colère. Il devait se calmer s'il ne voulait pas attirer l'attention des soldats et risquer de se voir interdire l'accès à la cité.

Une fois la porte franchie ils n'eurent plus qu'à suivre le flux des piétons qui remontaient les ruelles pour atteindre le champ clos. Tous allaient dans la même direction, comme happés par l'ardeur des combats. Tous voulaient assister au spectacle, voir ces chevaliers s'affronter, se blesser ou se tuer peut-être. Au fur et à mesure que les deux hommes approchaient, la rumeur montait et le cliquetis des armes se faisait plus distinct.

— Nous arrivons à temps mon ami, dit Kader, soulagé de

voir que le tournoi n'était pas terminé. J'ai cru un instant qu'il serait trop tard.

— Nous n'y sommes pas encore. Ne vois-tu pas tous ces gens devant nous ? Jamais nous ne pourrons atteindre les premiers rangs.

Le cheikh hocha la tête en examinant la foule de plus en plus compacte devant eux. L'affluence était telle que même un enfant ne parviendrait pas à se frayer un chemin parmi la populace. Soudain, il avisa un chien errant qui semblait effrayer les quelques personnes attroupées non loin de lui. L'animal était certes d'une taille impressionnante mais ne paraissait pas trop féroce. Sans doute était-il en quête de nourriture. S'il arrivait à l'attirer près de lui, il pourrait tenter de faire diversion et au moins gagner quelques mètres.

— Sélim, donne-moi le reste des sucres. Je vais essayer d'attirer ce chien ici.

Il savait que son compagnon conservait toujours des morceaux de ce nouveau délice qu'il destinait à son cheval. Sélim fouilla dans sa ceinture et lui tendit quelques petits blocs brunâtres.

— C'est tout ce qu'il me reste, tiens, prends-les.

Kader s'en empara et s'approcha doucement du chien en lui tendant un premier morceau. L'animal sembla hésiter puis après avoir longuement reniflé les doigts du cheikh, prit le sucre dans sa gueule et le croqua bruyamment en regardant l'homme d'un air reconnaissant.

— C'est bien mon chien, le félicita Kader en lui caressant doucement le sommet du crâne. Maintenant, suis-moi si tu en veux encore.

Il lui donna un deuxième morceau puis s'avança vers le dernier rang de spectateurs, le chien derrière lui.

— Et maintenant à toi de jouer, dit-il en jetant les quelques sucres restants devant lui, au milieu de la foule agglutinée.

Le chien se rua en avant et, comme il l'avait prévu, effraya les badauds qui s'écartèrent en poussant des cris. Il y eut une bousculade et, jouant des coudes, Kader parvint enfin à se hisser au premier rang. Un sourire se dessina lentement sur

15

son visage. Sélim était resté en arrière mais peu importait, il avait atteint son but.

Il était temps, le tournoi allait bientôt se terminer. Il ne restait que deux chevaliers en lice, qui rompaient des lances sous les cris de la foule. Les autres avaient été éliminés. Certains d'entre eux regardaient le dernier combat, debout près des tribunes, tandis que les blessés avaient regagné leur tente où ils se faisaient soigner par leurs écuyers et le médecin du comte. Kader n'était pas placé exactement là où il l'aurait souhaité mais il distinguait suffisamment les traits de Montvallon pour pouvoir le reconnaître, plus tard, dans n'importe quelle circonstance. Il était tel qu'on le lui avait décrit : grand et massif, le visage dur marqué par cette fameuse cicatrice due à une blessure reçue lors de la bataille de Montgisard, quelques années auparavant. L'affrontement avait été un véritable désastre pour les troupes de Saladin. Malgré leur infériorité numérique, les Francs menés par Baudouin avaient réussi à battre les Sarrasins. On disait que ce maudit comte avait à lui seul abattu plus de cent combattants arabes et que, malgré sa cruauté légendaire, il avait gagné pour longtemps l'estime du roi de Jérusalem.

Kader observa longuement son ennemi. Ainsi c'était cet homme qui avait tué Hassan. Et il ne l'avait pas tué à la loyale lors d'une bataille, non, il l'avait odieusement assassiné lors d'un échange de prisonniers. Ensuite, il avait abandonné son corps dans le désert où il avait été dévoré par les hyènes. Des paysans avaient réuni les restes et les avaient portés à sa famille. Devant tous, Kader avait juré de le venger. Il en avait appelé à Saladin pour l'aider, mais celui-ci n'avait rien pu faire. « Tu auras ta vengeance plus tard » lui avait dit le sultan, et il avait ajouté : « Lorsque j'aurai fédéré les peuples d'Orient, nous battrons les Francs, et celui-ci sera à toi ». Peu après, le comte avait été exilé sur l'île de Chypre, et le jeune cheikh avait dû patienter le temps qu'il revienne en Terre sainte pour pouvoir l'atteindre. Mais cette maudite trêve l'empêchait d'agir. En le tuant, il risquait de briser l'accord avec Tripoli.

Quittant des yeux le visage du comte, Kader reporta son attention sur les jouteurs. Les lances avaient été rompues et les deux hommes s'affrontaient maintenant à l'épée, sur le sol en terre battue. Ils étaient visiblement de force égale et ne s'épargnaient pas les coups, en ayant garde toutefois de ne pas se blesser gravement. Kader songea qu'il les aurait bien facilement vaincus. L'un ne protégeait pas suffisamment son flanc droit tandis que l'autre attaquait trop vite. La trêve courait depuis trois mois seulement mais déjà la guerre lui manquait. Il s'entraînait souvent avec Sélim ou avec ses hommes, pourtant cela ne lui suffisait plus, il voulait en découdre avec les Francs, avec ses ennemis.

Son regard se porta de nouveau sur Montvallon. Ce dernier semblait apprécier le spectacle qui à coup sûr alimenterait sa popularité, même parmi les Sarrasins. Le visage légèrement penché, il adressait quelques mots à la femme qui se trouvait à ses côtés et en profitait pour lui effleurer le visage des lèvres. *Sans doute sa nouvelle catin*, pensa Kader avec dégoût. Il savait que le comte avait perdu son épouse en exil et que depuis, il multipliait les conquêtes. Dire que cet homme profitait de tous les plaisirs de la vie alors que son frère n'était plus. Une clameur s'éleva soudain de la foule, interrompant le cours de ses pensées. L'un des chevaliers avait vaincu et le héraut s'apprêtait à proclamer son nom. Au même moment quelqu'un le tira par la manche de sa tunique. Il se retourna, prêt à insulter le gêneur, mais se reprit bien vite. La haute silhouette dégingandée de son compagnon de route se dressait près de lui.

— C'est donc là ce Franc que tu cherches à détruire ? questionna Sélim dont la voix était couverte par le tumulte ambiant. Il semble... disons... peu accommodant, et surtout fort bien entouré. Comment vas-tu t'y prendre ? Par la rose ou par le sabre ?

Le cheikh se raidit.

— Ne te moque pas ainsi mon ami. Je trouverai un moyen, quel qu'il soit.

2

Le tournoi touchait à sa fin. Dans quelques instants, le vainqueur s'avancerait vers elle pour venir chercher sa récompense. Aude se redressa avec difficulté. La chaleur suffocante, l'odeur du sang répandu sur la terre et la proximité de cet homme dont elle sentait le souffle dans son cou avaient presque eu raison d'elle. Tandis que les clameurs montaient, elle se leva tout à fait. Le petit page lui tendit la couronne et la bourse qu'elle devait remettre au champion.

— N'oubliez pas, ma douce, de féliciter notre gagnant sur sa vaillance au combat et son habileté à manier les armes, lui glissa Montvallon à l'oreille.

La jeune femme pinça les lèvres. Comment osait-il l'appeler ainsi alors qu'il n'était que violence avec elle ?

— Je sais ce que j'ai à faire Seigneur, répondit-elle néanmoins d'une voix égale. N'oubliez pas que je suis de noble naissance et que je connais parfaitement les règles des tournois et les devoirs des dames.

— Je sais pour ma part que vous êtes quelquefois oublieuse des bonnes manières. Surtout à mon égard il est vrai, ajouta-t-il d'un ton qui ne présageait rien de bon.

Aude s'abstint de répondre et de chercher querelle afin de ne pas gâcher la cérémonie. Elle s'avança légèrement, autant pour s'éloigner de son voisin que pour se préparer à sa tâche. À vrai dire, elle n'avait qu'une vague idée de ce qu'elle devait faire. C'était seulement le deuxième tournoi auquel elle assistait. Et le premier appartenait à son autre vie, celle où elle était heureuse.

18

À Orléans, la dame qui avait remis le prix à son père lui avait dit quelques paroles puis l'avait embrassé chastement sur la bouche. Devait-elle faire de même ? Sa respiration s'accéléra. Elle n'avait pas pensé à cela. Si elle se trompait, la fureur du comte pourrait être terrible. Pourtant il lui fallait se décider, et vite. À la réflexion, un baiser de trop valait sûrement mieux qu'un baiser oublié, qui risquait de vexer le vainqueur. Seul Montvallon s'offusquerait de cette privauté si elle n'avait pas lieu d'être, et seule elle en subirait les conséquences. Sa décision prise, elle se sentit plus sereine, et comme le chevalier victorieux s'avançait, elle lui remit les prix sans trembler et l'embrassa après l'avoir félicité. L'homme marqua un bref instant d'étonnement mais elle comprit véritablement son erreur aux murmures des courtisans et à la poigne de fer qui s'abattit sur son bras.

— Tu me le paieras, catin, siffla Montvallon en enfonçant ses doigts dans sa chair délicate.

Elle retint un gémissement. Habituellement, le comte réservait le tutoiement à leurs moments d'intimité. Avait-elle à ce point dépassé les bornes qu'il se croie autorisé à l'humilier ainsi ? Sans doute allait-il la châtier ici même, sur-le-champ, à moins qu'il ne la traîne vers le logis pour la corriger, comme la dernière fois.

Soudain, un cri retentit dans la foule. Surpris, Montvallon desserra légèrement son étreinte. Aude en profita pour se dégager. Juste en face d'elle, un enfant qui ne devait guère avoir plus de cinq ans venait de pénétrer dans le champ clos. Elle se précipita en avant, autant pour échapper à l'emprise du comte que pour aller secourir le garçonnet qui risquait de se faire malmener par les soldats, ou pire, piétiner par un cheval. D'un bond elle atteignit le terre-plein et s'élança vers l'enfant au mépris du danger. Exactement comme lorsqu'elle avait rejoint son père bien-aimé. Autour d'elle, les hommes semblaient paralysés par la scène et les bêtes grattaient nerveusement le sol de leurs sabots en hennissant bruyamment. Elle accéléra sa course. L'enfant pleurait au milieu de la poussière tandis que celle qui devait être sa mère se démenait en criant derrière les soldats qui refusaient de la laisser passer. Dès qu'elle fut suffisamment proche, elle s'agenouilla près de lui et le prit dans ses bras. Il

19

fallait qu'il se calme sinon elle ne pourrait jamais le conduire jusqu'à la femme qui s'agitait. Son cœur battait tout contre le sien et il s'accrochait si fort à son voile que celui-ci ne tarda pas à se déchirer, libérant ses nattes. Conquis par sa sauveuse, l'enfant s'arrêta soudain de pleurer et commença à jouer avec ses cheveux. Elle en profita pour se relever et l'emporter vers la foule. Mais la mère n'était plus là. Où était-elle donc passée ? Avait-elle tenté de se faufiler par les côtés ? Était-elle tombée ? Si c'était le cas, elle risquait d'être blessée. Son cœur manqua un battement. Qu'allait-elle faire de l'enfant ?

Dès qu'il perçut l'hésitation de la jeune femme, Kader joua des coudes pour tenter de franchir le rang formé par les gardes. Malgré les pensées qui l'agitaient, lui aussi avait constaté la disparition de la mère et s'inquiétait des suites de l'incident. Celui-ci pouvait tourner au désastre si la foule s'en mêlait.

— Sélim, dit-il à son compagnon tout en essayant de forcer le passage, essaye de retrouver la mère. Je vais aller récupérer l'enfant avant qu'il ne soit blessé.

— N'y va pas, lui lança l'autre inquiet, la fille se débrouillera sans doute très bien toute seule, les soldats l'aideront. Ce n'est pas le moment de nous faire remarquer. Le mieux est de repartir, maintenant que tu as vu ce que tu voulais voir.

— Jamais je ne laisserai quelqu'un en détresse, rétorqua le cheikh, irrité par la réaction de son ami, j'y vais.

— Mais tu n'es pas armé Kader, c'est de la folie. Si les soldats s'en prennent à toi, ils te tueront !

Tant pis, c'était un risque à prendre. Il fallait absolument qu'il agisse car les gardes tardaient à intervenir. Ils semblaient tétanisés. Avaient-ils peur de la réaction de Montvallon ? L'homme n'hésiterait certainement pas à châtier quiconque prendrait la mauvaise décision, mais l'enfant était réellement en danger et la catin de l'Infidèle aussi. Sans attendre, il bouscula plus vigoureusement l'un des soldats et, rompant le rang, s'élança sur le champ clos.

Les bras tendus, il se dirigea vers la femme toujours indécise.

Allait-elle comprendre qu'il souhaitait seulement l'aider ? Son aspect ne le servait guère, réalisa-t-il soudain. Ainsi vêtu il avait l'air d'un misérable paysan venu en ville pour se distraire. Et son turban crasseux qui dissimulait pratiquement tout son visage ne devait guère être rassurant. Il s'arrêta et d'un léger mouvement de tête l'invita à approcher. Mieux valait qu'elle vienne à lui. S'il agissait trop brusquement elle risquait de paniquer. Après un moment d'hésitation elle s'avança, l'enfant toujours dans les bras. Elle était bien plus jeune qu'il ne l'avait pensé. Peut-être à cause de ses cheveux, complètement lâchés maintenant. Sous le soleil encore ardent, ils semblaient d'or mais d'un or sombre, cuivré, presque brun. *Ce salaud de Montvallon ne se gêne pas*, songea-t-il avec colère, *et cette fille n'a aucune pudeur à se donner à un homme tel que lui*. De près, elle semblait pourtant bien innocente. Son regard le fixait sans mépris, le suppliant de l'aider. Elle aurait pourtant dû le prendre de haut. À ses yeux, il n'était sans doute qu'un manant, ennemi de surcroît, alors que malgré tout elle était une dame.

Il s'approcha à son tour, tout en l'encourageant d'un geste à lui donner l'enfant. Il distinguait maintenant parfaitement ses traits. Parcourant son visage, il retint son souffle. Par Dieu, il le connaissait ! Ou plutôt il le reconnaissait ! Ces yeux clairs en amande, cette bouche à la lèvre inférieure légèrement trop courte et ce menton rond orné d'une petite fossette, c'était... c'était elle ! Comment était-ce possible ?

Il resta un bref instant abasourdi par sa découverte, suspendant son geste. Puis, derrière lui, il entendit Sélim crier que la mère était là, qu'ils feraient mieux de s'en aller au plus vite maintenant. Réalisant soudain la précarité de sa situation, il s'empara de l'enfant qui se mit aussitôt à pleurer. Devant la détresse du garçonnet, la jeune femme hésita encore à le lâcher puis finalement se décida.

— Merci, merci monsieur, lui dit-elle d'une voix peu assurée. *Choukran*, ajouta-t-elle en esquissant un sourire, voyant qu'il ne réagissait pas.

Kader se figea de nouveau. La Franque parlait sa langue ! Peu d'entre elles pratiquaient l'arabe ou même seulement le comprenaient, celle-ci était décidément bien particulière. Renonçant à s'interroger davantage, il ramena brusquement l'enfant vers lui. Sélim avait raison. Il était plus que temps de rendre le petit à celle qui l'attendait et de rentrer à l'oasis.

Le soleil avait presque disparu lorsqu'ils atteignirent les premières dunes. Bientôt ils seraient au palais, enfin. Contre toute attente ils n'avaient eu aucune difficulté à quitter Qasr al-Charak. Une fois l'enfant dans les bras de sa mère, les soldats avaient dispersé la foule, satisfaits de s'en tirer à si bon compte, sans incident majeur. Les deux amis avaient traversé la ville en hâte et avaient retrouvé avec soulagement leurs montures près des remparts. Comme convenu, leur gardien les avait nourries et abreuvées. Frais et dispos, les chevaux avaient accueilli leurs maîtres avec des hennissements joyeux puis s'étaient élancés sur la route du retour.

Kader songea aux informations recueillies durant cette journée. Il n'oublierait jamais les traits de Montvallon, mais Sélim ne se trompait pas, l'homme restait inaccessible. Il était impossible de l'atteindre dans la cité grouillante de soldats, à l'extérieur peut-être, mais rien n'était moins sûr. Il soupira. Même s'il arrivait à ses fins, dans l'enceinte ou hors les murs, il serait sans doute arrêté. Et à cause de lui la trêve serait rompue. Non, il ne pouvait risquer cela. La réaction de Saladin serait terrible. Il n'y avait qu'une seule solution. Amener le Franc à venir vers lui. Mais comment s'y prendre ? Il n'en avait pas la moindre idée. Un chacal hurla au loin. La nuit tombait, enveloppant choses et êtres de son manteau sombre. Sous peu, seules les étoiles guideraient leur course. Pressant Sheitan, il s'autorisa enfin à penser à cette étrange rencontre qui l'avait bouleversé. À cette femme qu'il n'avait jamais vue, mais dont il connaissait pourtant parfaitement le visage.

— Tu m'as ridiculisé devant mes gens et mes invités, traînée, tu vas me le payer, lança Montvallon en pénétrant avec fracas dans la chambre de sa maîtresse où elle se préparait pour la nuit avec l'aide de Koré, sa petite servante grecque.

Aude leva les yeux vers le comte planté sur le seuil de la pièce, l'air furieux.

— Vous ridiculiser ? Vous... parlez du baiser que j'ai donné au chevalier de Courville après sa victoire ? avança-t-elle d'une voix hésitante. C'est ainsi que l'on fait dans mon pays d'Oc, je n'ai fait que m'appliquer à respecter les règles, Seigneur. Je... croyais bien faire.

— Bien faire, te moques-tu ? Et je ne parle pas que du baiser, je parle du reste aussi. Se précipiter ainsi sur le champ clos et batifoler dans la poussière n'est pas digne d'une dame.

Il fit un pas en avant et claqua bruyamment la porte. La jeune femme sursauta, elle devait absolument réussir à le calmer.

— Je ne songeais certes pas à batifoler, messire. Je voulais à tout prix sauver cet enfant d'une mort certaine, et ne voulais point vous porter préjudice.

— Sauver un sale morveux geignard, oui, de la chiennaille qui plus est. N'oublie pas que je t'ai choisie pour siéger à mes côtés. Je ne puis tolérer aucun impair de ta part, rugit-il en s'avançant.

Elle recula prudemment.

— Je... je suis désolée Seigneur, cela ne se reproduira plus.

Il s'arrêta soudain, conscient de la présence de la petite servante.

— Sors d'ici toi, hurla-t-il à la jeune fille. Et ne remets pas les pieds dans cette chambre avant que je ne t'y autorise.

Aude en profita pour se réfugier de l'autre côté du lit. Ce n'était pas un obstacle bien imposant pour un homme tel que lui, mais elle parviendrait peut-être gagner quelques secondes pour tenter de le raisonner. Pendant la réception qui avait suivi le tournoi, elle avait réussi à l'éviter et à faire bonne figure parmi les invités. Dûment recoiffée par Koré, elle avait pu rejoindre à temps les autres dames pour assister au bain et à la cérémonie d'habillement de Courville dont c'était le jour de gloire. Elle avait ensuite veillé à la bonne marche des festivités qui s'étaient parfaitement déroulées. Le comte n'allait-il donc pas tenir compte de tous ses efforts ?

— Tu n'es qu'une petite ingrate. Je t'ai sortie du trou puant où tu végétais et c'est comme cela que tu me remercies ? gronda-t-il en contournant le lit, un sourire mauvais sur les lèvres.

Il était maintenant à quelques pas d'elle. La peur l'envahit peu à peu. Bientôt il serait tout près et elle ne pourrait lui échapper.

— L'hôpital, un trou puant ? s'exclama-t-elle néanmoins. Vous vous égarez messire. Les sœurs sont toutes dévouées à leurs malades et tiennent particulièrement à la propreté de l'endroit. Ce sont des femmes exemplaires.

Aude était si ulcérée par les paroles du comte qu'elle en oubliait le danger qui la guettait. Rassemblées dans ce petit établissement nouvellement construit au sud de Jérusalem, les sœurs l'avaient accueillie à bras ouverts. Elles avaient tout partagé avec elle et, une fois guérie, lui avaient appris quelques rudiments de médecine pour qu'elle puisse les aider. Même si elle n'avait jamais vraiment pu s'adapter à cette nouvelle vie, elle leur en serait pour toujours reconnaissante.

— Peuh, un lieu sordide pour les pèlerins fauchés et les miséreux du coin, mahométans pour la plupart, cracha le comte avec mépris en s'arrêtant enfin.

— Les sœurs soignent les malades sans distinction de fortune ou de religion. L'hôpital est la maison de Dieu, et Notre Seigneur ne fait pas de tri parmi ceux qui viennent à lui.

Il rejeta la tête en arrière en éclatant d'un rire moqueur.

— Oh ! voyez-vous ça ! Tu sembles apprécier les... spécialités locales n'est-ce pas ? J'ai bien vu ton manège avec ce paysan tout à l'heure et la façon dont il te regardait. Je me suis laissé dire aussi que tu parlais la langue arabe.

Il la regardait maintenant d'un air menaçant. Elle savait qu'il haïssait les Sarrasins et qu'il ne lui pardonnerait jamais une quelconque attention à leur égard.

— Je connais en effet quelques mots de cette langue messire. Les sœurs me les ont appris pour que je puisse les assister. Quant à ce paysan, je ne vois pas ce que vous voulez dire. Il est le seul à m'avoir proposé son aide et je lui ai donné l'enfant afin de... de pouvoir regagner au plus vite ma place à vos côtés.

— Tu parles d'or pour une fois, sale garce. Ta place est à mes côtés, et seulement là. Je te rappelle d'ailleurs que c'est toi qui l'as choisie cette place, je ne t'ai nullement forcée à me suivre.

La jeune femme baissa la tête. Elle était avec Montvallon depuis presque trois mois déjà. Comment avait-elle pu accepter de l'accompagner ? Comment avait-elle pu accepter ce marché ? Quelque temps auprès de lui contre la promesse d'un retour en Occident et d'un mariage avec un noble baron, voilà ce qu'il lui avait proposé. Elle avait quitté les sœurs et l'hôpital sur un coup de tête. Bien sûr, jamais elle n'avait envisagé la vie monastique mais elle aurait pu rester près d'elles, à servir les pèlerins et les malades. Ou contracter un mariage avec un chevalier désirant s'établir en Terre sainte. Elle en avait vu souvent faire une halte à l'hôpital, et plusieurs s'étaient déjà intéressés à elle. N'aurait-elle pas ainsi poursuivi la quête de son père ? Mais cette quête n'était pas un rêve, plutôt un cauchemar, l'unique solution à une situation désespérée.

Comme le comte ne bougeait pas, elle risqua un coup d'œil dans sa direction. Il avait belle prestance et n'était pas sans charme malgré son air dur et la balafre qui le défigurait. Elle avait cru pouvoir se donner à lui sans amour, sans désir, même. N'avait-elle pas déjà vécu le pire ? Un viol alors qu'elle n'avait que treize ans et qu'elle venait tout juste de voir ses parents succomber sous les coups de leurs agresseurs. Mais elle avait fait une grossière erreur. Montvallon était un homme d'une grande violence et sous ses assauts, elle revivait à chaque fois son calvaire. Les sœurs l'avaient prévenue pourtant. Sa réputation le précédait et personne en Palestine n'ignorait sa cruauté. Une larme coula, qu'elle ne put retenir malgré sa volonté de ne pas faiblir devant son redoutable amant. D'une certaine façon, elle avait trahi ces femmes qui lui avaient sauvé la vie. Son aide leur manquerait, elle le savait. Elle n'était donc qu'une égoïste qui payait là pour ses fautes et ne valait guère mieux que l'homme qui se tenait devant elle. Le visage baigné de larmes, elle se redressa pour lui faire face.

Une lueur de cruauté traversa le regard du comte et sa bouche se crispa sous la colère.

— Tu ne m'attendriras pas avec tes pleurnicheries. N'as-tu

pas honte ? Je t'ai couverte de bijoux et de robes dignes des plus grandes dames. Tu as une servante attitrée dont j'ai moi-même veillé à la docilité.

Aude tressaillit à ses paroles. Montvallon avait-il touché à sa jeune domestique ? Elle devait absolument calmer sa colère, sinon il risquait de faire payer une innocente.

— Pardonnez-moi, Seigneur, un moment de faiblesse. Votre... générosité est immense, je le sais bien. Je me suis mal conduite, faites de moi ce que vous désirez, termina-t-elle dans un souffle.

— En l'occurrence, ce soir, je ne désire rien de toi. Mais je vais t'apprendre à me désobéir. Tu vas passer quelques jours au cachot avec les rats et les cafards.

Et, franchissant soudain la distance qui le séparait encore d'elle, il la frappa au visage. Aude s'écroula sous la violence du coup. Allait-il aussi la faire fouetter comme la dernière fois ? Ses cicatrices venaient à peine de se refermer et elle avait encore du mal à rester couchée sur le dos sans souffrir. Follement inquiète, elle sentit son cœur s'emballer. Lorsque le comte se pencha vers elle en soufflant bruyamment, elle ne put retenir un cri.

— Tu fais bien d'avoir peur, ingrate. Je me suis laissé dire que des hommes bien plus résistants que toi étaient morts dans les geôles de cette cité.

Et, le visage tout contre le sien, il la releva sans douceur en la saisissant brutalement par le bras.

Aude frissonna. Elle avait passé sa première nuit au cachot, recroquevillée sur la paille pourrie qui jonchait le sol, avec un morceau de tissu puant pour toute couverture. Tiendrait-elle seulement quelques jours dans ces conditions ? Si les journées étaient caniculaires, les nuits étaient froides dans ce pays d'Orient. Et depuis la veille, personne n'était venu lui apporter quoi que ce soit pour se sustenter, ni eau, ni nourriture. Le comte souhaitait-il la laisser mourir de soif et de faim ? Elle sentit soudain quelque chose courir sur sa joue et s'agita. Comme l'avait dit Montvallon, il y avait bien des rats et des cafards, mais aussi des araignées noires et velues, grosses comme le poing, et de drôles d'insectes aux multiples pattes. Quant au faible jour qui passait par un étroit soupirail, il était tout juste suffisant pour apercevoir toutes ces horreurs ! Cet enfermement était presque plus pénible que la torture physique qu'il lui avait infligée quelques semaines plus tôt alors qu'elle était sortie avec Koré sans sa permission. Si elle survivait à ce châtiment, qu'allait-il donc lui réserver la prochaine fois ?

Elle se leva pour faire quelques pas le long des murs suintants. Au moins elle n'était pas entravée et était libre de ses mouvements, même si cela ne changeait pas grand-chose. Après la scène de la veille, elle savait parfaitement que le comte ne tiendrait jamais sa promesse de la ramener en Occident, tout cela n'était que chimères qu'il lui avait fait miroiter pour l'avoir auprès de lui, en public et dans sa couche. Elle ferma les yeux pour ne plus voir l'horrible endroit où elle était enfermée. L'hôpital lui semblait presque un lieu idyllique. Que ne donnerait-elle pas pour se retrouver là-bas de nouveau, entourée de la bienveillance et de la douceur des sœurs ? Et si ce retour en France n'était qu'un rêve inaccessible, pourquoi ne pas décider d'être heureuse, ici, dans ce pays ? Bien sûr elle aurait du mal à oublier les vastes forêts de Sologne et l'air vif de sa campagne. Mais le ciel du désert n'était-il pas le plus beau du monde, la nuit, lorsque des milliers d'étoiles ne semblaient briller que pour elle ? Elle songea au réconfort qu'elle donnait là-bas, à tous ces gens venus dans l'espoir de guérir ou même seulement d'être soulagés de maux plus ou moins graves. Comme l'avait dit le comte, les pèlerins étaient ceux parmi les plus pauvres. Souvent ils avaient tout perdu et l'hôpital était leur seul refuge possible pour se reconstruire et retrouver la force d'aller au bout de leur chemin. Les paysans locaux étaient presque plus démunis que les Francs mais leur gentillesse lui allait toujours droit au cœur.

Aude repensa soudain au regard qu'elle avait échangé avec cet homme sur le champ clos. N'y avait-elle pas lu davantage d'humanité que dans tous ceux qu'elle avait croisés depuis son arrivée chez le comte ? De l'humanité mais aussi autre chose, qui l'avait faite se sentir femme plus sûrement que ses robes et ses bijoux trop clinquants. Son estomac se mit soudain à gargouiller. Ne viendrait-on donc jamais lui apporter ne serait-ce qu'un quignon de pain ? Pour la remercier, les paysans lui offraient souvent de menus présents, généralement ces petits gâteaux au miel et aux amandes qui fondaient délicieusement sous la langue, des *baklavas*. À cette simple évocation, elle se mit à gémir doucement. Mon Dieu, il ne fallait pas penser à tout cela ! Ou plutôt si, elle y puiserait peut-être la force de trouver une solution pour fuir le comte et cette forteresse de malheur...

3

Du sommet de la plus haute tour du palais, Kader et Sélim assistaient avec émerveillement au lever du soleil sur le désert. Comme chaque fois, les premiers rayons touchaient d'abord la crête des falaises de grès, à l'est, avant d'embraser les dunes, formant des ombres mouvantes sur le sable. Puis la lumière faisait briller l'eau du wadi dont le cours irriguait l'oasis, réveillant au passage les murs clairs de la forteresse. Pour finir, elle frappait la coupole dorée qui surmontait la salle d'audience du palais à l'instant même où le soleil apparaissait dans son entièreté.

— Jamais je ne me lasserai de ce spectacle, dit à voix basse Sélim comme pour ne pas perturber un phénomène pourtant immuable.

Résidant à Damas, il ne manquait ce moment pour rien au monde lorsqu'il séjournait chez son ami.

— C'est un don de Dieu, souffla Kader. L'alliance parfaite entre la nature et le génie de l'homme. Vois comme l'astre se dévoile lorsque le palais entre dans la lumière.

— Oui, je vois. Et tout ceci est à toi maintenant.

Kader marqua une pause avant de répondre à son compagnon. Depuis que son frère Hassan avait été tué par le comte de Montvallon, il avait hérité du titre de cheikh et se trouvait à la tête d'un petit royaume dont l'oasis était le cœur. Peuplée de quelques centaines d'habitants, des paysans pour la plupart, elle était l'ultime point d'eau avant le grand désert oriental, au-delà des falaises. Plusieurs tribus bédouines dépendaient également de son autorité et lui permettaient d'étendre discrètement son

29

pouvoir sur une bonne partie des terres jouxtant la seigneurie d'Outre-Jourdain.

— Ceci m'appartient, certes, mais c'est une responsabilité bien trop grande. Et je n'aurai point le cœur de m'y consacrer pleinement tant qu'Hassan ne sera pas vengé. C'est à lui que revenait cette terre. Jamais il n'aurait dû partir se battre et croiser la route de ce chien de Franc. C'était à moi seul, en tant que cadet, de prendre les armes et de rejoindre l'armée de Saladin.

— Tu n'as pas le choix pourtant, ta place est ici, répondit Sélim en se tournant vers lui. Et les batailles ne sont plus d'actualité pour le moment. Cette trêve est finalement une bonne occasion pour exercer ces fonctions que tu connais si mal.

Kader soutint le regard de son ami. Celui-ci avait raison, depuis la mort de Hassan il avait consacré tout son temps à la guerre, négligeant ses nouvelles responsabilités. Néanmoins il n'était pas resté complètement inactif.

— Tu exagères, Sélim. Que fais-tu du *bimaristan* ? Ce n'était pas une mince affaire pourtant. J'ai dû sacrément me démener pour faire aboutir ce qui n'était au départ qu'un souhait un peu fou.

Encouragé par Rania, la veuve de son frère, il avait en effet réalisé le projet de ce dernier en créant le bimaristan pour enfants, un hôpital destiné à accueillir les petits villageois et paysans des environs. Inauguré récemment, l'établissement accueillait déjà plusieurs petits patients dont certains venus de loin.

Dès sa décision prise, tout était allé très vite. En quelques semaines à peine, il avait fait rénover l'ancienne école, idéalement située à l'entrée du fort, près de la porte principale et des premières maisons. À sa grande satisfaction et à celle de sa belle-sœur, le bâtiment s'était rapidement révélé tout à fait adapté à sa nouvelle fonction. Les chambres pour étudiants avaient été aménagées pour accueillir les petits malades les plus sérieux, la salle principale les moins atteints. Quant aux anciens espaces dévolus aux professeurs, ils étaient parfaits pour servir à loger les parents des environs venus accompagner leurs enfants.

Il avait également mis en place une pharmacie et installé une grande cuisine. Maître Aziz, son médecin personnel, avait pris tout naturellement en main l'organisation du lieu. Rania s'était particulièrement investie et venait tous les jours quelques heures aider aux soins. Deux femmes du village s'occupaient du ménage et des repas. Régulièrement, d'autres venaient tour à tour proposer leurs services lorsqu'elles avaient un moment.

— Certes mon ami, répondit Sélim. Tu as réalisé là un projet digne de Saladin lui-même !

— Ne te moque pas ainsi, je n'ai fait que mon devoir vis-à-vis de mon peuple. Viens plutôt te restaurer avant de prendre la route. Tu as un long chemin à parcourir avant d'arriver chez toi. Après déjeuner tu pourras même faire tes adieux à Rania et aux petits.

Sélim rougit sous son hâle et Kader retint un sourire. Il savait parfaitement que le Damascène n'était pas insensible au charme de la veuve de son frère et il ne voyait d'ailleurs aucun mal à l'encourager. La jeune femme semblait moins triste lorsqu'il était là et les enfants de Hassan, des jumeaux du nom de Omar et Tarik, âgés de sept ans, ne manquaient jamais de rire à ses pitreries. Amusé par l'embarras de son compagnon, il l'invita d'un geste à le précéder, et les deux hommes commencèrent de descendre les cent et une marches de la tour.

Sitôt leur déjeuner terminé, ils se dirigèrent vers le harem. Le quartier des femmes était situé dans un élégant pavillon construit dans le même grès rosé que le palais. Extraite des falaises de l'est, la pierre tendre permettait de réaliser de magnifiques décors à la finesse remarquable. Le long des murs, à hauteur d'homme, courait une frise végétale peuplée de multiples oiseaux. Plus haut, à la limite du toit formant terrasse, de savants entrelacs ornaient les angles du bâtiment.

Comme toujours, la lourde porte de bois était ouverte, mais deux soldats armés chacun d'un sabre impressionnant montaient la garde.

— Tu ne cesseras jamais de m'étonner ! s'exclama Sélim. Tu es bien le seul homme à laisser la porte d'un harem ouverte.

— Oh ! j'estime que Rania et les enfants ont droit d'aller où bon leur semble dans le palais. D'ailleurs ma belle-sœur doit être libre de se rendre à l'hôpital lorsqu'elle le souhaite. Et les gardes sont là pour empêcher toute intrusion malvenue.

— Je vois, je vois. Tu changeras peut-être de discours lorsque tu auras pris femme.

— Ce moment n'est pas encore venu, tu le sais parfaitement.

Kader avait répliqué un peu sèchement. Depuis quelque temps, le Damascène n'arrêtait pas de faire allusion à un hypothétique mariage. Était-il donc amoureux à ce point qu'il confondait ses désirs et ceux de son ami ?

— Viens, entrons, enchaîna-t-il plus obligeamment afin de ne pas envenimer la conversation.

Après avoir franchi la porte, ils pénétrèrent dans un large couloir menant à la cour centrale. Celle-ci était entourée d'une galerie aux voûtes soutenues par de minces piliers élancés couronnés de chapiteaux délicatement sculptés. Au centre, trônait un bassin dont l'eau apportait la fraîcheur indispensable au bien-être des habitants du lieu.

Lorsqu'ils débouchèrent dans la cour, les deux hommes aperçurent Rania et les garçons déjà installés près de la grande vasque. Les enfants jouaient à s'éclabousser tandis que la jeune femme brodait les manches d'une longue robe noire. Aussitôt qu'elle aperçut ses visiteurs, elle abandonna son ouvrage et se leva. Petite, le visage rond et enjoué, elle semblait être la sœur aînée des jumeaux plutôt que leur mère.

— Kader, Sélim, quel bon vent vous amène ? dit-elle en se dirigeant vers eux un sourire aux lèvres. Je vous croyais déjà parti monsieur, ajouta-t-elle en s'adressant au compagnon du cheikh tout en rajustant son voile.

— Justement, Sélim vient vous faire ses adieux chère belle-sœur, répondit Kader d'un air entendu. Et je crois qu'il a quelque chose pour les enfants.

— Oh ! c'est trop gentil, il ne fallait pas. Ces monstres sont trop gâtés. Regardez donc dans quel état ils se sont déjà mis !

Omar et Tarik, trempés de la tête aux pieds, couraient vers eux en se chamaillant.

— Venez par-là, leur lança Sélim désireux de les calmer. J'ai un cadeau pour vous les garçons, je suis sûr que cela va vous plaire !

Et, les entraînant de l'autre côté du bassin, il leur donna à chacun plusieurs billes de verre multicolores.

— Voyez comme elles sont belles. Elles ont été fabriquées à Venise, chez les Francs. Je les ai achetées pour vous, sur le marché de Damas.

Médusés par la beauté des objets, les enfants s'étaient tus.

— Je vais vous montrer comment jouer avec ces petites merveilles. Regardez-bien les garçons.

Et tous trois s'accroupirent sur les dalles pour entamer une partie tandis que Rania et Kader faisaient quelques pas dans la galerie.

— Tout va bien ici ? commença ce dernier. Les jumeaux ne sont-ils pas trop turbulents ?

— Tout va bien, ne t'inquiète pas. Ils sont certes un peu vifs et chamailleurs mais... ils sont toute ma vie maintenant. Je... je n'ai plus qu'eux au monde, tu sais.

La voix de la jeune femme s'était brusquement voilée. Elle avait été désespérée par la mort de Hassan. Ami d'enfance, il s'était révélé un mari attentionné dont la complicité lui manquait terriblement. Ensemble, ils avaient su faire de l'oasis un lieu agréable à vivre pour tous, paysans et Bédouins. Leurs fils avaient été la fierté du jeune cheikh et elle les chérissait maintenant pour deux.

— Je suis là Rania, je serai toujours là pour toi et les enfants, ne l'oublie pas. Et puis il y a ton père et... Sélim aussi.

— Oh ! Justement, il va partir et je m'inquiète pour toi, répondit-elle légèrement gênée par son allusion. Il m'a rapporté votre visite à Qasr al-Charak et m'a informée de ton désir, enfin de ton idée de... vengeance. Je ne voudrais pas que tu exposes ta vie pour rien.

— Pour rien ? La mort de Hassan ne représente donc rien pour toi ? répliqua Kader le regard noir.

— Je... je me suis mal exprimée, pardonne-moi, temporisa Rania en se mordant les lèvres. Il n'est pas un jour sans que je ne pense à lui. Mais... Hassan n'est plus. Si ce Franc doit payer, Dieu s'en chargera, j'ai foi en lui. Je voudrais seulement que tu comprennes que ta place est ici. Si tu disparais, que deviendra tout cela ? Tu n'as aucun héritier et ton unique frère est mort. Les jumeaux sont encore bien trop jeunes et je suis trop inexpérimentée pour faire quoi que ce soit. Au lieu de tourner ta colère vers le passé, envisage plutôt l'avenir.

— Certes, je n'étais pas très présent durant ces deux années, chère belle-sœur. Mais les campagnes de Saladin m'accaparaient, et... le domaine n'a pas sombré, à ma connaissance !

— Bien sûr Kader, bien sûr. Mais cette trêve est l'occasion de faire davantage. Et puis tu as presque vingt-cinq ans maintenant, n'es-tu pas en âge de prendre femme ? Une compagne ou... même plusieurs, des enfants, t'aideraient à te fixer, non ? avança la jeune veuve timidement.

Le cheikh réprima un soupir d'exaspération. Que se passait-il donc aujourd'hui ? Sélim et Rania s'étaient-ils ligués contre lui pour décider de son avenir à sa place ? Se marier n'entrait pas dans ses projets pour le moment. Plus tard bien sûr, lorsqu'il aurait éliminé ce chien de Montvallon et assouvi sa soif de combats, il y songerait. En attendant, il profitait des opportunités que lui offrait la vie. D'ailleurs, Sélim se trompait, son harem n'était pas le seul à garder porte ouverte. À Damas, il connaissait plusieurs palais dont les houris étaient bien plus qu'accueillantes...

Il sourit malgré lui à cette pensée. Sa belle-sœur était bien trop prude pour qu'il se confie à elle et d'ailleurs, ce n'était pas là affaire de femmes. Négligeant de lui répondre, il héla son ami qui venait vers eux.

— Il est temps de partir si tu veux faire un bon bout de chemin avant la nuit ! Viens, je te raccompagne.

Et, sans attendre, il l'entraîna vers la sortie.

La journée avait été longue. Après avoir reçu plusieurs chefs bédouins, Kader avait enfin pu rejoindre ses appartements privés. Installé dans sa bibliothèque, il feuilletait une édition rare du *Zij* où étaient consignées les premières tables astronomiques en langue arabe. Passionné par l'étude du ciel depuis son adolescence, il avait rassemblé un nombre impressionnant de traités et de manuscrits d'astronomie qui occupaient un mur entier de la pièce. Plusieurs instruments de mesure, dont de magnifiques astrolabes, complétaient sa collection et lui permettaient de mettre en œuvre les expériences décrites dans ses livres.

Ce soir cependant, malgré sa satisfaction à retrouver les plaisirs de la lecture et de l'étude, presque oubliés pendant toutes ces années de guerre et d'absence, il n'arrivait pas à se concentrer. Les propos de Rania et Sélim ne le laissaient pas en paix. Son désir de vengeance était légitime pourtant. Le Franc avait délibérément exécuté son frère alors qu'il venait d'être échangé contre un autre prisonnier, et il n'avait même pas respecté sa dépouille. Non, il n'aurait de cesse de penser à cet homme tant qu'il n'aurait pas trouvé un moyen de le tuer.

Quant au mariage, il n'était pas du tout d'actualité. D'ailleurs, aucune des jeunes filles susceptibles de prétendre à une union avec un homme de sa condition n'avait jusque-là suffisamment retenu son attention pour qu'il songe à s'engager. Refermant brusquement le précieux ouvrage, il se leva pour faire quelques pas. Soudain, le visage de la Franque, la catin de Montvallon, lui revint en mémoire. Il jura. Comment avait-il pu l'oublier ces derniers jours ? Il ressemblait exactement à celui qui le hantait depuis toutes ces années. La première fois qu'il l'avait vu, il avait été fasciné par ces traits doux et rassurants, pourtant si différents de ceux des femmes qu'il côtoyait. Celles-ci avaient la prunelle sombre et la peau mate, l'air volontiers ténébreux. Tout comme lui. Les yeux mi-clos, il s'attacha à se remémorer le visage enfoui dans sa mémoire. Était-il réellement bien certain de tout cela ? La coïncidence semblait tellement extraordinaire. Ses souvenirs lui jouaient peut-être des tours. Il y avait si longtemps qu'il n'était pas retourné là-bas, au cœur des falaises de l'est.

Au dehors, la nuit commençait à tomber et l'obscurité envahissait peu à peu la pièce où il se trouvait. Kader s'approcha de la grande baie qui s'ouvrait sur le désert. La première étoile venait d'apparaître au firmament. Une étoile ? Non, une planète. *Vénus, pour être plus précis*, se dit le jeune homme. Il sourit. Décidément ce soir tout, même le ciel, le ramenait aux femmes et à leur mystère. Il hocha la tête. C'était décidé. Demain il irait dans les montagnes et il verrait bien si sa mémoire était fidèle.

Le soleil était déjà haut lorsque Kader arriva aux pieds des falaises de l'est. Pour atteindre sa destination, il avait galopé plus de deux heures dans le désert, juché sur le fidèle Sheitan. Si au loin les montagnes roses ressemblaient à un mirage de finesse, de près elles étaient impressionnantes. Haute de plusieurs dizaines de mètres, leur masse rocheuse était sillonnée par d'étroites vallées aux parois vertigineuses. Depuis des millénaires, les rochers de grès avaient été érodés par le cours d'une ancienne rivière qui avait creusé gorges et grottes. Et lorsque l'on pénétrait dans ce labyrinthe géant, on n'était jamais tout à fait sûr d'en sortir. Très tôt pourtant, les hommes s'y étaient aventurés, et avaient marqué leur passage par des signes étranges gravés dans la pierre tendre. Dans l'Antiquité ils avaient construit des temples dont on voyait encore les ruines et des tombeaux où leurs rois reposaient en paix. Mais ce n'était pas cela que Kader cherchait. Il cherchait un endroit connu de lui seul désormais. Une grotte qui renfermait un trésor.

Après une brève hésitation, il s'engagea dans l'une des failles. Il avait mis Sheitan au pas et progressait lentement. Au bout de longues minutes, cavalier et monture débouchèrent sur un espace plus large, à l'entrée marquée par un arc majestueux. Il ne s'était pas trompé, c'était la bonne direction. Jusque-là sa mémoire ne lui avait pas fait défaut. Depuis combien de temps n'était-il pas revenu par ici ? Cinq ou six ans peut-être, avant que les campagnes militaires ne l'accaparent tout à fait et ne l'éloignent de son désert.

Il mit pied à terre et, guidant Sheitan par les rênes, commença à chercher le petit passage qui menait à la grotte. Il lui fallut un long moment pour le retrouver. Dissimulé par une mince avancée de pierre, son accès ne se laissait pas aisément deviner. Le passage était si étroit qu'il dut se résoudre à laisser sa monture à l'entrée. Après avoir attachés les rênes, il se glissa dans l'interstice et commença à avancer. La lumière du soleil éclairait le sol avec parcimonie et, à certains endroits, il devait presque cesser de respirer pour se faufiler entre la pierre. Enfin il atteignit un minuscule dégagement, à peine plus lumineux. Tout autour se dressaient de vertigineuses parois mais là, tout près, s'ouvrait l'entrée de la grotte. Kader esquissa un sourire. Il était arrivé. Avant de continuer son exploration, il ne lui restait plus qu'à faire un peu de feu pour allumer la torche emportée avec lui. Il rassembla quelques herbes sèches accrochées à la pierre et frotta par-dessus deux lames de silex dissimulées dans sa ceinture. Le feu jaillit presque instantanément et il alluma la torche qui flamba. Son sourire s'élargit, dans quelques instants il verrait bien si sa mémoire l'avait ou non abusé.

La cavité n'était pas très profonde. Kader s'arrêta au bout de quelques pas et, brandissant la torche, examina l'endroit. Tout était exactement comme dans ses souvenirs. Au fond se trouvait un grand autel de pierre derrière lequel se dressait la croix des Chrétiens. Une église, c'était bien ce qu'était ce lieu. Si l'on en croyait les légendes une petite communauté de moines s'était installée dans les falaises au tout début de la conquête, il y avait presque un siècle de cela. Personne ne les avait jamais vus cependant, et il avait pu constater que même les Francs ne croyaient pas à cette histoire. Pourtant la preuve en était là, sous ses yeux. Après avoir scruté la cavité du regard, il se dirigea vers la droite, lentement. Allait-il revoir ce visage ? Son cœur battait la chamade et sa main tremblait lorsqu'il éclaira une niche creusée dans la roche. Il retint son souffle. Oui, la statue était toujours là. Élevée en pierre blanche, elle figurait sans doute une sainte, ou peut-être même Maryam, la mère du prophète Jésus. Il éleva la torche et l'approcha du visage de la femme. Fasciné, il expira avec difficulté. Comment ce prodige était-il possible ? Elle ressemblait trait pour trait à la catin de Montvallon. Ses yeux peints avaient exactement la même couleur et, de profil, il retrouvait sans s'y tromper le front légèrement bombé au-dessus du petit nez droit. Quant aux lèvres, elles étaient la réplique exacte de celles de la jeune Franque.

Avec Hassan, ils avaient découvert la grotte bien des années plus tôt. Il n'avait que cinq ans, son frère à peine dix de plus. Dès leur retour à l'oasis, ils avaient prévenu leur père qui avait souhaité voir l'endroit sans attendre. Si c'était bien là une église, il fallait la détruire, effacer toute trace de ces maudits Chrétiens au cœur du désert. À peine entré, il avait brisé les deux grandes statues érigées de chaque côté de l'autel. Leurs débris jonchaient encore le sol. « Notre religion interdit de figurer des êtres vivants » avait-il expliqué à ses fils. Hassan avait tenté de le raisonner, en vain. Ce lieu n'était-il pas sacré ? Apeuré, Kader s'était réfugié dans le recoin le plus sombre de la caverne, près de cette figure de femme qui l'avait subjugué lorsqu'il l'avait découverte le matin même. Et quand son père s'était approché pour la fracasser, il n'avait pas hésité à protéger la madone de son petit corps. Hassan avait arrêté le geste de leur père juste à temps, puis il avait réussi à le convaincre d'arrêter. Détruire ce lieu ne changerait rien à l'avancée des Francs mais risquait de traumatiser pour longtemps l'enfant. Leur mère était morte tout récemment et il était inutile de lui infliger de nouvelles souffrances. Le père avait haussé les épaules puis les avait traînés vers la sortie. « Venez », leur avait-il dit « ne restons pas dans ce lieu impie ».

Cette mésaventure avait pour toujours lié les deux frères, le grand s'érigeant en défenseur du plus petit. Hassan n'était jamais plus retourné aux falaises de l'est mais Kader y était revenu plusieurs fois, seul, toujours pour revoir cette belle dame. Et quand il en parlait à son aîné, celui-ci se moquait gentiment : « Tu es encore allé voir ta fiancée du désert ». *Sa fiancée du désert*, Kader sourit tristement. Plus jamais Hassan ne le raillerait au sujet de cet attachement puéril.

4

— Je me demande bien où est le collier de saphir ? lança Aude à Koré tandis que celle-ci l'aidait à ôter sa parure d'ambre. Le comte était furieux que je ne le porte pas ce soir.

La petite servante ne répondit pas et redoubla d'efforts pour ouvrir le fermoir qui résistait.

— Je l'avais pourtant rangé dans le coffret, insista-t-elle. Tu t'en souviens n'est-ce pas ?

— Oui madame, je... je m'en souviens très bien, répondit la jeune fille d'une voix peu assurée. C'était juste avant que... enfin, juste avant le tournoi. Il... y a une dizaine de jours je crois.

— Oui, c'est bien ça, une dizaine de jours à peu près.

Inquiète, Aude fouilla de nouveau dans son coffret à bijoux mais le collier de saphir n'y était pas. Montvallon allait sans doute la châtier pour cela. Quelle punition lui réserverait-il cette fois-ci ? Elle se leva pour faire quelques pas et tenter de se calmer.

— Madame, pourriez-vous vous rasseoir s'il vous plaît ? Je n'ai pas fini de vous préparer.

Elle regagna la haute chaise en bois en rechignant. La préparer pour quoi ? Pour être battue, enfermée, humiliée d'une façon ou d'une autre ? Sur ce plan-là le comte ne manquait pas d'idées. Décidément il fallait qu'elle trouve une solution pour quitter cet endroit et s'éloigner de cet homme qui la traitait comme une esclave.

— Aïe, tu me fais mal Koré ! Arrête de tirer ainsi sur mes cheveux, s'exclama-t-elle comme la jeune fille avait entrepris de brosser sa lourde chevelure. Qu'as-tu ce soir, tu es bien maladroite ?

— Je... je n'ai rien madame, je suis juste un peu... fatiguée peut-être.

— Fatiguée ?

Aude se tourna vers sa servante. Effectivement, la petite avait plutôt mauvaise mine et de larges cernes entouraient ses yeux sombres. Comment ne s'en était-elle pas aperçu plus tôt ? Était-elle devenue si indifférente aux autres qu'elle était incapable de voir la détresse d'une enfant ?

— Donne-moi cette brosse et va te reposer, Koré, reprit-elle d'une voix plus douce. Je terminerai de me préparer seule. Ne t'inquiète pas, va, ajouta-t-elle pour la rassurer.

— Bien madame, merci, répondit la jeune fille en inclinant la tête.

Une fois seule, Aude se natta rapidement les cheveux et quitta la longue tunique brodée qui lui servait de robe d'intérieur pour revêtir une chemise de nuit dont le tissu diaphane ne laissait, malheureusement, que peu de place à l'imagination. *Si je me couche avant que Montvallon n'arrive, j'arriverai peut-être à échapper à une crise, enfin pour ce soir tout du moins,* songea-t-elle sans trop d'espoir. Mais, comme elle se dirigeait vers le lit, la porte de la chambre s'ouvrit brutalement et le comte pénétra dans la pièce.

— Décidément tu n'en fais qu'à ta tête, sale garce. Je t'avais dit de porter le collier de saphir. Nos hôtes sont habitués à côtoyer des princes et des rois, non des sauvages parés de vulgaires cailloux, rugit-il en fermant la porte derrière lui.

Aude se tourna vers lui. Immobile au milieu de la pièce, elle se sentait comme un animal pris au piège. Il fallait pourtant qu'elle réagisse si elle ne voulait pas qu'il la questionne plus avant et lui demande à voir le fameux collier.

— Je... je pensais bien faire seigneur en portant la parure d'ambre, parvint-elle à articuler. La dernière fois, vous m'aviez dit que... qu'elle s'accordait parfaitement aux reflets de ma chevelure et que...

— Assez, la coupa-t-il brutalement. La dernière fois était la dernière fois, et ce soir mes exigences étaient autres.

En disant ces mots il commença à s'avancer vers elle en la détaillant sans vergogne. Consciente de son regard insistant,

40

elle se sentait de plus en plus mal à l'aise. S'efforçant de n'en rien laisser paraître, elle serra les poings et releva la tête bravement.

— Oui, ce soir, mes exigences sont autres, répéta-t-il d'une voix soudain plus suave tandis que ses yeux n'étaient plus que deux fentes étroites.

Tétanisée, elle ne bougeait toujours pas. Sans doute avait-il désormais autre chose en tête que le collier. Qu'allait-il donc lui demander ? Il s'arrêta à quelques pas d'elle puis commença à lui tourner autour, terriblement lentement. Il était si près qu'elle sentait son souffle lui balayer la peau. Le cœur battant, elle serra les poings davantage. Le comte était un redoutable chasseur. S'il percevait la moindre peur en elle, il ne l'épargnerait pas.

— Tu n'oses même pas me regarder en face, catin. Manques-tu de courage à ce point ?

Et sans attendre de réponse, il lui arracha sa chemise d'un geste sec. La fine étoffe glissa à ses pieds, formant une flaque claire sur le sol de bois. Aude gémit mais se força à rester droite tout en gardant les yeux fixés sur le pourpoint de son amant. Celui-ci avait raison, elle était bien incapable d'affronter son regard.

— Voilà qui est mieux, dit-il cependant. Tu es vraiment très belle, tu sais. Tu sembles presque… irréelle, ajouta-t-il d'une voix légèrement tremblante. Mais… je sais que ce n'est pas le cas. Alors maintenant tu vas faire ce que je te dis, et tu vas t'agenouiller devant moi. À genoux, répéta-t-il comme elle ne s'exécutait pas.

Aude se mit à trembler. Elle venait de comprendre ce qu'il attendait d'elle. Il voulait qu'elle lui fasse cette chose horrible, bien pire que de lui donner son corps. Comme pour confirmer ses plus sombres pensées, le comte ôta sa tunique d'un geste vif et commença de baisser ses chausses.

— À genoux femme, aboya-t-il.

Les larmes aux yeux, Aude s'abaissa lentement. Si elle n'obéissait pas, il la frapperait sûrement.

— Bien, dit-il d'un air satisfait. Et maintenant, donne-moi du plaisir.

L'air commençait légèrement à fraîchir. Bientôt la nuit tomberait et, sans aucun doute, ses tourments reprendraient. Aude frissonna. Penchée sur la courtine qui reliait le logis seigneurial à la grande tour, elle contemplait tristement l'horizon. Au-delà des hautes murailles qui protégeaient la ville s'étendait le désert. Ici, elle était sûrement aussi prisonnière de cette immensité pierreuse que de cet homme abject. Si le comte la laissait en paix la journée, la nuit venue il manquait rarement de la visiter et de lui faire subir maints outrages. Comme la veille, alors qu'elle avait dû satisfaire jusqu'à l'aube ses désirs les plus vils. Malheureusement elle ne pouvait s'en prendre qu'à elle-même. Ne s'était-elle pas jetée de son propre chef dans la gueule du loup ?

Elle se pencha presque à tomber. À l'ouest se trouvait l'hôpital Sainte-Marie. Elle le voyait maintenant comme un havre de paix qu'il lui fallait coûte que coûte rejoindre afin de ne pas perdre ses dernières illusions. De grands oiseaux aux cris stridents traversèrent soudain son champ de vision. Le ciel se mit à rougeoyer et un petit vent tiède se leva. Les premières notes de la prière du soir retentirent. Elle s'accorda quelques instants encore. Depuis qu'elle était en Terre sainte, ce chant étrange la transportait. Les sœurs lui avaient expliqué sa signification, l'appel des fidèles à se tourner vers Dieu. À quelques lieux d'ici, elles l'entendaient sans doute également. Cette idée la réconforta et elle dut se faire violence pour rentrer. Il était temps de se préparer pour le dîner du soir.

— Koré, lança-t-elle en ouvrant la porte de sa chambre, je suis en retard, viens, aide-moi s'il te plaît.

Aude ferma le battant de bois puis s'avança. La pièce était plongée dans l'obscurité mais elle sentait parfaitement la présence de quelqu'un non loin d'elle.

— Koré, c'est toi, tu es là ? dit-elle légèrement inquiète.

S'emparant d'une torche, elle l'alluma et resta interdite. Sa servante se trouvait tout près de sa table de toilette et tenait dans ses mains sa parure d'ambre.

— Mais que fais-tu donc Koré ?

Comme la petite servante ne répondait pas, elle insista plus durement :

— Réponds-moi, que fais-tu avec ces bijoux dans les mains ? Est-ce... donc toi qui m'as volée ? Réponds-moi enfin !

La jeune fille en pleurs lâcha les bijoux et tomba à genoux.

— Oui, pardonnez-moi, maîtresse, c'est... c'est moi qui ai pris le collier de saphir.

— Oh ! lança Aude étonnée.

Elle avait toute confiance en sa servante et jamais elle n'aurait pu imaginer qu'elle soit sa voleuse. Un sentiment de découragement l'envahit. Elle n'avait donc vraiment personne sur terre à qui se fier ?

— Relève-toi et explique-moi ce qu'il t'a pris. Tout, je veux tout savoir.

Koré se leva et commença péniblement :

— Je... je... enfin, pendant que vous étiez au... au cachot le comte de Montvallon m'a demandé de... de faire des choses.

Aude blêmit. S'en était-il pris à une enfant ?

— Des choses, quel genre de choses petite, parle.

— Il... il m'a ordonnée de me déshabiller puis de m'allonger près de lui et il... il m'a caressée, partout, continua Koré.

— Oh ! t'a-t-il... enfin t'a-t-il forcée à faire davantage ? questionna Aude, dévastée par cet aveu.

— Non maîtresse, il s'est arrêté là.

La jeune femme ne put retenir un soupir de soulagement. Malgré le traumatisme qu'elle avait dû endurer, sa servante était intacte.

— Et pourquoi me voles-tu petite, pour te venger ? Tu sais pourtant que sa colère retombera sur nous deux, ce n'est pas dans ton intérêt.

Koré se mordit les lèvres avant de répondre.

— C'est que... j'ai un fiancé madame, un des gardes du comte.

Aude la regarda plus attentivement. Elle lui semblait bien jeune pour être déjà engagée. Quel âge avait-elle ? Treize ans, quatorze tout au plus.

— Un fiancé, à ton âge ?

— Mais... j'ai presque quinze ans madame.

Certes, elle était presque en âge de se marier, mais cela n'expliquait rien.

— Et alors, je ne vois pas. Quel rapport avec le vol ?

— Vous ne comprenez donc pas ? répliqua la servante en haussant le ton malgré la crainte d'une punition qui risquait d'être exemplaire. Je ne peux pas rester dans cette maison, je n'y suis pas en sécurité. J'en ai parlé à Landry, mon fiancé, il est prêt à s'enfuir avec moi mais pour cela il… nous faut de l'argent et nous n'avons rien. C'est… pour cela que j'ai volé le collier.

Aude ne répondit pas. Bien sûr qu'elle comprenait. Soudain une idée folle se présenta à son esprit. Et si elle profitait de cette occasion pour s'enfuir elle aussi ? Seule, elle n'y parviendrait jamais. Il lui était impossible de se procurer un cheval et de sortir de la ville. Mais avec l'aide des jeunes gens, tout devenait possible.

— Calme-toi petite, et dis-moi, quand pensais-tu t'échapper ?

— Nous pensions faire cela après-demain, madame, répondit Koré un peu rassérénée par le regard presque bienveillant de sa maîtresse. Le comte doit se rendre à Jérusalem. Le château sera moins bien gardé car il partira avec plusieurs de ses soldats. Landry sait déjà qu'il ne fera pas partie de son escorte.

Aude n'était pas au courant de ce déplacement mais sa servante avait raison. Sans doute était-ce là une opportunité à ne pas rater. Comme à chaque fois, Montvallon la laisserait sûrement à Blancastel.

— Le comte doit s'absenter ? Je l'ignorais. Je veux bien fermer les yeux sur ton forfait, petite. Je veux bien… à la condition que vous m'emmeniez, ton Landry et toi.

Koré la regarda sans comprendre.

— Partir, vous voulez partir ? Le seigneur est certainement très dur avec vous mais grâce à lui vous avez tout ce que vous désirez, des robes, des bijoux…

— Tu ne vois donc pas que je suis telle sa prisonnière et qu'il m'humilie chaque jour un peu plus ? répliqua Aude la voix tremblante.

— Si madame, pardonnez-moi.

— Alors, qu'en dis-tu ?

La petite hésita. Son fiancé ne serait sans doute pas enchanté de cette demande mais elle n'avait pas le choix.

— Je… je vais en parler à Landry madame.

— Non, c'est moi qui lui parlerai. Tu lui diras de venir ici même, demain matin.

Aude avait à peine dormi. Pour une fois, le comte n'était pas venu la rejoindre mais toute la nuit elle avait pensé à ce projet d'évasion. Elle tenait là sans doute une occasion unique qui ne se reproduirait pas avant longtemps. Il fallait la saisir. Landry se présenta à elle dès le petit matin. C'était un jeune homme blond, très grand, à l'air sérieux. Il portait beau l'uniforme sévère des gardes de la citadelle. Elle l'accueillit avec empressement.

— Koré vous a-t-elle parlé de ma requête ? commença-t-elle dès qu'il eut fermé la porte derrière lui.

— Oui madame, lui répondit-il tout en jetant un bref coup d'œil à sa fiancée.

— Bien. Si vous n'y accédez pas, je serai forcée de parler au comte du vol de bijoux. Si vous acceptez, vous pourrez garder le collier de saphir.

Landry se raidit imperceptiblement puis s'inclina.

— Il en sera fait comme vous le désirez, madame.

— Alors, dites-moi, quel est votre plan, soldat ?

Elle était impatiente d'en savoir plus, certaine que son avenir dépendait de ce qu'elle allait entendre. Mais, à voir le promis de sa servante, elle ne pouvait s'empêcher de douter. Comment un si jeune homme pouvait-il vaincre la vigilance de Montvallon ?

— Le comte part demain matin à Jérusalem et y restera quelques jours. Je vous propose de tenter notre chance dès l'après-midi. Je me déguiserai en marchand. Si vous le permettez, nous vous ferons passer pour ma femme et Koré pour ma jeune sœur. J'ai déjà tout organisé. Nous quitterons la ville avec notre chargement. La charrette est prête. Elle sera conduite par un âne et remplie de caisses de fruits. Des chevaux nous attendront à l'extérieur de la cité.

— Bien, cela me semble... parfait, concéda Aude surprise par l'aplomb de son interlocuteur et prête à reprendre espoir. Cependant, comment ferons-nous pour quitter la forteresse sans être reconnus ?

— Vous vous déguiserez également, et porterez un voile.

45

Je… ne pense pas que l'on vous reconnaisse, vous passez si peu la grande porte.

— Oh ! n'est-ce pas risqué ?

L'inquiétude la reprit. Une sentinelle un peu trop curieuse et leur fuite serait compromise.

— Madame, je ne vois pas d'autre solution. Koré m'a dit que vous n'aviez ni l'une ni l'autre la permission de sortir de cette enceinte.

Aude réfléchit. Le plan paraissait réalisable finalement. Mais après, une fois sortis de la ville, poursuivraient-ils la route ensemble ?

— Et ensuite, où pensez-vous aller tous les deux ?

— Nous irons vers le nord, à Antioche. Koré y a de la famille, ils nous cacheront.

— Très bien, je vois que vous avez pensé à tout, dit-elle en esquissant un sourire.

Sa route à elle la mènerait vers l'ouest, elle l'emprunterait donc seule.

— Et vous madame, permettez-moi de vous demander où vous souhaitez vous rendre ?

Aude hésita avant de répondre. Moins les jeunes gens en sauraient, plus elle aurait de chance de parvenir à destination. S'ils étaient pris, ils ne résisteraient sans doute pas longtemps aux tortures raffinées de Montvallon. Après un bref regard à Koré qui ne manquait pas une parole de leur conversation, elle se décida pourtant.

— Je… souhaiterais retourner là d'où je viens, à l'hôpital Sainte-Marie-du-Désert, au moins dans un premier temps.

— Mais n'est-ce pas dangereux ? avança Landry. Le comte vous retrouvera facilement.

— Certes, le tout est d'y arriver en réalité. Une fois là-bas, je serai en sécurité, l'Ordre des Hospitaliers est puissant. Par ailleurs j'ai… suivi le comte de Montvallon de mon plein gré et n'ai jamais été sa prisonnière, même si… tout paraît montrer le contraire. Les sœurs en témoigneront. Libre de le suivre, je devrais être libre de le quitter. Il ne pourra rien faire et il sera pris à son propre piège.

46

Le jeune homme s'inclina de nouveau.

— Permettez-moi de vous laisser madame, je dois prendre mon tour de garde. Nous partirons donc demain, Koré vous préparera.

Aude exultait. Très bientôt, si tout se déroulait comme prévu, elle serait libre. Une seule chose la préoccupait. Elle serait considérée comme une voleuse car le comte lui avait bien fait comprendre que ses bijoux ne lui appartenaient pas en propre. Il souhaitait qu'elle soit parée comme une princesse et lui fasse honneur, nullement qu'elle s'enrichisse à ses côtés. Pourtant, ne l'avait-elle pas gagné ce collier, après tout ce qu'il lui avait fait subir ? Tant pis, ce détail ne devait pas l'arrêter. Elle en parlerait aux sœurs et celles-ci sauraient bien la conseiller. Au pire, elle leur demanderait de rembourser puis suerait sang et eau pour s'acquitter de sa dette. Pour une fois, les apparences la serviraient. Jamais le comte n'oserait avouer en public s'être fait berner par une femme. Complètement rassurée, elle commença à rassembler quelques affaires.

5

Raymond de Tripoli faisait les cent pas dans la petite pièce voûtée qui lui servait de salle de travail. Située dans l'une des tours de la citadelle de Jérusalem, elle lui permettait de réfléchir en toute tranquillité et d'accueillir les visiteurs seul à seul. Ceux qu'il préférait recevoir loin des regards curieux des barons, ou ceux pour lesquels il ne jugeait pas nécessaire de déployer le faste de la grande salle. Le comte de Montvallon était de ceux-là et, aujourd'hui, il se faisait attendre. Tripoli pesta en silence. Il n'avait guère de temps à perdre. Depuis qu'il assurait la régence du royaume de Jérusalem, il ne savait plus où donner de la tête. Cela faisait un peu plus de trois mois maintenant qu'il se vouait à cette tâche. En mars, Baudouin le quatrième, le roi lépreux, était mort sans héritier direct et le trône était revenu au fils de sa sœur Sibylle, princesse de Jérusalem. Le petit, que l'on appelait familièrement Baudouinet pour le distinguer de son illustre oncle dont il portait le prénom, n'avait que huit ans. L'enfant était bien incapable de régner et sa mère, malgré le désir qu'elle en avait, ne pouvait prétendre à le remplacer. Ce n'était pas la première fois que Raymond de Tripoli occupait cette fonction, mais à presque cinquante ans il était usé, épuisé par toutes les années de guerre et les manigances des barons. Décidé à se remettre au travail sans attendre, il se dirigeait vers la grande table qui croulait sous les missives et les parchemins lorsqu'on annonça Montvallon.

— Alors cher comte, comment se passe votre installation

dans notre belle forteresse de Blancastel ? lui lança-t-il sans préambule.

Tout en le questionnant, il le fixait d'un air presque hostile. Il n'appréciait guère cet homme envoyé en exil deux années plus tôt par le défunt roi. Accusé d'avoir mis à mort dans des circonstances douteuses l'un des conseillers du souverain, ce dernier l'avait épargné à cause de ses faits d'armes, mais il avait tenu à l'éloigner durablement de la cour.

— Elle se passe à merveille, répondit Montvallon sans se démonter.

Piqué par la froideur du régent et vexé d'être reçu presque en intrus, il tentait de faire bonne figure. Il était venu à la demande de Tripoli qui souhaitait sans doute lui en remontrer mais il n'était pas question pour lui de se laisser impressionner.

— Il m'est heureux de retrouver les miens et de pouvoir à nouveau... m'impliquer dans les affaires du royaume, ajouta-t-il en se redressant de toute sa haute taille.

Le régent se crispa. Lorsque Baudouin était mort, il avait choisi le chemin de la paix et avait signé une trêve de quatre années avec Saladin. Les hommes étaient fatigués et le pays exsangue, cette trêve pourrait permettre de souffler un peu et de reconstituer leurs forces. Même s'il ne se faisait pas trop d'illusions sur sa durée. Plusieurs barons et les ordres armés, les Templiers en tête, avaient protesté. Il avait dû leur donner des gages et faire revenir Montvallon qui était de leur camp. Querelleur et cruel, il était l'un des plus ardents défenseurs de la guerre.

— J'en suis fort aise, cher comte. Notre royaume a besoin de toutes les attentions et nos forteresses se doivent d'être tenues par des hommes de... caractère, des hommes... tels que vous.

Ses mots lui brûlaient les lèvres mais il n'avait guère le choix. Guy de Lusignan, l'époux de Sibylle de Jérusalem, soutenait également le comte. Quant à la princesse, on ne savait guère ce qu'elle pensait. Tantôt elle semblait partager ses idées sur les bienfaits de la trêve, tantôt elle penchait du côté de son mari. Son vrai combat, elle le menait pour son fils, Baudouinet. Issu d'un premier mariage, il était la prunelle de ses yeux. Et pour lui, pour lui assurer le trône de Jérusalem, elle aurait défié tous les chevaliers du royaume s'il l'avait fallu.

— Je n'aurais pu souhaiter voir m'attribuer meilleur fief, monseigneur, répliqua Montvallon d'un air goguenard. Blancastel est exactement celui qu'il me fallait.

Évidemment, songea Raymond de Tripoli, amer. Le fort était particulièrement bien placé. À la lisière du désert, tout proche de la route des Rois, il permettait d'avoir un œil sur le commerce qui commençait tout juste à reprendre depuis la proclamation de la trêve. Cotonnades d'Alep, soieries de Damas, aromates, épices et pierreries transitaient désormais quotidiennement par cet axe séculaire bien connu des Sarrasins. Et se servir directement était chose bien tentante pour un homme sans foi ni loi comme le redoutable comte. Renaud de Châtillon, autre seigneur brigand dont les terres se trouvaient également outre Jourdain, à Kérak de Moab, n'avait-il pas en son temps attaqué plusieurs fois des caravanes se rendant à Damas ou en Égypte ? Il les avait pillées sans vergogne, rançonnant au passage leurs occupants et massacrant ceux qui tentaient de résister.

Comme s'il avait deviné ses pensées, Montvallon ajouta, un sourire mauvais aux lèvres :

— Il est, ma foi, très bien situé, et je vous en remercie.

Tripoli le foudroya du regard.

— Certes. Mais n'oubliez pas que je tiens à ce que vous me prouviez votre loyauté, messire. Je ne supporterai nulle incartade.

— Nous sommes en paix, monsieur, cela ne m'avait pas... échappé. D'ailleurs, sitôt mon arrivée au fort, n'ai-je pas organisé un tournoi en lieu et place d'une bataille ?

— Et vous avez pris compagne, si j'en crois ce que m'ont rapporté certaines dames présentes à ce tournoi.

Montvallon se tourna vers la femme qui venait de prendre la parole et s'inclina à contrecœur. Grande et altière, sûre de sa beauté, elle le toisait sans bienveillance.

— Les nouvelles vont vite princesse, à ce que je vois, lui

répondit-il d'un air pincé. Effectivement, la damoiselle de Chécy a bien voulu me suivre et partager ma... nouvelle vie.

Sibylle de Jérusalem fit la moue et joua avec son collier de grenats dont chacune des pierres était aussi grosse qu'un ongle. Vêtue à la mode byzantine, elle arborait une splendide robe verte aux larges manches brodées de fils d'or. Née en Orient, elle ne dédaignait pas afficher l'apparat de l'empire frontalier des royaumes croisés.

— Il est bon, cher comte, qu'un homme ait femme à son côté, mais une épouse légitime aurait sans doute mieux valu. Les barons jasent et leurs dames ne sont guère enclines à se mêler à une... courtisane. Surtout lorsqu'elle se donne en spectacle, m'a-t-on dit.

Montvallon serra les poings. Cette garce d'Aude de Chécy l'avait décidément ridiculisé. Mais il n'était pas venu ici pour parler de sa vie privée, et encore moins avec cette femme parée comme une divinité païenne.

— Cela dit, j'admire son courage, poursuivit Sibylle avant que le comte n'ouvre la bouche pour lui répondre. S'élancer sur le sable encore rouge du sang des vaincus pour sauver un enfant est un acte de bravoure digne d'être souligné. Néanmoins, je n'ose imaginer ce qu'il aurait pu se passer si des chevaux avaient pris peur et s'étaient emballés.

— Mais il ne s'est rien passé de tel, madame. Cela dit, je retiens votre suggestion de... me remarier. Si une héritière se présentait, je ne la refuserais certes pas.

La princesse le toisa de nouveau.

— Je ne pensais pas particulièrement à une héritière, comme vous le dites. Avant que l'on ne vous accorde la main d'une personne de haut rang, vous devrez d'abord faire vos preuves. N'oubliez pas que vous avez trahi mon frère de la plus odieuse manière, et que cette félonie pèse toujours sur votre passé.

Le comte sentit la rage l'envahir. De quel droit cette péronnelle se permettait-elle de juger ses actes ? Le roi défunt l'avait certes puni mais il lui avait aussi pardonné. C'est du moins ce que lui avait dit son chapelain lorsqu'il était allé le visiter à Chypre, l'année précédente. Il fit un pas vers elle, l'air menaçant.

Raymond de Tripoli s'interposa. S'il n'intervenait pas, la situation risquait fort de s'envenimer. Ces deux-là se détestaient et il ne voulait pas risquer un conflit alors qu'il avait déjà tant de difficulté à gérer le royaume.

— Vous souhaitiez me voir, madame ? lança-t-il d'une voix forte à Sibylle de Jérusalem.

Celle-ci se détourna ostensiblement du comte. Un jour, il lui revaudrait tout cela.

— Si fait, mon ami, j'ai besoin de vous parler, sans tarder.

Le régent réprima un soupir de soulagement. Aucun esclandre n'éclaterait aujourd'hui.

— Alors nous nous reverrons demain, monsieur, déclara-t-il à l'adresse de Montvallon. Je souhaiterais vous parler de la nouvelle citerne qu'il s'agirait de creuser pour l'alimentation du fort.

Le comte acquiesça d'un signe de tête et prit congé sans accorder un regard à la princesse. Cette femme était allée trop loin et, à cause d'elle, il allait devoir passer une nouvelle nuit sur place alors qu'il n'avait qu'une seule chose en tête, revoir Aude de Chécy au plus vite. Malgré son indocilité, il éprouvait pour elle un désir si puissant que ses mains en tremblaient lorsqu'il la possédait. Aucune femme n'avait jamais eu cet ascendant sur lui et il la haïssait presque pour cela.

Quand il l'avait rencontrée, fleur égarée au milieu de la fange de cet asile répugnant, il avait instantanément succombé. Pour la séduire, il lui avait promis mille merveilles, dont ce retour en Occident qu'elle poursuivait comme une chimère. Pourtant il savait déjà que jamais il ne la laisserait partir. Les promesses n'étaient-elles pas faites pour être rompues ?

Renonçant à s'enfermer dans la petite chambre qu'on lui avait allouée durant son séjour, il rejoignit le chemin de ronde pour y faire quelques pas. Protégé par d'élégants créneaux, il venait tout juste d'être élargi par les architectes du défunt roi qui avaient dans le même temps doublé les murailles et renforcé les hautes tours de cette citadelle dont on disait qu'elle abritait l'ancien palais d'Hérode le Grand. Tout en admirant l'appareil des murs constitué de grosses pierres soigneusement taillées, il contempla la ville de Jérusalem dont le lacis de ruelles s'étendait au pied de la forteresse. Au nord, côté levant, on apercevait les coupoles du Saint-Sépulcre, tombeau du Christ et des rois. Plus loin, le mont des Oliviers, où le Fils de Dieu avait passé ses derniers moments d'homme libre. Son regard s'arrêta sur le dôme d'or pur qui couronnait la plus grande mosquée de la cité. Ses yeux s'emplirent de haine. La Ville sainte avait été gagnée sur les Infidèles il y a près d'un siècle maintenant. Depuis, maintes places fortes avaient été prises et perdues, puis reprises de nouveau. Mais le pays n'était pourtant pas conquis et à cause de cette trêve décidée par le vieux Tripoli on perdait un temps précieux. Malgré la rumeur qui le disait affaibli par des querelles internes, Saladin gagnait chaque jour de nouveaux alliés. Il serra les poings. Le pays avait besoin d'hommes comme lui.

Soudain une voix d'enfant se fit entendre dans la grande cour, en contrebas. Un petit garçon aux longs cheveux filasse jouait avec de jeunes servantes. Le comte se pencha davantage. Le petit Baudouin sans doute, le roi de Jérusalem. Sa mère mettait tous ses espoirs en lui alors qu'il semblait si chétif. On disait qu'il avait huit années mais il en paraissait à peine six. Il plissa les yeux d'un air mauvais. Si c'était là le souverain de ce royaume, tout espoir n'était pas perdu.

— Vous admirez mon beau-fils, cher comte ?

Montvallon se retourna brusquement et se détendit instantanément en reconnaissant Guy de Lusignan. Il était un allié sûr, même s'il n'était point le grand chef que certains attendaient.

— Seigneur, pardonnez-moi, je ne vous avais pas entendu approcher.

L'époux de Sibylle de Jérusalem lui donna l'accolade.

— Je suis heureux de vous voir céans, Gauthier.

— Moi également, messire.

— Pourquoi donc êtes-vous à la cour ? Un ennui à Blancastel ?

— Nenni monsieur. Je suis ici à la demande de Tripoli. Il m'a fait venir pour une histoire de citerne je crois. Mon intendant aurait sans doute parfaitement pu suffire à régler cette affaire. Le régent me surveille, et je n'aime pas cela.

— Laissez-lui le temps de… s'habituer à vous. Et profitez de votre position pour rassembler les hommes. Nous en aurons besoin le moment venu.

Montvallon le fixa d'un air résolu.

— J'y œuvre sans relâche, croyez-le bien.

— Je n'en doute pas mon ami, je n'en doute pas. Alors… que pensez-vous de cet enfant ?

Le ton moqueur de son interlocuteur n'avait pas échappé au comte. Aussi n'hésita-t-il pas à s'exprimer presque librement.

— Il me semble bien frêle, messire, aussi fragile qu'une fille à dire vrai. Je me disais que la vie était dure sur ces terres, et que son oncle était mort… bien jeune.

— Plus bas, mon cher, plus bas, par le sang du Christ. Ces paroles pourraient fort bien vous coûter la vie. Ma femme et ce satané Tripoli ont des espions partout dans ce palais.

— Pardonnez-moi, seigneur. Je suis resté si longtemps loin de la cour que j'en ai oublié les usages et… les dangers.

Lusignan le rassura.

— Notre heure viendra, soyez-en sûr. D'ici peu, je régnerai. Je mettrai un terme à cette politique de lâches et éliminerai Saladin.

Pendant qu'il parlait, son visage s'animait. De son vivant, le roi lépreux avait mis ses dernières forces à l'éloigner du trône. Celui-ci n'avait jamais apprécié son caractère belliqueux ni accepté son mariage avec sa sœur Sibylle. Baudouin avait même tenté de le dénoncer publiquement, en vain. Mais il avait résisté. Et après quelques coups d'éclats qui avaient failli plusieurs fois mettre le royaume à feu et à sang, il avait gagné quelques alliés parmi les barons récalcitrants et, surtout, il s'était assuré le soutien des Templiers. Avec eux dans son camp, il était sûr de vaincre et d'avoir sa revanche. Bientôt, Tripoli et les siens seraient balayés aussi facilement que brassées d'herbes sèches par le vent du désert.

— Venez, allons discuter hors de cette enceinte, proposa-t-il à Montvallon en lui prenant familièrement le bras. Cet endroit n'est pas sûr. Tant que le régent est dans ces murs, ce qui vaut pour vous, vaut pour moi. Je connais un endroit où nous serons tranquilles.

Enfin, elle était libre ! Aude avait du mal à y croire. Le plan de Landry avait parfaitement fonctionné, tout s'était passé sans encombre. Les deux amoureux étaient partis vers le nord tandis qu'elle s'apprêtait à passer la nuit dans le petit abri que le jeune homme lui avait indiqué, sur la route de l'ouest. Connu seulement de quelques pèlerins et de rares soldats, il était relativement sûr, même si une mauvaise surprise n'était pas exclue.

Après avoir fait le tour de la cabane, elle sauta de sa monture et s'avança prudemment sur le seuil pour s'assurer que nul n'y avait déjà trouvé refuge. L'abri était vide, et semblait ne pas avoir été occupé depuis quelque temps. Rassurée, elle attacha son cheval à l'entrée et le débarrassa de son chargement. Elle n'avait emporté que le strict nécessaire : un peu de nourriture, de l'eau, un poignard que lui avait donné le jeune soldat et quelques effets. Ne pouvant se présenter devant les sœurs complètement démunie, elle avait pris avec elle deux de ses robes parmi les plus simples. Une robe blanche, en coton léger, et une bleue, coupée dans un tissu légèrement soyeux, qu'elle affectionnait tout particulièrement. Une paire de chaussures de rechange et quelques dessous complétaient ce modeste paquetage. Bien sûr, elle avait laissé au fort tous les bijoux et les innombrables flacons de ce capiteux parfum dont le comte la forçait à s'inonder. Une fois installée, elle mangea un peu de pain et de fromage puis barricada la porte branlante comme elle le put. Elle s'enveloppa d'une vieille couverture trouvée dans un coin et s'allongea à même le sol. Il fallait qu'elle dorme, ne serait-ce que quelques heures, car le lendemain une longue route l'attendait. Malgré la fatigue, elle mit du temps à trouver le sommeil. Seule au milieu du désert, elle n'avait pas l'esprit tranquille. Et les derniers événements repassaient dans sa tête sans qu'elle ne puisse rien faire pour les occulter. Elle avait fait le mauvais choix en suivant le comte et l'avait payé très cher. Que lui réserverait l'avenir, sinon une vie d'abnégation dans un pays qu'elle peinait à apprécier ?

Elle fut réveillée dès l'aube par les hennissements du cheval et le bruit du vent. La porte avait cédé et l'animal, affolé par l'ampleur des bourrasques, ruait au risque de se blesser. Elle s'approcha doucement de la pauvre bête et réussit à la calmer avant de l'entraîner à l'intérieur de l'abri. Au dehors, le vent soufflait de plus belle et des nuages de poussière obscurcissaient le ciel. Aude sentit la panique l'envahir. Comment allait-elle pouvoir retrouver sa route ? Il fallait pourtant qu'elle parte au plus vite. Les hommes du comte n'allaient sans doute pas tarder à remarquer son absence et à se lancer à sa poursuite.

Elle attendit de longues minutes puis passa la tête à l'extérieur. Le vent semblait perdre de sa vigueur mais le ciel restait bas et gris, il lui était impossible de s'orienter à l'aide de la position du soleil. *Ce n'était vraiment pas sa chance !* Depuis son arrivée à Blancastel le ciel n'avait jamais manqué d'être bleu et totalement dégagé, sans le moindre nuage. Or, juste aujourd'hui, il lui faisait défaut ! Tant pis, elle devrait se passer des repères habituels. Elle réfléchit. Hier soir, lorsqu'elle était arrivée, l'entrée de la cabane lui avait semblé être à l'est, dos aux derniers rayons du soleil justement. Si elle partait dans la direction opposée, elle irait forcément vers l'ouest. Oui mais... avait-elle vu juste la veille, l'entrée était-elle vraiment côté Levant ? Soudain, un bruit étrange se fit entendre. Homme ou animal ? À moins que ce ne soit l'écho du vent. Elle frissonna. Elle n'était plus sûre de rien en réalité. Pourtant, il fallait qu'elle se décide. Cela ne lui prit que quelques secondes. Si elle ne partait pas, les hommes du comte la retrouveraient, et celui-ci la tuerait. Sitôt convaincue, elle rassembla ses affaires, grimpa sur sa monture et, après avoir fait le tour de l'abri, éperonna son cheval qui s'élança dans la poussière.

6

Sélim reprit la route après avoir passé la nuit et une bonne partie de la matinée dans un camp bédouin. À l'abri dans la tente des hommes, il avait patiemment attendu que la tempête se calme. Il le savait parfaitement, le désert ne pardonnait pas aux inconscients.

Après quelques foulées, il lança son étalon au galop. S'il se dépêchait, il pourrait arriver chez Kader avant la nuit. Cela faisait à peine quinze jours qu'il avait quitté son ami pour se rendre chez lui à Damas. Mais aussitôt arrivé à destination, il avait appris une nouvelle dont il devait absolument informer le cheikh : Saladin avait décidé de prendre une nouvelle épouse ! On disait pourtant qu'il filait le parfait amour avec la veuve de l'émir d'Alep, épousée presque dix ans plus tôt. Quel besoin avait-il donc de prendre une autre femme ? Il avait déjà suffisamment de fils de précédents lits pour assurer sa succession. La cérémonie aurait lieu dans quelques jours et tous ses lieutenants se devaient d'être présents. Sélim s'était proposé de prévenir lui-même Kader, ainsi il pourrait revoir Rania bien plus rapidement que prévu.

Perdu dans ses pensées, il ne vit pas tout de suite le corps étendu au pied de la borne milliaire, l'une de ces grosses pierres plantées là par les conquérants romains le long de leurs voies de communication, des siècles plus tôt. Lorsqu'il l'aperçut enfin, il tira sur les rênes en jurant. L'idée de revoir la jolie veuve le troublait-il à ce point ? Au point de ne pas distinguer un être humain dans le désert et de risquer de l'écraser ? Il parvint à stopper son cheval juste à temps et, sans attendre, se précipita. Peut-être

57

n'était-il pas trop tard pour sauver l'imprudent qui avait bravé la tempête ? Le malheureux était à moitié couvert de sable et ne bougeait plus. Toutefois, ce ne fut pas ce qui l'intrigua. Un long ruban ou plutôt... une longue natte serpentait sur son buste !

Sélim retint son souffle. L'imprudent était une imprudente, une femme, une Franque d'après la couleur de ses cheveux et ce qu'il apercevait de ses vêtements. Le cœur battant, il se pencha sur elle. Sa respiration était faible mais elle vivait. Son voile de coton, maculé de sang, était rabattu sur son visage. Il le souleva doucement et tressaillit devant la blessure. Une large plaie barrait sa tempe et une partie de son front. Mêlé au sable, le sang formait une croûte brunâtre et, tout autour, la peau était rouge et boursoufflée. Comment avait-elle pu se blesser ainsi ? Et que faisait une femme, une étrangère, seule dans le désert ? L'avait-on attaquée ? Il regarda autour de lui. Rien, ni personne aux alentours. Mais la pierre dressée portait des traces de sang. L'avait-elle heurtée accidentellement pendant la tempête ? C'était tout à fait possible. On n'y voyait rien lorsque le vent se déchaînait.

Il soupira. Pour le moment, peu importait ce qui lui était arrivé. S'il voulait la sauver, il fallait la mettre à l'abri, coûte que coûte. Et le plus sûr était de l'emmener chez Kader, même si le palais n'était pas tout près. Avant de la bouger, il retira son propre turban pour en faire un bandage de fortune mais, au moment de lui soulever la tête, il s'immobilisa, interdit. Par Dieu, il la connaissait, c'était la femme du tournoi, la catin de Montvallon ! Devait-il vraiment la conduire chez son ami ? Celui-ci tenait par-dessus tout à se venger du Franc. Si elle survivait, il n'hésiterait sans doute pas à l'utiliser pour parvenir à ses fins. Le calvaire de la malheureuse se poursuivrait, sans qu'il ne puisse rien y faire.

Le soleil, au zénith, tapait si fort que Sélim en sentait la brûlure sur son corps à travers son épaisse tunique. Toujours indécis, il leva la tête et scruta l'horizon. Sous le ciel désormais parfaitement bleu, tout était calme, pas un souffle de vent ni même le cri d'un oiseau de proie. Seul le silence minéral, et cette immensité vide, fascinante et effrayante à la fois. Non, assurément, il n'était plus temps de se poser des questions. Il devait l'emmener avec lui, maintenant. Sans plus attendre, il pansa sa blessure, puis l'installa sur sa monture avant de reprendre la route.

— Crois-tu qu'elle s'en sortira ? demanda-t-il à Kader alors qu'ils s'étaient retirés tous deux dans la bibliothèque du cheikh après avoir installé la blessée dans l'une des chambres du harem. Elle était bien mal en point quand je l'ai trouvée, et le trajet jusqu'ici n'a pas dû arranger son état.

— Elle est entre de bonnes mains, et Maître Aziz s'en occupe. Il ne peut pas encore se prononcer, mais elle s'en sortira, si Dieu le veut.

— C'est quand même extraordinaire d'être justement tombé sur cette femme. Je...

— *Mektoub*, c'était écrit, le coupa brutalement Kader en se levant.

Les mains derrière le dos, il se mit à arpenter nerveusement la pièce. *Oui, tout était sans doute écrit depuis longtemps.* Depuis ce jour où il avait protégé avec Hassan la statue de la colère de son père, depuis ce jour où ce visage avait fait irruption dans son existence.

Sélim fit la moue. Si son ami pensait s'en tirer avec cette explication, il se trompait.

— Et... que crois-tu qu'elle faisait, seule, en plein désert ?

Le cheikh s'immobilisa, le visage fermé. Discuter ainsi ne servait à rien.

— Comment veux-tu que je le sache ? répondit-il un peu sèchement.

— Elle n'était peut-être pas seule après tout, continua Sélim sans se décourager. Même si je n'ai vu aucune autre trace, aucun mouvement aux environs. À part sa monture, quelques lieux plus loin. Celle-ci était d'ailleurs bien peu chargée, elle ne portait que de la nourriture et quelques vêtements.

Il s'interrompit quelques instants avant de poursuivre.

— En y réfléchissant bien, quelque chose ne va pas. Une femme telle que celle-ci voyage nécessairement accompagnée et possède forcément une garde-robe conséquente, à la mesure de son rang.

Kader sursauta.

— À la mesure de son rang ? Tu te moques de moi Sélim. Elle n'est qu'une catin, la maîtresse d'un homme abject, lança-t-il plein de mépris.

— Oui... je sais. Mais n'empêche, une femme étrangère ne se promène pas ainsi, seule dans cette région et sans bagage.

— Et tu penses que son escorte se serait volatilisée en emportant ses biens, en la laissant ainsi ? Je ne pense pas que Montvallon apprécie un tel manquement de la part de ses hommes, et ceux-ci doivent parfaitement le savoir. Non, il doit y avoir une autre explication.

— Ils ont peut-être été attaqués et...

— Attaqués ? Je ne crois pas. Tu aurais retrouvé des traces de lutte, du sang, que sais-je encore. Et son cheval n'aurait pas attendu paisiblement un peu plus loin.

— Alors... je ne vois qu'une solution. En y repensant, elle était vêtue comme une femme du peuple. C'est curieux, non ? Peut-être désirait-elle passer inaperçue afin de pouvoir s'éloigner de son amant ? Peut-être... le fuyait-elle ? Ce qui expliquerait tout.

— Mais enfin, tu déraisonnes ! Fuir, dans le désert, vers l'est ? Cela me paraît peu probable, ou alors elle n'avait plus toute sa tête.

— Peut-être que la tempête lui a fait perdre ses repères et que, prise dans la tourmente, elle se serait cognée à cette pierre, ne crois-tu pas ? insista Sélim.

Kader le fixa avec attention. Son ami ne manquait pas d'imagination mais il est vrai que rien n'était exclu, la situation était bien trop inédite.

— C'est possible, admit-il finalement. Nous en saurons plus lorsqu'elle se réveillera.

Le Damascène se leva à son tour et fit quelques pas pour échapper au regard de son compagnon. Il se planta devant un magnifique astrolabe posé presque en équilibre sur une solide étagère de bois. Il lui restait une chose à savoir.

— Et... que vas-tu faire d'elle Kader ? C'est la maîtresse de ton ennemi.

— Je n'en sais rien, et tu commences à m'ennuyer avec toutes ces questions ! s'impatienta le cheikh, excédé. Une chose est sûre. Le destin l'a mise sur ma route et je n'ai pas l'intention de laisser passer cette occasion. Allez, viens, ajouta-t-il plus aimablement en se glissant à ses côtés, retournons au harem maintenant. Tu as sans doute envie de voir Rania et les enfants avant dîner, non ? Et... laisse ma collection tranquille, tu risques de casser quelque chose !

Alors que Sélim allait rejoindre la jeune veuve, Kader retourna près de la blessée. Il avait préféré l'installer ici, plutôt qu'au bimaristan, afin que sa présence n'attise pas la curiosité des villageois. Pour qu'elle soit plus au calme et que les jumeaux ne soient pas tentés de la déranger, il avait choisi une chambre située à l'opposé des appartements occupés par la famille de sa belle-sœur. À celle-ci, il n'avait dit que peu de choses. Simplement que Sélim avait trouvé une Franque dans le désert, bien mal en point, et qu'il l'avait ramenée au palais, afin de la soigner. L'heure venue, il lui expliquerait ce qu'il en était réellement.

Il s'approcha du grand lit. La maîtresse de Montvallon était allongée, le front bandé et les cheveux soigneusement recoiffés en deux lourdes nattes qui lui encadraient le visage. Sa ressemblance avec la figure de pierre était encore plus flagrante alors qu'elle gisait là, pâle et immobile. Son regard interrogea les yeux clos avant d'effleurer la bouche, rose et tendre. Il réprima l'élan qui le poussait vers elle. Le moment n'était pas à cela, plus tard peut-être. Pour l'instant, il devait se concentrer. Que faisait-elle seule dans le désert ? Fuyait-elle le comte de Montvallon comme Sélim semblait le croire ? Peut-être, cela n'était pas impossible après tout...

Son médecin personnel l'avait examinée et avait découvert qu'elle portait des cicatrices récentes sur le dos. Le comte l'avait-il brutalisée ? Il ignorait tout de son histoire, il connaissait seulement son nom, Aude de Chécy. La servante qui l'avait dévêtue avait retrouvé un laissez-passer à ce nom, vieux de cinq années. Il savait que les Francs en possédaient un lorsqu'ils voyageaient. Pour venir jusqu'ici ils devaient traverser de nombreux pays et justifier de leur identité à chaque passage. Était-elle arrivée sur

61

ces terres cinq ans plus tôt ? Il soupira. Tant qu'il n'en saurait pas davantage sur elle et sur les raisons de sa présence dans le désert, élaborer un plan serait difficile. Pourtant il était sûr, qu'indirectement ou non, elle serait l'instrument de sa vengeance.

Il se dirigeait vers la sortie lorsqu'un faible gémissement attira son attention. Elle venait de se réveiller. Il revint immédiatement sur ses pas.

Une douleur intense, presque insupportable, lui labourait le crâne. Comme s'il était fracassé de l'intérieur. Rassemblant son courage, elle ouvrit les yeux, lentement, mais l'effort était trop grand. Elle les referma aussitôt en gémissant. Que lui était-il arrivé ? Nulle réponse ne se présenta à elle. Rien, son esprit ne contenait plus rien du tout. Pas le moindre repère ni le moindre souvenir auquel se raccrocher. L'effroi se mêla à la souffrance. Qui était-elle ? Elle ne le savait pas non plus. Affolée, elle se raidit, et ses doigts se crispèrent sur le tissu soyeux qui la couvrait. Apparemment, elle était installée sur un lit, une couche agréable dont les formes épousaient délicatement son corps. À peine rassurée par ce constat, elle se força à regarder de nouveau autour d'elle. La pièce où elle se trouvait était une petite chambre sobrement meublée, baignée d'une lumière douce. Elle tourna légèrement la tête pour essayer d'identifier l'endroit mais la douleur fusa. Là était donc la source de son mal. Levant doucement un bras, elle palpa son front. Il était étroitement bandé. Mon Dieu, pourquoi se trouvait-elle dans cet état ? Un bruit de pas se fit soudain entendre puis une voix masculine, grave et chaude, s'éleva tout près d'elle.

— N'y touchez pas, madame, vous risqueriez de vous blesser un peu plus.

Elle sursauta en abaissant son bras avec précaution. *Blessée.* Elle avait donc eu un accident, mais où ? Et dans quelles circonstances ? Cet homme le savait sans doute. Elle leva les yeux vers lui. Malgré la sollicitude de ses paroles, son regard était froid, presque hostile, et sa voix avait quelque chose de particulier qui la gênait, sans qu'elle ne puisse se l'expliquer. Elle se sentit soudain extrêmement vulnérable, étendue sur ce lit, face à cet inconnu. Pourtant, elle ne devait pas se laisser impressionner si elle voulait en apprendre davantage.

— Qu... qui êtes-vous monsieur ? parvint-elle à articuler faiblement.

Il sembla hésiter avant de répondre. Elle le dévisagea timidement. Il était d'une beauté sauvage, presque inquiétante. Le connaissait-elle ? Elle n'avait aucun moyen de le savoir. Son pauvre cerveau était toujours désespérément vide, aucune image n'y était inscrite. Refusant d'abandonner, elle se mit à l'examiner plus attentivement. Un détail, même infime, pourrait peut-être l'aider à faire resurgir un souvenir ou un nom. Ses pommettes un peu hautes étiraient ses yeux sombres et sculptaient les méplats de ses joues couvertes d'une courte barbe d'un noir d'ébène. Nul sourire n'adoucissait sa bouche marquée d'un pli bien trop sévère. Quant à sa peau mate, au grain parfait, avait dans cette lumière légèrement tamisée des reflets dorés qui le faisaient ressembler à une mystérieuse idole. Son cœur s'affola. Cet homme ne lui rappelait rien, et son aspect était loin d'être rassurant.

— Je suis le cheikh Kader ibn Saleh, dit-il enfin.

Elle était de plus en plus désorientée. Ce nom sonnait étrangement à ses oreilles. Elle recommença à fouiller fébrilement sa mémoire, sans succès. Il fallait bien se rendre à l'évidence. Elle ignorait qui elle était et à qui elle avait affaire.

— Le... cheikh Kader ibn Saleh ? répéta-t-elle. Mais je... ne vous connais pas, monsieur.

Mon Dieu, comment pouvait-elle affirmer cela ? Elle n'était sûre de rien. Elle parcourut une nouvelle fois son visage du regard et reprit vaillamment :

— Que fais-je ici, et... où suis-je ?

De nouveau, l'homme parut hésiter.

— Vous êtes... dans mon palais.

Kader avait soigneusement choisi ses mots avant de répondre. Pour le moment, il s'agissait de lui en dire le moins possible. Pas question de lui révéler où elle se trouvait tant qu'il n'avait pas établi sa stratégie, il était déjà assez étonnant qu'elle ne l'ait pas reconnu. Quant à lui, il avait été bien imprudent de lui livrer son nom. Étrangement, elle n'avait pas réagi au fait de se trouver chez l'ennemi. Il se rappela soudain qu'elle lui avait parlé dans sa langue le jour du tournoi. Était-elle familière de son peuple ? Il éclaircirait ce point plus tard. Ce qui comptait maintenant, c'était de la rassurer, lui faire comprendre qu'elle était à l'abri entre ces murs. Après tout, Sélim et lui-même ne lui avaient-ils pas sauvé la vie en l'emmenant à l'oasis et en la soignant ?

— Votre palais ? Je... je ne comprends pas, répondit-elle d'une petite voix.

Elle s'agitait sous ses yeux, tentant vainement de se redresser. Il fallait pourtant qu'elle se calme, le médecin l'avait exigé.

— Ne bougez pas madame. Allongez-vous et essayez de dormir un peu.

Son hôte avait raison. Elle était bien incapable d'effectuer le moindre mouvement sans être terrassée par la douleur. Résignée à lui obéir, elle s'exécuta lentement.

— Voilà qui est mieux. Restez tranquille maintenant, vous ne craignez rien ici, près de moi, ajouta-t-il à voix basse.

Près de lui. Un sentiment de totale impuissance l'étreignit soudain et des larmes perlèrent à ses cils.

— Co... comment puis-je en être certaine, monsieur. Je ne vous connais pas et... je ne sais même pas qui je suis ! balbutia-t-elle complètement désemparée.

L'homme la fixa un moment. Il semblait presque aussi étonné qu'elle.

—Vraiment, vous ignorez votre nom ? finit-il par dire tandis qu'une lueur étrange s'allumait dans ses yeux sombres, les rendant encore plus saisissants.

—Oui... je... l'ignore, souffla-t-elle.

Elle se sentait lasse tout à coup. Il avait sûrement des réponses à ses questions mais sa tête était trop douloureuse pour continuer cette conversation. D'ailleurs, ses traits ne lui apparaissaient plus aussi distinctement et, autour d'elle, les objets commençaient à vaciller. Vaincue, elle ferma les yeux et sombra de nouveau dans le néant.

Kader ne s'attarda pas. Sans le vouloir, elle venait de lui livrer une information capitale dont il devait absolument tirer profit. Il sortit pour réfléchir plus à son aise après avoir envoyé Samira, la jeune servante qu'il avait chargée de la blessée, à son chevet. À pas lents, il rejoignit l'une des petites cours intérieures du harem et s'adossa à un pilier. Un cri strident retentit dans le silence et un gros perroquet au plumage multicolore s'échappa du feuillage d'un massif d'hibiscus tout proche. Ainsi elle avait perdu la mémoire, elle ne savait plus qui elle était. Était-ce à cause du coup qu'elle avait reçu à la tête ? Le choc avait été violent, sans nul doute. La blessure était profonde et le médecin avait dû la recoudre pour la refermer.

Sa première idée avait été de la rendre à Montvallon. Qu'elle se soit échappée ou non, ce chien devait sûrement la rechercher. Lui ramener cette femme aurait été un bon prétexte pour l'approcher. Il lui aurait juste suffi de trouver ensuite un moyen de l'éliminer. Mais n'aurait-il pas alors risqué de rompre la trêve s'il avait été découvert ? Un lieutenant de Saladin s'attaquant à un Franc, un comte de surcroît, était un acte dont la gravité pouvait avoir de fâcheuses conséquences.

Il se redressa. Non, ce plan ne convenait pas. D'autant plus que si elle l'avait fui, il aurait fallu réussir à la convaincre de revenir vers cet homme. Ou lui faire violence pour l'amener jusqu'à lui. Mais, grâce à ce qu'il venait d'apprendre, tout était différent, nul besoin d'utiliser la force. Il pouvait lui faire croire ce qu'il voulait. Lui revint en tête l'histoire de l'un de ses soldats qui avait reçu un coup de sabre en plein crâne lors d'une bataille. L'homme s'était écroulé et, quand il était revenu à lui, toute sa mémoire s'était volatilisée. Il avait tout oublié : son nom, la guerre, ses ennemis, son pays. Il avait même fallu le retenir pour qu'il n'aille pas se mêler aux Francs établis non loin de là. Kader revit en pensée le corps frêle étendu dans le grand lit et le regard inquiet fiché dans les yeux clairs. Ils étaient bleus, presque gris dans la lumière incertaine de la chambre. Gris, et aussi doux qu'une caresse. Oui, une fois rassurée et mise en confiance, il ferait d'elle ce qu'il lui plairait et lui ferait croire ce qui l'arrangerait. Dans ce monde tout nouveau, ils ne seraient point ennemis, et elle serait venue à lui de son plein gré. Il suffirait qu'elle en soit convaincue pour convaincre Montvallon, le moment venu. Et le comte attaquerait le premier. Il connaissait ce genre d'homme, qui ne lâchait jamais ce qui leur appartenait. Un sourire se dessina lentement sur ses lèvres. Les choses commençaient à s'assembler dans son esprit. Ce ne serait pas simple mais s'il s'y prenait bien, il y arriverait. Satisfait, il décida de s'accorder une nuit de réflexion avant de mettre son projet à exécution.

7

Rania et Sélim étaient abasourdis. Kader venait de leur expliquer en détail son plan pour se venger du seigneur de Qasr al-Charak.

— Tu as complètement perdu la tête, mon ami, lança Sélim horrifié. Utiliser ainsi une femme, une femme vulnérable et innocente, n'est pas digne d'un homme tel que toi. N'oublie pas que tu es un exemple pour ton peuple, un guide.

— Cette femme est notre ennemie. Nous sommes toujours en guerre, je te rappelle. Cette maudite trêve n'est qu'un accident qui ne saurait durer encore bien longtemps. D'ailleurs, je ne lui ferai aucun mal.

— Aucun mal, Kader, tu... en est sûr ? avança Rania scandalisée. Tu ne la blesseras peut-être pas dans sa chair mais tu risques de la détruire d'une autre manière, en trompant sa confiance.

— D'une autre manière ? Il n'y a qu'une manière d'être détruit. Être tué, disparaître du monde des vivants, c'est cela être détruit. Comme Hassan le fut par ce chien de Franc. Cette femme restera en vie. Qui sait, elle me remerciera peut-être. Montvallon n'est sans doute pas le compagnon idéal. Il la regardait avec une telle férocité pendant le tournoi qu'elle semblait terrorisée.

— Te remercier ! s'exclama la jeune veuve, furieuse.

Elle s'avança vers le cheikh, l'air menaçant. Sélim s'alarma. S'il n'intervenait pas, la situation allait sûrement dégénérer.

— Ta belle-sœur a raison. Ta vision des choses ne sera pas forcément la sienne. Elle aura l'impression d'avoir été trahie. Et

67

as-tu pensé à... enfin à ce qu'il faudra que tu fasses avec elle ? ajouta-t-il en évitant de regarder Rania.

— Et alors. Cette femme n'est-elle pas une catin ? répartit Kader d'une voix pleine de mépris. Je ne vois pas le mal à agir ainsi.

Un silence pesant s'installa. Rania était au supplice. Parler de telles choses avec des hommes n'était pas correct. À vrai dire, cela n'était même pas pensable.

— Et si elle retrouve la mémoire plus rapidement que prévu ? finit-elle par dire en désespoir de cause.

— C'est un risque à prendre. Aussi ne dois-je pas perdre de temps. J'ai déjà demandé à ce qu'elle soit installée dans mes appartements privés.

Rania rougit violemment. Son beau-frère était devenu fou, il fallait absolument le raisonner.

— Jamais Hassan n'aurait souhaité cela, Kader. Je te supplie de renoncer. Tu n'honores pas la mémoire de mon défunt mari en agissant ainsi, sache-le. Et les jumeaux, que vont-ils penser de la présence de cette femme ?

Le cheikh hésita. Son plan n'était pas parfait mais il était le seul moyen d'arriver à ses fins.

— Justement, ils... n'auront pas à la voir tous les jours puisqu'elle sera chez moi. Tu n'auras qu'à leur dire qu'elle est mon invitée.

— Ton invitée ? Une Franque ?

— Écoute Rania, je te fais confiance, répondit Kader à bout de patience. Tu trouveras bien une explication plausible, qui les protégera. Je veux aussi que tu t'occupes d'elle. Elle doit croire qu'elle est la bienvenue ici, qu'elle est... chez elle en quelque sorte.

La jeune femme leva les bras au ciel.

— Tu veux me rendre complice de ton crime ! explosa-t-elle. Jamais tu m'entends, jamais je n'entrerai dans ton jeu. D'ailleurs, j'ai bien d'autres choses à faire. Entre les enfants et le bimaristan, je ne sais plus où donner de la tête. Ce n'est pas pour m'occuper d'une femme perdue que je vais sacrifier mon temps.

Et sur ces mots, elle sortit rejoindre ses fils.

Une fois seuls, Sélim interpella le cheikh.

— Tu y vas fort, mon ami. Les mensonges n'ont jamais mené à rien.

— Nous venons juste d'avoir cette discussion me semble-t-il, et elle est close. Ma décision est prise, il en sera fait comme je l'entends, répliqua Kader d'une voix cassante.

— Bien, bien. Mais, es-tu sûr de ne pas avoir une autre raison d'agir ainsi. Une raison, disons, plus... personnelle ?

— Explique-toi, je ne comprends pas.

— Eh bien, cette femme est très belle et je... enfin, j'ai l'impression que...

— Garde tes impressions pour toi. Cette Franque est simplement l'instrument de ma vengeance, rien de plus.

— Soit, répondit Sélim en haussant les épaules. Alors je rentre, je n'ai plus rien à faire ici.

Le cheikh s'étonna.

— Tu rentres chez toi ? Déjà ? Mais au fait, tu ne m'as pas dit pourquoi tu étais revenu me voir. Que se passe-t-il à Damas ?

— Il y a que Saladin a décidé de prendre une nouvelle épouse. Et il veut que nous assistions à son mariage.

— Parfait mon ami, répartit Kader avec un grand sourire. Laisse-moi encore quelques heures pour arranger mes... petites affaires puis repartons ensemble. Et tu vois, il n'y a pas que moi qui délaisse la guerre pour les plaisirs de l'alcôve !

— Aude... Aude de Chécy. Vous... dites que je m'appelle ainsi monsieur ? balbutia-t-elle en s'adressant à l'homme planté au bord du lit où elle reposait.

Lorsqu'il était entré, quelques instants plus tôt, elle avait presque été émerveillée de le reconnaître. Malgré la méfiance qu'il lui inspirait, elle avait senti quelque chose se détendre en elle. Au moins son esprit n'était-il pas complètement vide. Il conservait les souvenirs les plus récents. Mais ce nom, Aude de Chécy, ne lui disait rien du tout. Comme la veille, elle fouilla dans sa mémoire, en vain, avant de scruter son visage avec attention. Désormais, il était tout ce qui la rattachait au monde. Que savait-il d'autre sur elle qu'elle ignorait ? Manifestement, ils n'étaient pas étrangers l'un à l'autre. Pourtant, loin de la rassurer, cette idée la mettait mal à l'aise. La faute à son air inquiétant, ou au trouble qu'elle ressentait alors qu'il se tenait près d'elle à la toucher ?

— Je... vous connais donc ? reprit-elle d'une voix hésitante.

— Oui, nous nous connaissons, madame.

Elle fronça les sourcils. Son hôte, ou plutôt celui qui se présentait comme tel, la fixait de ses yeux sombres. Il lui avait dit s'appeler Kader, cheikh Kader ibn Saleh. Un nom bien mystérieux.

— Mais qui êtes-vous monsieur, je veux dire... qui êtes-vous vraiment ? Votre nom, cet endroit, ne m'évoquent rien du tout. Il... faut m'en dire davantage.

Kader se força à sourire. *La mettre en confiance.* C'était ce qu'il devait faire, mais ce n'était pas si facile. Comme il réfléchissait à la manière de s'y prendre, une douce mélopée déchira le silence un peu pesant qui s'était installé dans la chambre. Aude se figea, ce chant ne lui était pas inconnu. Elle dressa l'oreille. Où donc l'avait-elle déjà entendu ? Elle interrogea l'homme du regard mais il resta de marbre. Son sourire avait disparu et elle le devinait soucieux. Progressivement, la voix du chanteur monta dans les aigus avant de mourir longuement. Elle frémit. Mon Dieu, ce chant... c'était la prière des Sarrasins ! Quelle sotte elle faisait, bien sûr, elle se trouvait parmi eux ! Tout le proclamait autour d'elle maintenant qu'elle savait. Ses craintes resurgirent, intactes. Elle ignorait qui elle était, mais elle se rappelait très bien de cette guerre entre les siens et le peuple de cet homme. Les Francs étaient là pour protéger le tombeau du Christ, du fils de Dieu, tandis que les Musulmans défendaient leur territoire. Elle essaya de rassembler ses idées. S'ils étaient ennemis, elle était sans doute sa prisonnière, ou son otage peut-être. Sinon, pourquoi se trouvait-elle ici, à sa merci ? Pleine d'angoisse, elle bredouilla :

— Suis-je votre... prisonnière ?

Kader avait parfaitement suivi sur son visage le cours de sa pensée, mais il s'était bien gardé de l'interrompre. Il songea un bref instant aux scrupules et aux mises en garde de Sélim et Rania puis les balaya bien vite. Désormais les dés étaient jetés, et c'était à lui de jouer.

— Ma prisonnière ? Et pourquoi donc pensez-vous cela,

madame ? s'exclama-t-il d'un air étonné. N'êtes-vous pas confortablement installée et soignée au mieux ? Mon médecin personnel vous a prise en charge. Et Samira, ajouta-t-il en désignant la petite servante qui se tenait sur le palier, vous est personnellement attachée.

Aude hésita quelques secondes. À son réveil, la jeune fille l'avait aidée à se rafraîchir et lui avait apporté un plateau chargé de nourriture qu'elle lui avait servi délicatement. Plus tard, un vieil homme était venu nettoyer sa blessure et changer son pansement, accompagnant ses gestes d'un sourire rassurant qui lui était allé droit au cœur.

— Il est vrai monsieur. Je n'ai rien à redire de l'attention que vous me portez et des soins que vous me faites prodiguer, finit-elle par admettre un peu confuse. Mais... nous sommes ennemis, je... sais que nous sommes ennemis. Je me le rappelle parfaitement !

Alarmé par ces paroles, Kader se raidit. Cette femme n'avait donc pas tout oublié, elle avait encore des souvenirs précis qui risquaient de bouleverser ses plans. À moins qu'elle ne se joue de lui. Se pouvait-il qu'elle ait été envoyée par Montvallon, désireux d'en découdre avec son nouveau voisin ? L'idée l'avait effleuré la veille mais il l'avait bien vite rejetée. Trop vite ? Aude de Chécy lui avait paru si bouleversée et si fragile qu'il n'avait pas mis sa parole en doute. Et puis il y avait cette mauvaise blessure. Si c'était un piège du comte, celui-ci aurait-il pu lui infliger pareil tourment pour arriver à ses fins ? Il secoua la tête. Non, il s'égarait. Malgré le sort qu'il avait réservé à Hassan, le Franc n'était pas homme à procéder ainsi. Il attaquait toujours de front, et n'était pas du genre à se croire vulnérable. Lui-même comptait d'ailleurs fortement là-dessus pour faire aboutir son plan. Le forcer à agir jusqu'à l'erreur fatale. Il soupira. La jeune femme ne le quittait pas des yeux. Il n'était plus temps de reculer. Elle souhaitait des réponses et il devait aller jusqu'au bout.

— Certes, nous... ne sommes pas du même camp madame, commença-t-il en choisissant ses mots. Mais vos souvenirs à ce sujet sont un peu... inexacts. Votre roi, ou plutôt le régent qui exerce en son nom, et mon chef, Saladin, ont signé une trêve il y a quelques mois et depuis nous... vivons tous en bonne entente. Des liens se sont noués, des amitiés se sont créées. Vous comprenez ?

Non, elle ne comprenait pas. Cet homme était en train de lui dire qu'ils se connaissaient, qu'ils s'appréciaient peut-être.

— Vous... voulez dire que nous sommes amis, vous et moi ?

Elle recula légèrement au fond du lit. L'idée d'être proche de cet homme la troublait plus que de raison. Kader la considéra plus intensément. Le moment était venu de lui dire ce qu'elle faisait ici, dans son palais. Il retint un sourire. Si elle lui mentait, ne serait-elle pas prise à son propre piège ?

— Non, ce n'est pas... tout à fait cela.

— Alors, de quoi s'agit-il ? questionna-t-elle pleine d'appréhension.

— Il y a, madame, que vous êtes ma maîtresse, répondit-il sans la lâcher du regard.

Elle le fixa d'un air ébahi durant plusieurs secondes.

— Votre... maîtresse mais... c'est impossible. Je ne vous crois pas !

Mon Dieu, elle était en plein cauchemar. Elle ferma les yeux en serrant bien fort ses paupières. Si elle se concentrait, elle se réveillerait peut-être ailleurs, loin de cet homme et de ses délires.

— Cela est parfaitement possible madame, l'entendit-elle pourtant murmurer à son oreille.

Elle retint son souffle. Était-elle vraiment en train de vivre tout ceci ? Tétanisée, elle risqua un regard. Le visage du cheikh était si près du sien qu'elle en voyait chaque détail. Comme la première fois, elle fut frappée par sa beauté sauvage et brute. Son trouble s'intensifia. Était-il possible qu'il dise vrai ? Cet ennemi pouvait-il être son amant ?

— Écartez-vous s'il vous plaît monsieur. Laissez-moi, je voudrais être seule.

— Vous ne voulez donc pas savoir ce qui vous est arrivé ?

Comme il ne bougeait pas, elle se redressa en le repoussant de ses mains mais la douleur se réveilla aussitôt. Un gémissement lui échappa. Kader s'écarta enfin.

— Je vous prie de me laisser monsieur. Je ne veux rien savoir d'autre pour le moment. Je ne sais plus qui je suis, ni même... à quoi je ressemble, alors par pitié, laissez-moi.

— Si cela peut vous rassurer, vous être toujours aussi belle madame, lui répondit-il de sa voix grave.

Aude rougit malgré elle. Comment osait-il poursuivre cette conversation ? Pensait-il qu'elle allait le croire si facilement et céder à la flatterie ? Soudain son regard s'assombrit et il se mit à fixer sa bouche. Son cœur s'accéléra et elle sentit la panique l'envahir tout à fait. N'allait-il pas la forcer, dans ce lit, alors qu'elle gisait sans défense ?

Comme s'il avait lu dans ses pensées, il recula davantage.

— Bien, je vous laisse. Je crois que cela est plus sage en effet.

Il la salua d'un bref mouvement de la tête avant d'ajouter :

— J'oubliais madame, je m'absente pour quelques jours. Vous aurez ainsi tout le loisir de reprendre vos... esprits. Samira s'occupera de vous et mon médecin ne manquera pas de vous visiter.

Puis il s'inclina de nouveau avant de tourner les talons.

Aude se rallongea et attendit patiemment que les battements de son cœur retrouvent un rythme normal. Ce n'était pas possible, elle ne pouvait être la maîtresse de cet homme. Ils appartenaient à deux mondes différents, antagonistes. Non, l'explication du cheikh n'était décidément pas acceptable. Elle devait coûte que coûte retrouver la mémoire et découvrir ce qu'il lui était arrivé. Sur ce point il avait raison : savoir lui permettrait de se battre et de l'affronter. Elle s'efforça au calme, cherchant en elle-même un peu de réconfort. Si au moins elle pouvait se souvenir de quelque prière. Mais là encore les mots se dérobaient. Dieu lui-même l'avait abandonnée.

Au bord du découragement, elle jeta un regard circulaire sur la pièce où elle se trouvait. Et soudain, une certitude s'imposa, qui redoubla ses frayeurs. Cette chambre n'était pas celle dans laquelle elle avait repris connaissance, la première fois. Plus spacieuse, elle était aussi plus richement meublée, et au fond une large fenêtre s'ouvrait sur ce qui semblait être un jardin. Si elle avait vécu ici, pourquoi l'avoir changée de chambre ? Elle frissonna. Que lui voulait donc ce cheikh, ce Kader ibn Saleh ? Comme la veille, elle n'avait décelé nulle chaleur dans sa voix durant leur conversation, nulle bonté dans ses regards appuyés. Seulement quelques lueurs inquiétantes dont elle n'osait interpréter le sens. Elle revit en pensée son visage dur et sombre. Cet homme était un guerrier, et un ennemi, elle en était persuadée. Même s'il avait parlé d'une trêve.

8

Kader n'était pas tranquille. Aude de Chécy se souvenait de bien trop de choses. Et s'il ne prenait pas la mesure exacte de la situation, son plan risquait d'échouer. Sitôt après avoir quitté la chambre de la blessée, il se précipita au bimaristan. Il devait absolument parler au médecin avant de quitter le palais.

— Maître Aziz, pourriez-vous m'éclairer sur ce qui se passe dans la tête de la Franque ? lança-t-il au vieil homme qu'il trouva tranquillement installé au fond de la pharmacie, occupé à peser des petits tas de plantes séchées.

— Bonsoir Kader, que la paix soit avec toi. Tu viens vers moi avec une question bien étrange. Comment crois-tu que je puisse y répondre ? Je ne suis pas dans sa tête justement.

Le cheikh s'avança, légèrement incommodé par l'odeur qui se dégageait des nombreuses préparations en train de macérer dans des coupes et des pots de toutes tailles.

— Je ne comprends pas. Elle dit avoir oublié son nom mais se souvient parfaitement d'événements passés. Pensez-vous qu'elle... ne soit pas tout à fait franche avec nous ?

Le médecin sourit et interrompit sa tâche pour aller s'asseoir près d'une des petites fenêtres.

— Les choses sont toujours beaucoup plus compliquées qu'elles ne le paraissent. Et la mémoire est affaire complexe s'il en faut, elle est capricieuse et... multiple. Concernant le cas de la Franque, je crois qu'elle est parfaitement honnête avec toi. D'ailleurs... je ne vois pas pourquoi elle ne le serait pas.

— Je ne vois pas non plus, marmonna Kader légèrement gêné.

Et… vous dites que la mémoire est multiple, plurielle ? Je ne suis pas tout à fait certain de comprendre, cher Maître.

—Assieds-toi près de moi, je vais t'expliquer.

Le cheikh s'exécuta sans se formaliser. De même qu'il acceptait son tutoiement, il n'avait pas l'habitude de s'offusquer des libertés qu'Aziz prenait avec lui. Celui-ci était auprès de la famille ibn Saleh depuis de nombreuses années. Il avait soigné ses parents, l'avait mis au monde, ainsi qu'Hassan. Après son frère, c'était l'homme le plus important de l'univers à ses yeux. Non seulement il avait pris soin de leur famille mais il lui devait aussi son érudition et son amour des astres. Le vieil homme ne disait-il pas que médecine et astrologie étaient toutes deux sciences de la prédiction, la maladie se reconnaissant à des signes qu'il était nécessaire d'interpréter ?

— Tout d'abord, la mémoire des choses n'est pas celle des actes, commença Aziz en se tournant vers lui. As-tu déjà vu un homme oublier comment marcher ou comment se nourrir ? Les actions que nous répétons chaque jour, depuis notre plus tendre enfance, sont inscrites au plus profond de nous, et ne se perdent pas facilement. En revanche, la mémoire des choses est plus… volatile.

— Mais les événements passés, les événements historiques je veux dire, ne sont-ils pas… des choses justement ? Cette femme se souvient parfaitement de la guerre qui oppose les siens aux nôtres. Elle sait que nous sommes ennemis.

— Oui, elle sait que nous sommes ennemis, comme elle se souvient que le désert, le soleil existent. Vois-tu, la mémoire de ce qui lui est extérieur échappe rarement à l'être humain. Elle s'égare parfois, c'est vrai, et lorsqu'elle disparaît, c'est très grave. Il faut tout réapprendre. Mais pour cette femme, ce n'est pas le cas. Ce qu'elle a perdu c'est le souvenir de ce qui la concerne, personnellement. Qui elle est, d'où elle vient, elle ne le sait plus. Cette mémoire-là est la plus fugace mais elle est aussi celle que l'on retrouve le plus facilement, parfois en quelques secondes, tout juste le temps que le faucon repère sa proie et la terrasse.

Le cheikh réprima une grimace. Même si elle était sincère, Aude de Chécy n'en restait pas moins une femme dangereuse.

Non seulement elle était loin d'avoir tout oublié mais en plus elle risquait de recouvrer ses souvenirs à tout moment !

— Tu sembles contrarié mon enfant. N'as-tu pas hâte qu'elle retrouve la mémoire et te dise d'où elle vienne ?

Kader se leva, gêné de nouveau face au vieil homme. Il ne lui avait pas dit toute la vérité, il ne lui avait pas dit qu'il avait déjà croisé son chemin.

— Je ne comprends pas ce que tu veux faire de cette femme, lâcha enfin le médecin devant le silence du cheikh. Ne vas-tu point la rendre aux siens ?

— Pas tout de suite Aziz, pas tout de suite. Je... je voudrais...

Kader s'interrompit. Pouvait-il lui confier son projet ? Il ne l'apprécierait sans doute pas.

— Je voudrais la garder quelque temps auprès de moi, c'est tout, reprit-il après quelques secondes.

Aziz le regarda avec attention. Décidément, son jeune maître lui cachait quelque chose. S'il haïssait les Francs, surtout depuis la mort de Hassan, jamais il ne s'en prendrait à une femme. Avait-il un intérêt quelconque pour celle-ci ? Elle était bien jolie malgré sa vilaine blessure et il savait Kader prompte à séduire les jeunes beautés. Cela lui avait valu quelques mésaventures par le passé et les remontrances de Saladin lui-même. N'avait-il pas failli faire échouer des négociations avec le calife de Bagdad quand il s'était mis en tête d'obtenir les faveurs de l'une de ses favorites ?

— Tu es maître chez toi Kader, le souverain de ce royaume, mais permets-moi de te mettre en garde. C'est une Franque, on la cherchera sûrement. Que diras-tu à ceux qui ne manqueront pas de se présenter à la porte de ton palais ? Et que lui diras-tu, à elle ?

— Cela me regarde mon ami. Je veux simplement qu'elle comprenne qu'elle est chez elle ici.

Le médecin hocha la tête. Décidément le jeune cheikh lui cachait quelque chose, de peu recommandable, il l'aurait juré.

— Heureusement que je ne parle pas sa langue, comme cela je n'aurai pas à mentir, dit-il seulement d'un air réprobateur.

— Je m'absente quelques jours, Aziz. Je pars à Damas avec

Sélim. Je compte sur vous pour prendre soin d'elle, répartit Kader sans relever sa remarque.

Et il quitta la pièce sans plus se soucier de ce que pouvait penser le vieil homme.

Resté seul, celui-ci se remit au travail en maugréant. Cette histoire n'apporterait assurément que des ennuis. Il était toujours plus sage de rester à l'écart de ses ennemis, et Sélim avait eu une bien mauvaise idée en amenant cette femme ici. Même si, il devait bien se l'avouer, étudier de près un tel cas d'*amnêsia*, comme disaient les anciens Grecs, était fort intéressant.

Confortablement installée près de la fenêtre entrouverte sur le jardin, Aude respirait avidement l'air embaumé qui montait jusqu'à elle. Roses, jasmin, lys, ciste, tout, elle reconnaissait toutes les odeurs, et savait nommer toutes les fleurs. Comment était-ce possible ? Elle ignorait son nom, celui de ses parents, mais elle se rappelait parfaitement celui des plantes, des arbres et des choses qui l'entouraient.

Un petit coussin glissa de l'élégant sofa où elle se tenait. Négligeant de le ramasser, elle laissa échapper un soupir de lassitude. Cela faisait maintenant plusieurs jours qu'elle était dans cette chambre, et aucun souvenir ne lui était revenu. Pourtant, depuis la veille, elle se sentait mieux. Les soins du vieux médecin qui venait la visiter matin et soir avaient été efficaces. Elle pouvait se lever seule et marcher sans risquer de tomber. Sa blessure s'était refermée. Les forces lui revenaient, lentement. Mais l'oubli d'elle-même persistait et lui devenait plus pesant maintenant qu'elle ne souffrait plus dans sa chair. Sans relâche, les questions se bousculaient dans son esprit agité. Qui était-elle vraiment ? Une femme prisonnière, victime de son ennemi ? Ou une créature dévoyée, prête à se donner au plus offrant ?

Même si cela n'était pas douloureux, elle avait remarqué qu'elle portait, au bas du dos, des cicatrices encore sensibles qui pourraient très bien provenir de coups de fouet. Le cheikh l'avait-il fait battre pour la rendre plus docile ? Sa situation était intolérable, être dans l'ignorance la rendait folle. Bientôt cet homme reviendrait et il lui faudrait l'affronter. À son évocation, le visage de Kader ibn Saleh se matérialisa instantanément devant elle et son cœur manqua un battement. Elle avait à la fois hâte et peur de le revoir. Hâte de le questionner, de savoir enfin ce qui lui était arrivé, mais peur de le découvrir, d'être mise en face d'une vérité qu'elle n'était pas prête à accepter. Si tant est que cette vérité serait la bonne.

Dissimulé dans le feuillage d'un immense laurier rose, un oiseau lança quelques trilles. Malgré la chaleur, il tenait bon et continuait à se manifester, bien vivant. Aude sentit le courage lui revenir. Il ne fallait pas abandonner. Avec un peu de chance et de volonté elle retrouverait peut-être quelques lambeaux de mémoire avant de revoir le cheikh. Mais sans doute pas dans cette chambre close, à paresser ainsi. Elle jeta un coup d'œil à l'extérieur. Une promenade dans ce magnifique jardin semblait tout indiquée pour commencer.

Décidée à agir, elle se leva et interpella Samira, sagement assise à l'autre bout de la pièce. Depuis le premier jour, la petite servante, une frêle jeune fille au sourire plein de malice, ne l'avait pas quittée et veillait au moindre de ses besoins. Elle l'avait soignée, nourrie, lavée puis aidée à marcher. Mais il ne fallait pas s'y tromper. Elle était davantage une gardienne qu'une compagne. L'autoriserait-elle seulement à quitter la chambre ?

— Samira, je… souhaiterais sortir, aller dans le jardin, tenta-t-elle de lui expliquer en montrant d'un geste large les bosquets et les allées fleuries.

— *Hadika* ? questionna la servante les yeux ronds.

— Oui, *naam*, jardin… *hadika*.

Une fois encore, Aude fut surprise de reconnaître ce mot aussi facilement. Depuis qu'elle était dans ce palais, ce n'était pas le premier terme arabe qu'elle comprenait. Mille fois elle s'était posé la question. Se pouvait-il que Kader ibn Saleh ait dit vrai, qu'elle ait déjà vécu ici, auprès de lui ? Se pouvait-il qu'elle ait été… sa maîtresse ? De nouveau le visage du cheikh s'imposa à son esprit. Elle le chassa d'un geste rageur.

— *Hadika* ! reprit-elle avec un soupçon d'impatience à l'adresse de Samira comme cette dernière ne réagissait pas.

La jeune fille parut contrariée par son insistance. Avait-elle reçu des ordres de la part de son maître ? Finalement, après avoir esquissé une courbette, elle sortit en claquant la porte. Aude eut juste le temps de constater que celle-ci était toujours gardée et s'étonna presque, un peu plus tard, de voir la servante revenir en lui faisant signe de la suivre. La bataille était gagnée, elle allait enfin sortir de cette chambre !

Dehors, tout était beaucoup plus intense qu'à l'intérieur. La chaleur, les couleurs, les odeurs la saisirent et l'enveloppèrent instantanément. Alors qu'elle s'élançait vers la magnifique roseraie entraperçue de sa fenêtre, Samira l'entraîna vers le chemin d'ombre le plus proche. Vaguement déçue, elle la suivit néanmoins de bonne grâce. Le jardin promettait mille merveilles qu'elle n'allait pas rater sur un coup de tête. D'ailleurs, le soleil tapait si fort qu'il était assurément plus raisonnable de rester à l'abri. Sous la frondaison des arbustes fleuris, l'air était presque frais. Et cette impression de fraîcheur était décuplée par la présence, au sol, de petits filets d'eau ingénieusement répartis entre les pavements de pierre. Leur bruissement continu, presque rassurant, se mêlait au pépiement des oiseaux attirés par l'exubérance de la végétation. Elle sourit à la petite servante qui marchait à ses côtés. Ici, manifestement, tout était pensé pour le plaisir et le bien-être du promeneur. Mais elle devait rester sur ses gardes, si le Paradis était de ce monde, son hôte semblait bien trop ténébreux pour en être l'honnête gardien.

Elle entendit les enfants rire avant même de les voir. Les petits jaillirent d'un coup, au détour du chemin, et s'arrêtèrent net lorsqu'ils virent les deux femmes. Elle interrogea Samira du regard mais celle-ci détourna les yeux en se mordant les lèvres. La rencontre n'était apparemment pas opportune. Ces garçons étaient parfaitement semblables l'un à l'autre. Qui étaient-ils ? Ceux du cheikh ? Elle les observa avec attention. Oui, peut-être. Ils avaient le même teint mat et les pommettes déjà parfaitement dessinées malgré leur jeune âge. Elle fronça les sourcils. Kader ibn Saleh était-il donc marié et père de famille ? S'il l'était, quelle était donc sa place, à elle, exactement ? Il lui revint en tête que les hommes de ce pays avaient parfois plus d'une épouse.

Certains pouvaient même posséder plusieurs femmes qu'ils gardaient étroitement confinées dans un lieu auquel eux seuls avaient accès. Elle s'approcha des enfants en souriant mais ils reculèrent, méfiants. Visiblement ils ne l'avaient jamais vue, ou alors ils ne l'appréciaient pas. Une femme apparut à son tour et s'immobilisa aussitôt. Les petits coururent se réfugier auprès d'elle. Malgré son air juvénile, il devait s'agir de leur mère. Ses mains brunes et potelées s'étaient instinctivement posées sur les épaules des deux garçons qui s'étaient coulés dans son giron.

— Madame, dit la nouvelle venue l'air gêné en inclinant légèrement la tête.

Aude s'interrogea, perplexe. Était-elle censée la connaître ? Ne sachant comment l'aborder, elle avança un peu maladroitement :

— Oh ! vous... parlez ma langue, madame ?

— Un peu, quelques mots seulement.

La femme la regardait avec circonspection mais Aude ne désarma pas. N'était-ce pas là une occasion inespérée pour en apprendre davantage sur le cheikh et sur sa propre situation ?

— J'en suis infiniment heureuse, commença-t-elle chaleureusement. Ce jardin est splendide.

Il fallait absolument nouer la conversation. Mais la jeune mère n'avait pas l'air de le souhaiter. Les lèvres serrées, elle la fixait sans complaisance.

— Je suis Rania ibn Saleh. Et ceux-ci sont mes fils, Omar et Tarik, lâcha-t-elle finalement en la toisant.

Les enfants la regardaient maintenant avec attention. Les choses se confirmaient, cette femme était bien l'épouse de Kader ibn Saleh. Curieusement, elle sentit une légère déception l'envahir.

— Des jumeaux ! Ils sont adorables, madame. Vous... êtes l'épouse du cheikh ? ne put-elle s'empêcher d'ajouter.

— Oui, acquiesça Rania étourdiment. Enfin non... pardonnez-moi, je l'étais.

Kader l'avait donc répudiée mais il la gardait près de lui, en conclut Aude. Sans doute à cause des enfants. Elle insista :

— Le cheikh Kader ibn Saleh est donc, ou plutôt était, votre époux ?

81

— Oh non ! J'étais la femme de son frère aîné, Hassan, que Dieu le garde.

— Hassan ? Je ne comprends pas.

— Hassan était le frère aîné de Kader, l'ancien cheikh. Lorsqu'il est mort, il y a un peu plus de deux ans, le titre est revenu à son cadet, précisa la jeune veuve, la voix soudain enrouée.

Surprise cette fois-ci de ressentir un soulagement qu'elle ne s'expliquait pas, Aude compatit d'une voix douce.

— Je suis désolée pour vous et vos fils, madame, sincèrement.

Rania ne répondit pas. Elle avait tout fait pour éviter la Franque et voilà qu'elle se retrouvait nez à nez avec elle à lui expliquer qui elle était et à lui montrer sa détresse. Il fallait absolument qu'elle mette un terme à cette rencontre.

— Omar, Tarik, allons-y ! lança-t-elle à l'adresse des enfants qui s'étaient éloignés pour jouer. *Yallah*, nous partons, ajouta-t-elle un peu rudement comme ils ne la rejoignaient pas assez vite.

— Attendez madame, ne partez pas ! dit Aude en se précipitant vers elle. Nous… connaissons-nous ?

Rania hésita. Devait-elle entrer dans le jeu de Kader et mentir à cette femme ? Elle la regarda plus attentivement. Contrairement à ce qu'avaient déclaré les hommes, elle n'avait nullement l'air d'une femme perdue, mais plutôt d'un être désespéré. Pouvait-elle se fier aux apparences ? Toute personne dans sa situation aurait paru vulnérable.

— Mon beau-frère m'a parlé de vous, avança-t-elle seulement avant de se détourner pour regagner le harem.

Aude la regarda s'éloigner. Elle aurait souhaité poursuivre la conversation, lui poser des questions sur le palais et son propriétaire. Samira lui toucha doucement le bras pour l'engager à rentrer. Découragée, la jeune femme lui emboîta le pas. Le jardin était toujours aussi magnifique mais le charme était rompu. Ici elle était une étrangère, seule et sans soutien, prisonnière tout autant de l'endroit que d'elle-même. Il fallait se résigner, l'unique personne à pouvoir l'aider était Kader ibn Saleh.

9

— J'ai besoin de tous mes lieutenants sur le terrain, dit Saladin à Kader et Sélim le lendemain de son mariage.

Confortablement installés dans l'un des petits salons qui jouxtaient le *diwan*, l'immense salle de réception de la citadelle de Damas, les deux amis écoutaient le sultan leur exposer ses projets tout en dégustant des friandises. Les festivités avaient duré plusieurs jours et s'étaient conclues par la cérémonie d'échange des vœux. Mais le grand chef ne comptait pas s'attarder et envisageait déjà de poursuivre ses conquêtes. Maître de l'Égypte et de la Syrie qu'il contrôlait depuis de nombreuses années, il souhaitait maintenant s'assurer des provinces du nord, au-delà de Homs et d'Alep. Plusieurs petits royaumes s'y disputaient des terres fertiles et il comptait bien mettre tout le monde d'accord en s'emparant de l'ensemble de la région.

— Dès demain je repars vers le nord, poursuivit-il. Le sultan de Mossoul est affaibli par des guerres avec les émirs voisins. C'est l'occasion ou jamais d'agrandir mon territoire et mon influence. Quand la guerre avec les Francs reprendra, et elle reprendra forcément, nous serons plus forts, plus nombreux.

Kader sourit en reprenant une part de sorbet à la rose préparé avec de la neige du mont Haramoun, ce n'était pas tout à fait le plan de leurs ennemis.

— Vous savez très bien ce que cette trêve signifie seigneur. Le régent de Jérusalem y voit seulement un moyen de gagner du temps. Il espère, Dieu sait pourquoi, que vous mourrez bientôt.

83

Et il compte sur d'éventuelles querelles de succession pour affaiblir nos positions.

Le regard acéré du sultan se teinta de malice.

— En cela il se trompe grandement Kader. Je n'ai pas encore cinquante ans, et me sens en pleine forme. Ce n'est pas ma nouvelle femme qui dira le contraire d'ailleurs !

— Dieu bénisse votre union seigneur, dirent presque en même temps les deux amis.

Sélim, plein de déférence, et Kader un brin railleur.

— Quant à mes fils, compléta leur chef en se calant plus commodément dans la profonde banquette où il était assis, ils sont chacun maître chez eux. S'il m'arrive quoi que ce soit, ils poursuivront mon dessein. Ils s'uniront et combattront sous la même bannière. Mais, encore une fois, n'ayez crainte. Je n'ai pas fait restaurer cet endroit pour rien, ajouta-t-il en balayant d'un geste large l'espace autour de lui. Je souhaite en profiter encore de nombreuses années.

Chacun savait qu'un peu plus de dix ans auparavant, lorsqu'il s'y était installé après l'avoir conquise, Saladin avait réaménagé à grands frais la citadelle. Il en avait fait une véritable place forte en même temps qu'une résidence de luxe, destinée à impressionner alliés et ennemis. Mais la cité de Damas était aussi sa ville de cœur, celle dans laquelle il avait passé une partie de son enfance, et où il souhaitait terminer sa vie.

— Alors, venez-vous avec moi à Mossoul ?

— Je viendrai, répondit Sélim malgré sa réticence à s'éloigner de Rania. Je viendrai, comptez sur moi.

— Et toi Kader, tu ne dis rien ?

Sélim lança un bref coup d'œil à son ami. Allait-il renoncer à son projet de vengeance pour suivre Saladin dans ses conquêtes ? Depuis qu'il le connaissait, il était toujours le premier à rejoindre le sultan. Depuis qu'il était en âge de porter une arme, il n'avait manqué aucun combat, aucune bataille.

— Il est vrai que je dois m'occuper de mon domaine, avança prudemment le cheikh. Depuis la mort de Hassan, je... j'ai eu peu l'occasion d'y retourner. La trêve me permet de m'y consacrer sans trop d'états d'âme. Donnez-moi quelques semaines seigneur, conclut-il peu assuré. Quelques semaines histoire de régler... certains problèmes, je vous rejoindrai plus tard.

Saladin fixa son lieutenant avec attention. Le coup d'œil de Sélim à son compagnon ne lui avait pas échappé. Mais il n'avait pas à s'immiscer dans la vie privée de ceux qui le servaient. À la réflexion, il avait d'ailleurs suffisamment d'hommes pour vaincre le sultan de Mossoul.

— Soit, je te les accorde. Tu me rejoindras lorsque tu le pourras. Nos royaumes doivent être forts également. J'avais beaucoup d'estime pour ton frère, il a fait énormément pour votre domaine, et je te sais gré de vouloir poursuivre son œuvre.

— Merci seigneur, dit Kader en inclinant la tête autant par respect envers son chef que pour dissimuler sa gêne d'avoir eu à lui mentir.

— Bien, je vous laisse maintenant, déclara Saladin en se levant. Ma femme, ou plutôt mes femmes, m'attendent ! Mais vous pouvez rester ici encore un moment si vous le souhaitez, ajouta-t-il en voyant ses invités prêts à sortir. Profitez donc de la fraîcheur de mon palais et de la délicatesse de ces sorbets. Ils sont en train de fondre à vue d'œil !

Les deux hommes acquiescèrent. Il était encore beaucoup trop tôt dans l'après-midi pour s'aventurer dans les rues surchauffées de la ville.

— Tu m'abandonnes donc mon ami, remarqua amèrement Sélim, mécontent de devoir partir seul aux côtés de Saladin.

— Je viendrai plus tard, je te le promets, lorsque j'aurai réglé son compte à ce chien de Montvallon.

— Tu ne renonces donc pas à ton projet ?

Kader le toisa.

— Pourquoi le ferais-je ?

Le Damascène soutint son regard avant de s'avancer vers une grande cage dorée suspendue dans un coin de la pièce. De beaux oiseaux silencieux s'y balançaient tristement, perchés sur de petites barres de bois.

— Et... cette femme, Aude de Chécy, tu comptes la garder prisonnière, tels... ces pauvres oiseaux ? Regarde-les, ils sont si accablés qu'ils ne chantent même plus et semblent à vrai dire presque morts. C'est cela que tu veux faire d'elle, une ombre errante dont tu pourras user à ta guise ?

— Ce que je veux faire d'elle me regarde, mon ami. Elle échangera une prison contre une autre après tout.

— Oh ! si c'est comme ça que tu vois les choses ! Et... tu crois être assez armé pour répondre à ses questions, ou à ses éventuels... soupçons ?

Le cheikh esquissa un sourire. Il savait pouvoir compter sur sa force de persuasion, mais il fallait bien le reconnaître, cela ne suffirait peut-être pas.

— Justement, je pensais me rendre à Qasr al-Charak demain, avant de rentrer à l'oasis. Aude de Chécy y a très certainement vécu, au moins quelque temps. Sans doute pourrais-je ainsi en apprendre plus sur elle et les circonstances de son départ.

L'idée venait juste de lui traverser l'esprit. Il ne connaissait rien de son existence. S'il voulait être crédible et la convaincre de leur relation, il devait en savoir davantage.

— Je vois que tu as pensé à tout et que rien ne saurait te détourner du chemin que tu as choisi, constata Sélim en soupirant. Alors allons-y maintenant, et passons cette dernière soirée ensemble, nous risquons fort de ne pas nous revoir avant longtemps !

Le lendemain, sitôt arrivé en vue des remparts de Qasr al-Charak, Kader manqua se faire renverser par un groupe de cavaliers déboulant de la grande porte.

— Faites attention à vous seigneur, lui cria un vieux Bédouin tout proche. Ce sont les gardes de Montvallon. Ils sont aussi arrogants que leur maître.

Apeurés par ses congénères, Sheitan avait fait un écart. Kader le flatta doucement avant de demander :

— Et pourquoi se précipitent-ils ainsi ?

— Oh ! ils recherchent sa femme, enfin... celle qui partage son lit.

— Vraiment ? répondit le cheikh en se tournant vers lui.

— Oui, et ce ne sont pas les seuls. Ce chien a promis dix besants d'or à celui qui lui permettrait de retrouver sa catin.

Sheitan s'immobilisa enfin et Kader se pencha vers l'homme.

Dix besants d'or constituaient une somme énorme. Cette femme comptait-elle donc tant aux yeux de Montvallon ? Ce qui ressemblait à une pointe de jalousie l'agita un bref instant, puis il se reprit. Après tout, cela valait aussi bien, le comte serait ainsi beaucoup plus enclin à ne pas lâcher prise.

— Que s'est-il passé exactement, le sais-tu ? Si tu vis en ces lieux, tu en as sûrement une idée.

— Oui, je vis à cet endroit, seigneur, dans la petite tente que vous voyez là-bas, avec mes quelques chèvres. Je suis bien trop vieux pour suivre les troupeaux. Quant à la femme, le Franc clame partout qu'elle s'est fait enlever. Mais je ne vois pas comment, il la tenait quasiment séquestrée. Tout le monde le savait ici. On murmure qu'elle s'est enfuie, et qu'elle aurait volé des bijoux.

Des bijoux ? Kader fit la moue. Il n'en avait retrouvé aucun sur elle ni dans ses maigres bagages.

— Tu en est sûr, ce serait une voleuse ?

Le vieil homme haussa les épaules.

— Une telle femme ne peut être fiable seigneur.

— Et d'où vient-elle, le sais-tu ?

— Non, je l'ignore. Mais on dit qu'elle a suivi ce chien pour son propre intérêt.

— Je vois, répondit le cheikh avec un mauvais sourire. Merci mon frère, et que Dieu soit avec toi.

Ainsi il ne s'était pas trompé. Malgré son air innocent, Aude de Chécy était une femme de peu. Tant mieux, il aurait d'autant moins de scrupules à la berner. Se redressant sur sa monture, il contempla un instant les remparts et le fort dont on pouvait apercevoir la grande tour carrée où flottait l'étendard du comte. Plus besoin de se rendre en ville finalement, et de risquer d'attirer l'attention. Il en savait suffisamment pour le moment. Sélim avait raison, la Franque avait fui ce tyran. Et Montvallon n'était certainement pas dupe, bien qu'il fasse courir le bruit inverse. Il fit faire demi-tour à Sheitan et le lança au galop. Même si la tempête avait effacé toutes traces de sa fuite, il ne devait pas perdre de temps. Plusieurs hommes étaient à sa recherche et elle pouvait retrouver la mémoire à tout moment. S'il voulait que son plan aboutisse, il devait la convaincre sans tarder. Et la mettre dans son lit, au plus vite.

Le bain promis par Samira était enfin prêt. Aude se déshabilla prestement et s'y plongea sans perdre un instant. Comme toujours, l'eau était délicieusement tiède et parfumée. Décidément, sa jeune servante savait parfaitement doser les diverses huiles florales qui encombraient la salle d'eau. Elle s'allongea dans la baignoire et ferma les yeux en poussant un petit cri de plaisir. Ce rituel était vraiment fantastique. D'emblée il lui procurait bien-être et sérénité. Pendant quelques minutes elle allait pouvoir oublier sa déconvenue de la veille. Rania ibn Saleh n'avait guère été coopérative et son comportement l'avait heurtée. Ordre du cheikh ou simple réserve ? Encore une question dont elle n'avait pas la réponse.

Elle prit l'un des savons au lait d'amande posés sur le bord du bain et se lava doucement avant de se laisser complètement aller dans la tiédeur de l'eau claire. Malgré sa situation, la vie au palais ne manquait pas d'attraits. Elle se prit un moment à imaginer son existence ici. Les manières du cheikh étaient-elles à l'image de tout ceci ? Sans doute pas. Son regard était bien trop sombre et sa hâte à la convaincre suspecte. Elle tressaillit. Il était temps de mettre fin à sa toilette et à ses rêvasseries. Elle devait mobiliser ses forces vers autre chose. Retrouver la mémoire devait être son unique préoccupation. Elle allait sortir de l'eau lorsque Samira apparut en lui faisant signe de ne pas bouger.

— Que veux-tu petite ?

— *Shaaru*, répondit la jeune fille en lui touchant les cheveux.

— Oh ! tu voudrais me laver les cheveux sans doute ? fit Aude en faisant mine de se frotter la tête.

La servante acquiesça en souriant.

— *Naam*, oui madame.

Aude hésita. Était-ce bien raisonnable avec cette blessure à peine refermée ? D'un autre côté ses cheveux étaient si sales qu'il était impossible de les coiffer. Malgré les efforts de Samira ces derniers jours, elle ressemblait à une souillon. Elle se surprit à sourire. Ne serait-ce pas là un bon tour à jouer au cheikh ? Il ne tarderait sans doute pas à rentrer et à la demander. Si elle n'apparaissait pas à son avantage, cela l'inciterait peut-être à la laisser tranquille. À moins qu'il ne s'emporte et ne la corrige. Le choix n'était pas si simple après tout.

Samira décida pour elle en lui versant le contenu d'une petite jarre remplie d'eau sur la tête. Ses gestes étaient doux et mesurés, à peine effleura-t-elle sa blessure. Puis elle l'aida à sortir du bain, la sécha et enveloppa sa chevelure dans une épaisse serviette de coton avant d'entreprendre de la démêler. Là encore, son savoir-faire fit merveille.

— *Jamil* ! s'exclama-t-elle une fois les cheveux de sa maîtresse secs et soigneusement brossés.

Épandus sur les épaules de la jeune femme et balayant ses reins, ils flamboyaient dans la lumière de fin de journée.

Aude lui sourit en prenant une mèche entre ses doigts.

— Tu as raison ils sont bien plus beaux maintenant qu'ils sont propres, et c'est grâce à toi. *Choukran*, merci beaucoup.

Comme elle s'apprêtait à remettre sa robe, la petite servante l'entraîna vers le lit. Une magnifique tunique azur galonnée d'argent, accompagnée d'un pantalon étroit d'une nuance légèrement plus foncée, était étalée sur la couverture de soie. Jusqu'à maintenant elle n'avait porté qu'une seule robe, blanche et très simple, la sienne, elle l'aurait juré. Une seconde, bleue et de meilleure qualité, semblait lui appartenir également mais elle n'avait pas jugé utile de la passer, ne souhaitant pas se mettre en frais avant de savoir pourquoi elle se trouvait dans ce palais. Bien sûr, elle s'était étonnée de posséder si peu de vêtements. Si elle vivait réellement ici, n'aurait-elle pas dû en avoir davantage ? À moins que cette superbe tenue locale, et toutes les autres aperçues dans les grands coffres, ne soient les siennes. Elle se tourna vers Samira en l'interrogeant du regard. Mais celle-ci semblait ne pas comprendre. Soudain l'évidence la frappa de plein fouet. D'abord l'attention portée à ses cheveux, puis cette extraordinaire tunique. Qu'elle lui appartienne ou non, tout cela ne pouvait signifier qu'une chose. Le cheikh était de retour et il voulait la voir. Elle s'empara du vêtement et le brandit violemment.

89

— C'est pour le cheikh ? Il est là, il est revenu ?

— Le cheikh ? Oui..., *naam* madame, confirma la servante en baissant les yeux.

Ainsi elle avait vu juste. Si elle se réjouissait intérieurement de pouvoir enfin se confronter à cet homme, jamais elle ne porterait ce costume, ce serait comme nier ses origines, et accepter sans condition de rendre les armes. Furieuse, elle jeta la tunique à terre et se redressa, prête à passer sa robe blanche, mais Samira fut plus rapide et lui tendit la bleue. L'espace d'un instant elle eut envie de la mettre en pièces. L'air terrorisé de la jeune fille la retint. Son maître la châtierait sans doute durement pour ce carnage. Aussi se laissa-t-elle docilement habiller et coiffer afin de ne pas l'affliger davantage.

Le résultat était époustouflant. Cette robe bleue dont la couleur s'accordait tout juste à celle de ses yeux mettait parfaitement son corps en valeur. Un peu trop peut-être. Quant à la coiffure, c'était une merveille d'après ce qu'elle pouvait en voir dans le petit miroir circulaire que lui tendait Samira. Entremêlées de fils de soie, ses tresses avaient été rassemblées en un gros chignon piqueté de plusieurs perles. Et sa blessure, adroitement dissimulée, ne se voyait plus. Prenant le miroir des mains de sa servante, Aude observa plus longuement son visage. La première fois qu'elle l'avait fait, elle ne s'était pas reconnue du tout, et il lui avait fallu du temps pour s'habituer à son image. Puis elle avait fini par apprivoiser ces traits doux qui la fixaient. Depuis, ils étaient sa seule certitude. Mais aujourd'hui, de nouveau, elle doutait. Était-ce vraiment elle, cette femme élégante à la beauté altière ? Elle se mordit les lèvres. Quant à apparaître comme une souillon, c'était raté ! Le cheikh était terriblement séduisant, au moins jouerait-elle à armes égales avec lui. Enfin presque, car elle ne savait toujours pas qui elle était.

Quelques instants plus tard, Samira l'invita à sortir. La tête haute, elle la suivit sans hésiter. Il lui fallait être forte, elle n'était plus cette petite chose à peine consciente gisant au fond d'un lit, mais une femme décidée à comprendre ce qui lui arrivait.

Visiblement pressée de mener sa tâche à bien, sa compagne l'entraîna d'un pas rapide à travers le palais. Au bout de longues

minutes, après avoir traversé plusieurs cours et gravi un inter-
minable escalier, elles arrivèrent enfin devant une grande pièce
qui occupait tout un palier. Samira la fit entrer puis se retira, la
laissant seule. Le cœur battant, Aude jeta un regard circonspect
autour d'elle avant de pousser une exclamation de surprise.
L'endroit était magnifique ! Face à l'entrée, une immense baie de
forme ogivale donnait directement sur l'extérieur de la citadelle.
Comme la nuit s'apprêtait à tomber, les auvents de bois avaient
été relevés, permettant à l'air du soir de circuler librement. Elle
s'avança, conquise par le décor. Le long des murs couraient de
confortables divans couverts de coussins de soie colorés. Au
milieu, posée sur un épais tapis de laine claire, trônait une table
basse couverte de mets terriblement appétissants, disposés
dans d'élégants plats aux formes variées. Et, un peu partout, à
terre ou dans de petites niches creusées à même les parois, des
veilleuses de toutes tailles attendaient la main qui les allume-
rait. C'était là un lieu digne d'un prince. Le cheikh était-il donc
si puissant qu'il vive dans ce palais des plus extraordinaires ?

Elle s'approcha de la fenêtre et se pencha en avant. Elle se
trouvait tout au sommet d'une tour, prise dans le mur d'enceinte.
Au pied des remparts s'étendait une palmeraie et plus loin, le
désert. Plus mystérieux encore sous le soleil couchant. Soudain,
l'appel à la prière retentit. D'abord hésitante et douce, la voix du
muezzin se fit plus puissante et fluide, envoûtante. Elle frissonna.
Toujours ce chant qui la poursuivait, et dont elle connaissait
maintenant presque chaque inflexion.

10

Kader s'arrêta sur le pas de la porte. Aude de Chécy était là, frêle silhouette penchée sur le vide. Attentive, elle contemplait le désert et semblait ne pas l'avoir entendu arriver. Il eut un geste d'impatience. Elle ne portait pas la tunique préparée pour l'occasion mais sa robe bleue, celle du tournoi. Ainsi elle résistait. *Elle lui résistait.* Sans doute ne serait-elle pas facile à convaincre, mais il aimait les défis, même si celui-ci n'était pas négligeable.

Hésitant encore sur la manière de l'aborder, il prit le temps de la détailler. Elle s'était mise sur la pointe des pieds pour apercevoir le sol au pied de la tour. Ses mains crispées sur le rebord de la fenêtre disaient combien cet effort lui coûtait. Sa taille mince ployait sous le poids de son buste incliné et ses épaules tremblaient légèrement. De là où il se trouvait, il voyait de petites mèches échappées de son lourd chignon courir sur son long cou gracile. Balayées par le vent du soir, elles attiraient le regard sur sa peau blanche qu'il devinait douce et chaude. Son cœur s'accéléra et son souffle se fit plus court. Assurément, il aurait grand plaisir à l'étreindre et à libérer cette chevelure entraperçue sur le champ clos.

Contrarié, il jura entre ses dents. Il ne devait pas prendre les choses à l'envers. Elle n'était qu'un moyen pour lui, non une fin. Il devait avant tout se concentrer pour l'amener là où il le souhaitait et enfin venger Hassan. La première chose à faire était de s'informer de son état. Avait-elle retrouvé la mémoire durant ces quelques jours où elle avait pu se reposer ? Maître

Aziz lui avait affirmé que non, mais pouvait-il réellement en être certain ? Il lui faudrait jouer serré ce soir.

— La vue est stupéfiante, n'est-ce pas, lança-t-il en s'avançant enfin.

Aude reposa ses pieds au sol et se retourna lentement, perdue dans ses pensées. La vue du cheikh la ramena d'un coup à la réalité. C'était la première fois qu'ils se faisaient face debout tous les deux, à quelques pas l'un de l'autre. L'homme était grand, terriblement impressionnant. Incapable de détacher son regard de son visage, elle sentit son cœur s'affoler. Ses traits étaient parfaitement identiques à ceux dont elle gardait le souvenir mais sa présence décuplait leur pouvoir presque magnétique. Elle déglutit avec peine.

— Oui, en effet, monsieur, parvint-elle néanmoins à répondre.

— Je suis heureux de vous revoir ma chère, vous êtes rayonnante.

Elle rougit sous le compliment tout en se morigénant. Elle ne devait pas se laisser troubler par cet homme.

— Samira a fait des merveilles, je dois bien le reconnaître, dit-elle d'un ton qu'elle espéra plus assuré.

— Oui, elle s'est surpassée, confirma-t-il en se plantant devant elle.

Aude recula. Il était bien trop près.

— Il me semble que vous allez mieux. Cette vilaine blessure ne se voit même plus.

En disant ces mots, il esquissa un geste vers son visage. Elle fit de nouveau un pas en arrière, heurtant le rebord de la fenêtre. Kader serra les poings en se maudissant intérieurement. Il ne devait pas la brusquer s'il voulait parvenir à ses fins.

— Vous fait-elle encore souffrir ? demanda-t-il en reculant à son tour.

— Non, presque plus monsieur. Seulement lorsque je tourne un peu trop brusquement la tête.

— Je vois, dit-il en la dévisageant. Et... sinon, avez-vous... quelque peu retrouvé la mémoire ? Certains souvenirs peut-être ?

Aude hésita. Les yeux du cheikh s'étaient étrécis et une lueur dangereuse les avait traversés lorsqu'il avait prononcé ces paroles.

Si elle lui avouait la vérité elle n'en serait que plus vulnérable. Mais comment faire autrement ?

— Je... ne crois pas, non. Mais cela ne saurait tarder.

Kader retint avec peine un soupir de soulagement et se détendit légèrement. Pour le moment, tout se déroulait comme il l'entendait.

— Je voulais savoir, enchaîna-t-elle. Comment cela est-il arrivé ?

— Arrivé quoi madame ?

Aude fronça les sourcils. Cet homme se moquait-il d'elle en feignant d'ignorer ce qui la tourmentait ?

— Eh bien, comment me suis-je retrouvée avec cette blessure ! De quoi voulez-vous donc qu'il s'agisse, sinon de cela ? répondit-elle d'un ton cassant.

— Oui, bien sûr, votre blessure, pardonnez-moi. C'est très simple voyez-vous. Vous avez glissé et votre tête a heurté le bord du bassin de la cour principale. Vous vous êtes évanouie et je vous ai fait transporter dans votre chambre afin que Maître Aziz, enfin mon médecin, puisse vous soigner.

— Dans ma chambre ? Est-ce à dire que je vivais ici, avant cet accident ?

Kader s'impatienta. Il lui avait déjà dit ce qu'elle devait savoir.

— Tout à fait madame, vous viviez ici-même, avec moi.

Avec lui. Non, ce n'était pas possible.

— Je... je ne vous crois pas monsieur. D'ailleurs, cette chambre dans laquelle je me suis réveillée la première fois, n'est pas celle que j'occupe actuellement, j'en suis certaine.

— Vous devez me croire pourtant, tout ceci est parfaitement vrai. Mais... vous avez raison sur ce dernier point, ajouta-t-il après quelques secondes de réflexion. Votre chute a eu lieu près du harem et le médecin a pensé qu'il fallait vous bousculer le moins possible. Aussi vous ai-je d'abord fait conduire dans la chambre la plus proche. Vous avez rejoint mes appartements, enfin les vôtres, plus tard.

— Tout cela est bien étrange monsieur, reconnaissez-le. Et vous voulez dire qu'une simple chute aurait pu provoquer une telle blessure ainsi que... l'oubli de mes souvenirs ?

— Tout à fait, madame. Je peux vous montrer l'endroit exact où cela s'est passé si vous le souhaitez.

Aude le regarda, perplexe. Décidément cet homme avait réponse à tout. Et avec quel aplomb encore ! Mais si elle n'était pas sa maîtresse, que faisait-elle donc là ?

— Ce qui me préoccupe surtout, c'est de savoir pourquoi je suis dans ce palais... avec vous. M'y avez-vous... amenée de force ?

Kader se crispa. Ils avaient déjà eu cette conversation. Le mieux était d'être clair et de lui redire sans détour ce qu'il lui avait expliqué la dernière fois.

— Vous mettez ma patience à rude épreuve madame. Nous en avons déjà parlé, vous êtes ici de votre plein gré, et vous êtes... ma maîtresse. Cela vous paraît-il donc si déplacé ?

Ainsi il persistait dans son affirmation. Elle n'en croyait toujours pas un mot, mais si elle voulait en savoir davantage, elle devait entrer dans son jeu, ne serait-ce qu'un tout petit peu.

— Cela me paraît... bien plus que déplacé monsieur. Mais... admettons. Depuis combien de temps suis-je... à vos côtés ?

— Quelques semaines.

Quelques semaines. Elle sentit la panique l'envahir et baissa les yeux pour cacher sa détresse. Elle n'avait plus aucun contrôle sur sa vie. Il fallait pourtant qu'elle sache, et cet homme était le seul à pouvoir lui apporter quelques éléments de réponse. Elle leva de nouveau les yeux vers lui et poursuivit :

— Je serais curieuse de savoir comment nous nous sommes connus. Cette rencontre me paraît pour le moins... peu commune.

— Bien sûr, je comprends. Mais ne voulez-vous pas vous asseoir et vous restaurer avant ? Cela risque de prendre un peu de temps. Voyez tout ce que j'ai fait préparer pour vous, dit-il en lui montrant d'un geste la table préparée comme pour un banquet.

— Non je ne veux pas monsieur, s'emporta-t-elle. Je n'ai pas faim, je veux juste que vous me disiez comment nous nous sommes rencontrés.

— Oh ! calmez-vous madame ! Et asseyez-vous donc au moins. Nous serons plus à l'aise pour parler... tous les deux.

Kader lui désigna l'un des divans et elle s'installa au milieu des coussins. Il prit place en face d'elle, sur un petit siège de bois. Il ne devrait pas la quitter du regard lorsqu'il lui servirait son explication.

— C'est très simple là encore, commença-t-il. Je vous ai retrouvée errant dans le désert. Vous étiez perdue, en détresse, seule.

— Seule ? s'exclama Aude. Vous voulez me faire croire qu'une femme voyagerait seule, en pays ennemi ?

— Mais vous n'êtes plus en territoire ennemi, madame. Combien de fois devrai-je vous le rappeler ? Pour le moment, la guerre a cessé.

— Je n'ai... aucun souvenir de cela, monsieur, bien au contraire.

— Il me semble que dans votre état, ceci n'est pas vraiment étonnant, convenez-en. Votre roi, Baudouin le quatrième, est mort il y a quelques mois, de la lèpre. Vous... en rappelez-vous ?

Aude fronça les sourcils.

— Non, pas du tout.

— Sans héritier, le trône du royaume de Jérusalem est revenu au fils de sa sœur Sibylle, le petit Baudouin, poursuivit Kader. Il n'est encore qu'un enfant, et ne doit être âgé que de huit ou neuf ans, tout au plus.

— Un enfant, roi ? Qui aurait changé la face de la guerre et initié une trêve ? Vous vous moquez monsieur.

— Non, croyez-moi. Mais vous n'avez pas tort, les choses ne se sont pas tout à fait passées comme cela. Le petit roi est trop jeune pour régner. Avant de mourir, Baudouin le Lépreux a désigné l'un de ses fidèles compagnons, le comte de Tripoli, à la régence. C'est lui qui gouverne le royaume de fait. Et c'est un homme de paix. Saladin l'a très bien compris.

— La paix, c'est donc cela que recherchent nos... deux camps ? Kader hésita.

— Pour le moment... oui. Chacun a intérêt à ce que les combats cessent. La trêve est fragile, mais pour l'instant, elle tient.

— Et vous, que pensez-vous de cela ?

— Vous êtes ici madame, avec moi. Je crois que cela rend toute explication... inutile.

— Mais cela ne dit pas comment je me suis retrouvée... ici justement, répliqua Aude qui commençait à perdre de nouveau patience. Je suppose que, si une trêve existe, elle se limite à la fin des combats, et ne consiste pas en échanges de civilités et... voyages d'agrément !

— Certes. Mais vous ne voyagiez pas vraiment. Vous... étiez en fuite, vous vous étiez échappée.

— Échappée ? Mais de quel endroit monsieur ? Savez-vous d'où je viens et ce que je fuyais ?

— Je ne sais guère que ce que vous m'avez dit madame.

— Et... que vous ai-je dit ?

Kader retint sa respiration. Il allait maintenant lui donner des noms, les véritables noms. Il avait longuement réfléchi. Rester au plus près de la vérité était le meilleur moyen d'être crédible, et pour la suite de son plan cela était indispensable. En même temps, ces noms risquaient de faire remonter certains souvenirs.

— Vous fuyiez un homme, Gauthier de Montvallon, Seigneur de Qasr al-Charak.

Aude le regarda. Ces noms ne lui disaient rien du tout. Elle fouilla dans sa mémoire, en vain.

— Qasr al-Charak, où est-ce ? Et... cet homme, qui est-il pour moi ?

— Qasr al-Charak, ou Blancastel comme les vôtres l'appellent, est une citadelle, à plusieurs heures de cheval de ce palais. C'est la dernière place forte détenue par les Francs, avant le désert. Et Montvallon était... comment dire... votre protecteur.

— Mon protecteur, vous voulez dire... mon amant ? souffla-t-elle malgré sa répugnance à prononcer ce mot.

Quelque chose en elle se révoltait à cette idée. Elle ne pouvait pas être ce genre de femme.

— Oui, c'est cela. Il vous maltraitait à ce que vous m'avez dit et vous l'avez fui.

— Je ne vous crois pas, dit-elle en se levant brusquement. Tout cela est un tissu de mensonges. Vous m'avez enlevée et sous prétexte que j'ai perdu la mémoire vous me faites croire ce que vous voulez.

Le cheikh vacilla légèrement mais parvint à garder un visage impassible.

— Tout ceci est vrai madame, je vous l'assure bien. Et je

vous le répète, vous n'êtes nullement ma prisonnière. Vous pouvez partir d'ici, tout de suite si vous le voulez. Mais le comte de Montvallon vous recherche, et c'est un homme dangereux.

Dangereux ? Aude sursauta. Était-ce donc ce comte qui l'avait battue et était cause de ces marques dont elle souffrait encore ? Jusqu'à maintenant Kader ibn Saleh avait été correct avec elle mais de là à croire son histoire, il y avait loin. Elle le fixa, le visage fermé. Il lui suggérait de partir, mais partir pour aller où ? Il avait beau jeu de lui proposer cela. Il savait parfaitement que tant qu'elle ignorait qui elle était, elle ne pourrait aller nulle part ailleurs sans prendre de gros risques. Qu'elle soit sa maîtresse ou non, elle était coincée là, au milieu du désert. Elle réfléchit quelques instants. Oui, jusqu'à maintenant elle avait été bien traitée. Le mieux était donc de temporiser. Il fallait juste gagner du temps.

— Et admettons, encore une fois, que cela soit vrai, dit-elle en se rasseyant face à lui. Pour quelle raison serais-je restée avec vous ?

— Je vous ai offert l'hospitalité, vous étiez en détresse. Vous... vous êtes une très belle femme, et lorsque je vous ai demandé d'être à moi, vous ne m'avez pas repoussé.

— Et vous m'avez prise comme cela, sans en savoir davantage, répliqua Aude trop outrée par ces propos pour garder son calme.

— Oui, cela me suffisait. Je vous avais, vous.

— Mais je... j'ai peut-être une famille, des parents, qui me cherchent également ?

— Vous ne m'en avez jamais parlé. Vous avez seulement évoqué le comte.

Aude se mordit les lèvres. Passer ainsi d'un homme à un autre avait un nom, un seul. Croyait-il qu'elle allait pouvoir accepter cette explication ?

— Ainsi selon vous je serais une femme facile, une... catin ?

Kader hésita quelques secondes. S'il voulait s'en faire une alliée, il ne devait pas l'accabler complètement.

— Non, vous êtes une femme libre. La vie est difficile ici pour les vôtres. Beaucoup sont venus chercher un nouveau départ. Mais ils n'ont trouvé que misère, souffrance et mort. Alors toute occasion est sans doute bonne à saisir. Les mœurs à la cour de Jérusalem sont extrêmement relâchées, et font malheureusement figure d'exemples chez les Francs.

— Je ne me rappelle rien de tout cela monsieur. Ni cette soi-disant liberté, ni ces accusations dont vous accablez les miens. Je me demande d'ailleurs comment vous pouvez être si bien renseigné.

Kader ne releva pas. Visiblement, Aude de Chécy butait contre le mur de sa mémoire. Et lui aussi. Il n'avait aucun intérêt à poursuivre cette discussion. Mieux valait tenter autre chose.

— Cessons là cette conversation, madame. Vous êtes perturbée, et je ne voudrais pas vous indisposer davantage, dit-il d'une voix plus douce.

La nuit était tombée. Il se leva pour allumer une à une les veilleuses. Aude le regarda faire et son regard balaya la pièce. L'endroit était encore plus fabuleux ainsi éclairé. La vie devait être douce au palais. Et si l'existence était si difficile à l'extérieur, comment ne pas céder à tout ceci ?

— Venez donc auprès de moi contempler le ciel étoilé, reprit Kader en se dirigeant vers la fenêtre.

Comme elle l'hésitait, il l'invita d'un geste à le rejoindre.

— Venez madame. Même si vous n'avez plus la mémoire des choses, vous conviendrez sans doute qu'ici, dans le désert, le ciel nocturne est le plus beau spectacle qui soit.

— Certes, dit-elle en se levant et en s'approchant du cheikh tout en gardant ses distances.

Même si elle convenait de la beauté de la scène, elle devait rester sur ses gardes.

— On dit que chacun a une étoile qui lui est destinée. La vôtre est là-bas, dans la constellation d'Andromède.

Il lui désigna de la main un faisceau de points lumineux.

— Andromède ?

— Une princesse très belle, prisonnière d'un rocher, délivrée par un roi qui avait vaincu un monstre dont un seul regard pouvait tuer celui qui le croisait.

— Oh ! Et pourquoi cette constellation et non une autre ?

— C'est vous qui l'aviez choisie, répondit-il en se tournant vers elle.

Elle le fixa à son tour. Les veilleuses éclairaient son visage d'une lumière inégale qui adoucissait ses traits durs. Qui était véritablement cet homme ? Le monstre de la légende ou le roi venu la sauver ? Son souffle se bloqua quelques instants dans sa poitrine et ses yeux cillèrent légèrement. Se pouvait-il qu'elle se soit déjà tenue ici même en sa compagnie à la nuit tombée ? Ou tout ceci n'était-il destiné qu'à la mettre en confiance pour mieux la duper ?

— Tout ceci est bien amené, monsieur. Je... pourrais presque croire à votre histoire d'étoiles et... d'autres choses. Sauf que...

— Sauf que quoi ? la coupa-t-il.

— Sauf que je... je ne crois pas être le genre de femme que vous dites. Et que... je ne pense pas pouvoir m'entendre avec vous le moins du monde. Malgré la bienveillance dont vous faites preuve à mon égard en ce moment, vous êtes... arrogant et bien trop sûr de vous !

Kader sourit. Aude de Chécy était en train de perdre pied. En l'insultant de cette façon elle ne montrait rien d'autre que sa faiblesse. C'était le moment idéal pour forcer un peu les choses. Ce qu'il n'avait pas obtenu par des paroles, il l'obtiendrait peut-être par des actes.

— Pardonnez-moi madame, mais vous faites erreur. Nous nous entendons parfaitement bien tous les deux. Cela est d'ailleurs bien facile à prouver, ne croyez-vous pas ? dit-il d'une voix plus sourde en s'avançant légèrement.

Aude retint sa respiration. Le cheikh était tout près d'elle maintenant. Lorsqu'il avait souri, elle avait senti ses défenses faiblir. Il était encore plus séduisant ainsi, même si son sourire avait quelque chose d'inquiétant qu'elle ne parvenait pas à définir. Elle se mit à trembler légèrement. Le trouble qu'elle ressentait était-il dû à l'aspect de cet homme ou à l'idée d'être à lui, d'être sa maîtresse ?

— Vraiment ? Et... comment cela ? Je... je ne vois pas.

— Mais comme ceci, répliqua-t-il en se penchant dangereusement vers elle.

Son regard glissa vers sa bouche, et avant même qu'elle ait le temps de réagir, il l'attira à lui et posa ses lèvres sur les siennes. Aude se raidit légèrement. Accepter ce baiser était accepter sa défaite. Sentant sa résistance, Kader s'écarta et, taquinant sa joue, fila lentement vers son oreille. Elle sentait son souffle sur sa peau et l'odeur virile de son corps incliné vers le sien tandis que ses mains pressaient doucement ses épaules.

— Laissez-moi une chance de vous convaincre, madame, murmura-t-il si bas qu'elle douta un instant de ses paroles.

Elle frissonna. Sa voix était comme une caresse à laquelle elle ne devait pas céder. Elle releva la tête et croisa son regard. Les yeux du cheikh étaient immenses, bien plus sombres encore qu'habituellement. Ils semblaient vouloir l'avaler. Aude sentit son corps se liquéfier et une onde de chaleur la parcourir. Succomber était bien plus facile que résister, et semblait presque une évidence. Mais elle ne devait pas, sinon elle n'arriverait jamais à redevenir celle qu'elle était. Au prix d'un immense effort, elle se dégagea de son étreinte.

— Laissez-moi une chance de me retrouver par moi-même, lui dit-elle d'une voix tremblante. C'est... c'est le meilleur moyen de rester... amis. Croyez-moi.

Kader recula. Elle avait été à deux doigts de s'abandonner entre ses bras. Et lui, il avait bien failli perdre la tête. Mais elle n'était pas prête, pas encore.

— Je vous crois, ma chère, je vous crois. Et veuillez pardonner mon... empressement. Nous nous verrons demain. En attendant, restaurez-vous un peu. Samira viendra vous chercher dans un moment.

11

Kader gagna sa bibliothèque d'un pas rapide, mécontent de lui-même. Non seulement il n'avait pas réussi à convaincre Aude de Chécy mais il avait manqué perdre le contrôle. Leur brève étreinte l'avait bouleversé. Fort de sa position, il avait brusqué les choses, mais il ne s'était pas attendu à ressentir un tel émoi. Et il avait eu bien du mal à ne pas la retenir lorsqu'elle s'était écartée. *Pourtant cela n'avait été qu'un baiser.* Ou plutôt une tentative de baiser, lui souffla une petite voix intérieure.

Une lampe de cuivre éclairait la pièce sombre d'une lumière vacillante, presque irréelle. À portée de mains, sagement serrés les uns contre les autres, ses précieux livres lui semblaient bien inutiles. Comment amener cette femme à lui sans la contraindre ? Et surtout, comment éviter de ressentir quoi que ce soit pour elle ? Il jura entre ses dents. Cette femme n'était qu'une catin. Comment avait-il pu en arriver à se poser toutes ces questions ? Même si, le moment venu, il ne s'interdirait pas de prendre son plaisir, il devait rester dans les limites qu'il s'était imposées. Sinon son plan risquait d'échouer. Mais il n'en était pas encore là. Pour l'instant, il devait trouver un moyen moins... physique pour la mettre en confiance.

Il réfléchit. Il ignorait quasiment tout de sa vie. Elle avait suivi Montvallon de son plein gré, sans doute pour s'assurer une situation et lui soutirer quelque argent. Elle n'avait sûrement ni famille ni parents en Terre sainte sinon elle ne se serait jamais retrouvée dans une telle situation. Avait-elle un intérêt quelconque qu'il pourrait exploiter ? Une chose lui revint soudain en

102

mémoire. Le jour du tournoi, elle s'était précipitée sur le champ clos pour sauver cet enfant échappé de la foule. Elle l'avait fait d'instinct, sans réfléchir, sans mesurer le danger à traverser un terrain occupé par des chevaliers en armes. Et elle l'avait fait pour l'enfant. Il se souvenait parfaitement de sa détresse quand elle n'avait plus vu la mère et de la douceur avec laquelle elle avait rassuré le petit paysan terrorisé.

Il se saisit d'un des ouvrages posés sur sa table de travail et commença de le feuilleter. Le papier craquait doucement sous ses doigts, lui procurant un plaisir presque sensuel. Mais les mots qu'il lisait ne parvenaient pas à faire sens. Non, ses livres ne l'aideraient pas. Il reposa celui-ci là où il l'avait pris et s'allongea sur le divan. Il devait se concentrer, il y avait forcément un moyen de parvenir à ses fins. L'enfant, les enfants, c'était sans doute là que résidait la solution. Il songea à Omar et Tarik, les fils de Hassan. Pourraient-ils l'aider à amadouer la Franque ? Son visage s'éclaira soudain. Qu'il était donc idiot, il avait la solution sous les yeux ! Le bimaristan, l'hôpital pour enfants, serait un merveilleux prétexte pour se concilier Aude de Chécy. Nul doute qu'elle apprécierait ce projet dont la générosité ne pouvait manquer de la séduire. Elle pourrait y passer du temps au lieu de rester enfermée dans sa chambre. Et ce serait aussi une bonne occasion de lui faire rencontrer Rania, qui s'y rendait pratiquement tous les jours. Il devait absolument se faire une alliée de sa belle-sœur, sinon il n'arriverait à rien, il le sentait. Quant aux villageois, il faudrait bien un jour leur présenter la Franque. Les rumeurs couraient déjà à son sujet et il devait les faire taire, ou tout du moins les calmer suffisamment. Là encore, la savoir impliquée dans cette mission rendrait les habitants moins méfiants et plus compréhensifs à son égard.

Satisfait, il s'accorda quelques instants de répit avant de prendre connaissance des missives arrivées dans la journée, soigneusement empilées sur un coin de la table. Bientôt, si Dieu le voulait, cette femme serait à lui.

— Alors, qu'en penses-tu Rania, n'est-ce pas une bonne idée ? demanda-t-il le lendemain à la jeune veuve comme il venait de la rejoindre au bimaristan pour lui expliquer ses nouvelles dispositions. Elle nous sera d'une grande aide auprès des enfants et, comme tu viens toi-même souvent ici, cela vous permettra d'apprendre à vous connaître.

Surprise, Rania faillit lâcher le verre de jus de grenade qu'elle s'apprêtait à faire boire à une petite fille alitée. Son beau-frère était-il devenu fou ? Elle lui avait pourtant bien dit qu'elle ne voulait rien avoir affaire avec cette femme. L'avoir rencontrée par hasard dans le jardin avait déjà été suffisamment pénible. Les garçons l'avaient interrogée jusqu'au soir pour savoir qui était la « belle dame » et elle avait dû leur raconter une histoire à dormir debout pour qu'ils consentent enfin à la laisser tranquille. Elle posa le verre sur la petite table installée près du lit de la malade et se tourna vers le cheikh planté à quelques pas d'elle.

— Comment oses-tu me déranger en me faisant cette proposition absurde ? Ne t'ai-je pas dit que je ne voulais pas entendre parler de la Franque ?

— Si, répondit Kader. Je le sais bien, tu me l'as dit plusieurs fois. Mais... je pense sincèrement que nous avons besoin d'aide à l'hôpital. Les femmes du village sont peu disponibles, elles doivent vaquer à leurs tâches quotidiennes. Tandis qu'Aude de Chécy a tout son temps et ne sait quoi faire de ses journées. Je suis sûr qu'elle serait d'accord.

— Ah, parce qu'à elle tu lui demanderais son avis encore ! répondit Rania furieuse. Et crois-tu qu'elle saura se rendre utile ici ? Elle a sans doute l'habitude d'être servie du matin au soir et ne doit même pas savoir s'habiller seule !

— Tu exagères. Et puis cela ne me semble pas si compliqué que ça, répartit Kader en inspectant la grande salle d'un regard.

Tout était calme et parfaitement en ordre. Quatre lits seulement étaient occupés. Les enfants, sagement étendus sous les draps d'un blanc immaculé, dormaient ou parlaient à voix basse avec les personnes venues les visiter.

— Bien sûr que c'est compliqué Kader ! Et que pourra-t-elle bien faire ? Elle ne parle pas notre langue et ne connaît rien à la médecine. Elle nous gênera plutôt, n'as-tu donc pas pensé à ça ?

— Tu pourras la guider, insista le cheikh. Il me semble, par exemple, qu'elle pourrait parfaitement donner à boire à cette enfant, non ?

— Peut-être. Mais que fais-tu des malades plus atteints ?

— Pour l'instant, à ma connaissance, il n'y en a pas, chère belle-sœur. Et justement, s'il y en avait, elle pourrait te délester de ce travail-ci, dans la grande salle, et te permettre de t'occuper des urgences, avec Aziz.

Rania fit la moue. Son beau-frère avait réponse à tout.

— Quoi qu'il en soit, une aide supplémentaire ne serait pas de trop, poursuivit-il. Regarde, aujourd'hui, seule la femme d'Ismaël est venue.

— Oui, aujourd'hui il n'y a qu'elle, mais tout va bien, ne le vois-tu pas ? rétorqua la jeune veuve pleine d'agressivité.

Elle ne décolérait pas. Jusqu'à maintenant, Aziz avait parfaitement réussi dans sa mission et elle-même venait tous les après-midis passer deux ou trois heures près des enfants.

— Elle ne nous sera d'aucune utilité te dis-je. Je ne veux pas d'elle ici, Kader. Ce sera elle ou moi, je te préviens ! finit-elle par lancer, à bout d'arguments.

Les mains derrière le dos, le cheikh se mit à arpenter nerveusement la salle. Sa belle-sœur allait trop loin. Cette idée d'hôpital était certes la sienne et celle de Hassan mais si le projet avait pu être mené à bien, c'était grâce à lui. Bâtiment, équipement, il avait tout fourni. Et puis, c'était trop tard maintenant. Avant de venir au bimaristan, il avait fait chercher Aude de Chécy. Elle devait arriver d'une minute à l'autre.

Soucieux de prévenir Rania au plus vite, il retourna près d'elle. Penchée sur la fillette, elle s'apprêtait à la border.

— Je crains que cela ne soit trop tard, chère belle-sœur. J'ai déjà fait mander mon... invitée, elle...

— Tu vas trop loin Kader, le coupa-t-elle en se levant. Je te préviens, je vais sortir d'ici, tout de suite !

Le cheikh toussota en la retenant d'un geste. La Franque venait d'entrer. Tous les regards s'étaient tournés vers elle. Immobile, elle se tenait près de la porte, encadrée par deux gardes armés.

— Bienvenue dans notre petit hôpital, lança Kader en s'avançant vers elle.

Aude retint son souffle. Dès qu'elle était arrivée, un silence gêné s'était installé. Et maintenant elle sentait une tension presque palpable saturer l'air tout autour d'elle. Pourquoi diable le cheikh l'avait-il fait venir ici ? Était-elle censée connaître cet endroit ou était-ce encore l'une de ses idées étranges qui lui était passée par la tête ? Lui faire visiter son palais, dont elle pouvait de loin admirer la coupole d'or, lui aurait semblé plus approprié. Pourtant, en inspectant rapidement les lieux du regard, elle sentit peu à peu sa frayeur s'apaiser. À la réflexion, elle était bien plus en sécurité dans ce vaste espace, au milieu d'autres personnes, que dans un obscur couloir, seule avec lui. Après l'expérience du baiser, elle n'était pas certaine de pouvoir résister à ses avances. La veille au soir, elle avait été bien près de lui céder. Entre ses bras, elle s'était sentie presque en sécurité, presque... à sa place.

— Et voici ma belle-sœur, poursuivit-il. Rania ibn Saleh dont vous... n'avez sans doute pas le souvenir, mais qui vit au palais, avec ses deux fils.

Reportant son attention sur les paroles de son hôte, Aude se tourna vers la femme rencontrée lors de sa promenade au jardin. Celle-ci semblait furieuse et prête à quitter l'hôpital. Elle en aurait juré. Désireuse de ne pas gâcher sa visite, elle la salua sans paraître s'apercevoir de son courroux.

— Bonjour madame. Je suis très heureuse de vous revoir.

Rania restait droite, les lèvres pincées. Devait-elle partir en ignorant la Franque ou céder à la politesse et la saluer à son tour ? Comme elle ne bougeait pas, Aude avisa Kader.

— Nous nous connaissons. Enfin... nous nous sommes déjà croisées, avant-hier, dans votre fabuleux jardin, expliqua-t-elle au cheikh devant son air étonné.

— Bien, très bien, répliqua celui-ci. Rania, veux-tu bien faire à notre... amie l'honneur de lui faire visiter l'hôpital ? C'est en partie ton projet après tout.

La jeune veuve hésita quelques secondes puis acquiesça. Mieux valait ne pas faire de scandale devant tous. Il serait toujours temps, après, de s'expliquer en privé avec son beau-frère.

— Ainsi c'est à vous, madame, que l'on doit tout cela, dit Aude admirative à Rania comme celle-ci achevait de lui montrer les diverses installations destinées aux malades.

Elles étaient toutes deux revenues à leur point de départ et, un peu plus loin, le cheikh et Maître Aziz discutaient à voix basse.

— C'est mon idée et celle de mon défunt mari, madame, mais tout ceci est l'œuvre de celui qui dirige désormais ce lieu et veille sur nous.

— Oh ! je vois ! dit Aude légèrement agacée par cette allusion.

Kader ibn Saleh était décidément un homme bien providentiel. Comme Rania, l'air dur, gardait le silence, elle poursuivit :

— Si vous le souhaitez madame, je… pourrais vous aider quelquefois. Enfin, tant que… je suis là. Le cheikh n'y verra sans doute aucun inconvénient.

— Mon beau-frère ? Non, sans doute rétorqua la jeune veuve, toujours aussi fermée.

— Et bien sûr, si vous le permettez vous-même.

— Nous verrons. Pour le moment pardonnez-moi mais je dois m'occuper des enfants.

Et sans même un salut, elle la planta là.

Aude fit quelques pas, gênée. Décidément, cette femme ne l'appréciait pas, et elle n'était pas la bienvenue en ce lieu. Les personnes présentes l'avaient dévisagée comme si elles ne l'avaient jamais vue. Était-elle déjà venue dans cet hôpital ? Rania était restée bien vague. Curieusement, l'endroit lui paraissait familier, comme si elle en connaissait le fonctionnement. Et elle était certaine de savoir s'occuper des petits malades. Comme elle s'interrogeait, le cheikh, qui en avait terminé avec Maître Aziz, s'avança vers elle.

— Alors, qu'en pensez-vous madame ?

— Oh ! je suis très agréablement surprise, monsieur. Et je disais à votre belle-sœur combien tout ceci était remarquable.

Kader l'observa. Elle semblait touchée, ou plutôt troublée par la visite. Très pâle, elle le regardait sans aucune animosité, l'air presque hésitant.

— Dites-moi, est-ce que je… suis déjà venue ici ? ajouta-t-elle. Je… enfin, cet endroit ne… me semble pas inconnu.

Le cheikh la fixa davantage. Pour la première fois depuis leur rencontre, Aude de Chécy doutait. Peut-être avait-elle déjà visité un hôpital sur ce modèle, en Occident ou en Palestine ? Saladin lui-même avait fait construire un bimaristan au Caire et celui de Damas, fondé quelques années plus tôt, était célèbre dans toute la région. On disait que les Francs s'en étaient inspirés pour plusieurs de leurs réalisations. Kader serra les poings. Il aurait dû se réjouir de sa victoire. Plus tôt la jeune femme serait persuadée d'avoir séjourné chez lui, plus tôt elle accepterait l'idée d'être sa maîtresse. Pourtant, quelque chose le retenait. Lui mentir encore une fois, alors qu'il la sentait si vulnérable, lui déplaisait. Il hésita quelques secondes et serra les poings plus fort mais le visage de Hassan s'imposa soudain à lui. Il ne devait pas faiblir, pas si près du but.

— Oui madame, vous êtes venue ici... quelquefois, finit-il pas répondre.

Elle s'affaissa légèrement.

— Et pourquoi dites-vous « quelquefois », monsieur ? demanda-t-elle d'une toute petite voix.

Un sourire en coin, il s'approcha d'elle.

— C'est que, voyez-vous, nous... étions occupés à bien d'autres choses... tous les deux.

Aude rougit violemment. Le regard de Kader ibn Saleh s'était brusquement assombri et l'air autour d'eux s'était raréfié. Elle déglutit péniblement.

— Je... je vois monsieur, dit-elle en reculant légèrement. Mais... puisque je dispose actuellement de temps libre, pourrais-je venir plus régulièrement ? Je ne suis pas sûre de pouvoir vraiment vous aider mais je m'efforcerai de me rendre utile.

— Bien sûr madame. Votre... présence ici nous a déjà été d'une grande utilité, sachez-le. Et je ne doute pas qu'elle le soit encore, à l'avenir. Vous pourrez revenir dès demain si vous le souhaitez. Maître Aziz vous guidera. Même s'il ne parle pas votre langue, je crois que vous vous entendez bien, n'est-ce pas ?

— Oui, c'est un homme charmant, qui m'a soignée avec dévouement, comme si j'étais... l'une des vôtres.

Kader ne releva pas. Il estimait avoir déjà grandement progressé aujourd'hui dans la réalisation de son plan. Tous deux avaient trouvé un terrain d'entente et, surtout, elle semblait prête à le croire.

— Venez, il est l'heure de partir, ma chère, dit-il seulement.

Aude de Chécy sursauta. Croyait-elle qu'il allait la poursuivre de ses assiduités ? Il préférait lui laisser encore un peu de répit, le temps qu'elle se fasse à l'idée de le connaître. Pourtant, malgré tout, il ne put s'empêcher de la tourmenter un peu.

— Nous nous verrons bientôt madame, lui murmura-t-il presque au creux de l'oreille avant de faire signe à ses hommes de la reconduire chez elle.

12

Planté sur les quais du débarcadère de Jaffa, insensible à l'agitation matinale qui régnait autour de lui, Gauthier de Montvallon jura en silence. Encore une piste infructueuse. Depuis sa fuite, il avait fait chercher Aude de Chécy partout. Ses hommes avaient parcouru la totalité du pays, en vain, et malgré la récompense promise à qui la retrouverait, personne ne s'était manifesté.

À son retour de Jérusalem, lorsqu'il avait constaté la disparition de sa maîtresse, il avait tout de suite compris ce qu'il s'était passé. Sa petite servante attitrée ainsi que l'un des gardes manquaient. Sans doute avaient-ils tous trois manigancé l'opération depuis longtemps. La garce n'avait-elle pas volé des bijoux pour monnayer leur voyage ? Très vite, ses soldats lui avaient rapporté qu'un jeune couple avait tenté de vendre un magnifique collier de saphirs au marché d'Arnoun, à l'extrême nord du royaume, sans succès. Décidé à prendre l'affaire en mains, il s'y était rendu lui-même. L'homme était Franc lui avait-on dit, mais la femme étrangère, très brune. Certainement cette Koré, une Grecque, qu'il avait couchée dans son lit naguère.

Excédé, il jura une nouvelle fois. Il aurait dû la déflorer alors. Tout ceci ne serait pas arrivé, car jamais un homme, fût-il le dernier des gueux de sa cité, ne se serait intéressé à une pauvre fille, presque une esclave, ne possédant plus sa vertu. D'Arnoun, il avait suivi leur piste sur quelques lieues, mais il avait dû bien vite s'arrêter aux frontières du comté de Tripoli. Le régent aurait été alerté de le savoir sur ses terres. Sans compter que les fuyards poursuivraient certainement leur route au-delà, sans doute jusqu'à Antioche. La principauté était à Bohémond. Il avait été marié de longues années à une princesse byzantine et les Grecs pullulaient dans la région.

Après un dernier regard à la mer grise, Montvallon rejoignit son cheval attaché près des étals des pêcheurs qui vantaient bruyamment leurs prises. Il était temps de rentrer. Du nord, il était revenu par la côte. Aude de Chécy souhaitait retourner en France. Elle avait peut-être embarqué quelque part. En payant de son corps, il lui aurait été facile de trouver une place dans un navire génois ou marseillais. Quelques nuits de plaisir contre une promesse de retour. N'était-elle pas familière de ce genre d'accord ? La rage au ventre, il avait fouillé Tyr, Acre et Jaffa. Lorsqu'ici même on lui avait signalé que la veille, une chaloupe pleine à ras bord de pèlerins en partance pour Chypre et l'Occident avait fait naufrage, il avait frémi. À l'aube, la mer avait rejeté les corps sur la grève. Il avait exigé de voir les cadavres, mais elle ne se trouvait pas parmi eux. Il en avait été soulagé tout en maudissant le ciel de lui avoir fait rencontrer une telle femme.

Il enfourcha lourdement sa monture. Ses hommes avaient discrètement ratissé Jérusalem sans trouver aucune trace de cette garce. La seule alternative possible restait l'hospice Sainte-Marie. Selon les dires de sa maîtresse, c'était le seul endroit qu'elle avait fréquenté durablement, son unique repère en Terre sainte. Cela valait la peine d'y aller.

Le jour commençait à baisser lorsqu'il atteignit son but. Construit en plein désert, l'hospice était une place forte pourvue de hautes murailles. L'étendard des Hospitaliers, de croix blanche pleine en champ de gueules, flottait crânement au sommet de la plus haute tour. À l'extérieur, quelques masures en pierres sèches et des tentes de peau abritaient des malheureux venus s'installer près d'un lieu où ils savaient pouvoir recevoir soins et réconfort. Montvallon traversa le village improvisé en trombe sans prendre garde aux enfants et aux estropiés qui encombraient la route. L'un d'eux cria en roulant dans la poussière. Le comte ne ralentit même pas. Il ne tira sur les rênes qu'une fois arrivé devant la lourde porte de bois qui marquait l'entrée de l'asile. Un guichet était aménagé sur le côté. Il agita une grosse cloche fixée à hauteur d'homme et attendit. Si Aude était là, elle était bien gardée. Mais il saurait la convaincre de le suivre. En menaçant de la dénoncer pour vol par exemple. Un mauvais sourire déforma son visage. La justice du royaume était prompte et sévère, sa maîtresse ne s'y risquerait certainement pas. Impatient soudain, il sonna une seconde fois, plus violemment. Au bout de longues minutes, la sœur portière passa enfin la tête par le guichet.

— Messire, commença-t-elle en le détaillant d'un air circonspect. Qui êtes-vous et que venez-vous faire céans ?

Il secoua ses vêtements et ôta prestement le grossier morceau de tissu enroulé autour de son crâne pour se protéger du sable du désert.

— Je suis Gauthier de Montvallon, seigneur de Blancastel. J'ai fait une longue route et je souhaite m'entretenir avec votre supérieure, mère Béatrice de la Croix.

— L'entrée n'est autorisée qu'aux blessés et aux indigents, répliqua la sœur nullement impressionnée par le titre et le ton abrupt du visiteur. Or vous me semblez... en pleine forme, seigneur. Vous n'avez rien à faire ici sauf... si vous souhaitez consentir un don à notre maison, ajouta-t-elle après réflexion.

Le comte poussa un soupir d'exaspération. Lorsqu'il était venu, trois mois plus tôt, il accompagnait l'un de ses hommes, mal en point, et lui-même était légèrement blessé suite à un accrochage avec un groupe de pèlerins trop turbulents. On les avait fait entrer sans difficulté et ils avaient été soignés avec la plus grande attention. Il avait d'ailleurs donné à l'Ordre une somme d'argent non négligeable que la mère supérieure avait aussitôt scellée dans un solide coffre de fer.

— Vous me pardonnerez sans doute bien certainement, ma sœur, de n'être point... galeux ni mourant. Et sachez par ailleurs que j'ai déjà fait bénéficier votre... maison d'un don fort conséquent la dernière fois que je suis venu. Je n'ai donc nulle raison de m'y sentir obligé de nouveau ce jourd'hui.

— Alors, je vous prierais de passer votre chemin messire.

— Vous ne savez donc pas qui je suis, tonna-t-il, à bout. J'exige que vous m'ouvriez.

Tout en disant ces mots, il éperonna son cheval qui se cabra en hennissant, faisant fuir les quelques curieux qui s'étaient agglutinés autour de lui pour assister à la scène. En tant que seigneur franc, il estimait avoir accès sans conditions à toute place détenue par les siens dans le royaume, et celle-ci ne devait pas faire exception.

La sœur portière l'examina de nouveau sans indulgence. Elle avait à peine sursauté à sa tentative d'intimidation. Cet importun visiteur était certes armé, mais il était seul. Cependant, qui sait si ses hommes ne se cachaient pas aux abords du village, prêts à entrer de force ? Malgré l'étendard qui flottait, aucun chevalier ne se trouvait dans les lieux. Mieux valait prévenir mère Béatrice que de poursuivre la discussion.

— C'est bien messire, je vais voir ce que je peux faire, dit-elle à contrecœur avant d'abaisser sèchement le guichet.

Elle revint un peu plus tard et entrouvrit la porte dans le fracas métallique de son imposant trousseau de clés.

— Notre mère vous autorise à entrer messire. Mais vous devez laisser vos armes à l'extérieur.

Comme la première fois, Montvallon fut impressionné par l'architecture, qui faisait du lieu une place quasi imprenable. Après avoir parcouru un long couloir et passé plusieurs chicanes, ils débouchèrent sur une cour. Des malheureux attendaient patiemment que l'on s'occupe d'eux ou se reposaient, massés dans l'ombre de grands hibiscus plantés çà et là. Il réprima une grimace. Toute cette misère le révulsait.

— Suivez-moi seigneur.

Ils s'engagèrent de nouveau dans un étroit couloir et traversèrent plusieurs salles. Une odeur indéfinissable flottait dans l'air. Celle des médecines administrées aux malades, mêlée aux effluves de crasse et de sueur exhalés par les corps souillés. La dernière salle était dévolue aux femmes enceintes et aux enfants. C'est là qu'il avait vu Aude pour la première fois. Il ralentit le pas mais la sœur l'entraîna vers la pharmacie où mère Béatrice de la Croix s'affairait.

— Cher comte, que me vaut l'honneur de votre visite ? dit celle-ci en se tournant vers lui les bras chargés d'onguents.

Il s'inclina devant la petite femme qui le jaugeait d'un œil sévère.

— Je crois que vous le savez parfaitement ma mère.

Il avait parlé d'une voix cassante. Même s'il doutait fortement que sa maîtresse fût en ces murs, il n'allait pas s'en laisser montrer par une femme, fût-elle la mère supérieure d'un lieu tel que celui-ci.

— Nenni, mon fils, je ne suis point devineresse ni magicienne, comment pourrais-je le savoir ?

— Je cherche à voir Aude de Chécy, la femme qui m'a suivi lorsque je suis venu ici, au début du printemps.

Mère Béatrice hocha la tête et posa son chargement.

— Oui, je me rappelle parfaitement de cela, cher seigneur. Vous avez fait miroiter monts et merveilles à cette enfant qui n'a pas su résister à l'attrait d'une... vie meilleure, loin de toute cette misère et des gémissements de ces pauvres gens. Et... que puis-je faire pour vous ?

— Elle... est partie et je suis à sa recherche.

— Partie, vraiment ? Et vous croyez qu'elle serait revenue parmi nous, alors même que...

— Tout me laisse penser qu'elle est là, l'interrompit Montvallon en mentant avec aplomb.

— Vous faites erreur messire, elle n'y est point.

Désireuse de mettre fin à cet entretien, mère Béatrice reprit ses remèdes et s'apprêta à quitter la pièce. Hors de lui, le comte lui agrippa violemment le bras.

— Je ne vous permets pas, dit-elle en se dégageant. N'oubliez pas qui je suis. Mon demi-frère est le propre cousin du régent.

Il recula prudemment. À la réflexion, mieux valait effectivement ne pas se faire une ennemie de cette femme.

— Pardonnez-moi ma Mère. L'inquiétude de ne pas savoir où se trouve mon... amie me rend nerveux. Puis-je néanmoins... faire un tour avant de repartir ?

De nouveau, elle le jaugea d'un air pincé. Après tout, s'il souhaitait constater les choses par lui-même, mieux valait le laisser faire. Plus vite il serait convaincu, plus vite il partirait.

— Sœur Claire va vous accompagner.

Montvallon emboîta le pas à la jeune femme qui lui faisait signe de la suivre. Partout flottait cette odeur insupportable et retentissaient ces geignements presque indécents. Mère Béatrice avait raison, Aude de Chécy ne serait certainement pas revenue là. Surtout après avoir goûté au luxe de sa demeure. Comme sœur Claire le reconduisait vers la sortie, il avisa une porte, à moitié dissimulée par un lourd tissu.

— Qu'il y a-t-il par ici, ma sœur ? demanda-t-il, suspicieux.

— Rien qui puisse vous intéresser messire. Je... je vous conseille de ne pas y aller, ajouta-t-elle en voyant qu'il s'apprêtait à entrer.

Négligeant l'avertissement, il ouvrit la porte et s'avança. Des malheureux couverts de pansements et de hardes gisaient sur des paillasses alignées le long les murs. Certains, plus vaillants, étaient assis par groupes de trois ou quatre et semblaient discuter. Non loin de l'entrée, une jeune femme, tête nue, les cheveux fauves épandus sur ses minces épaules, était occupée à faire boire un malade. Il eut un coup au cœur et se précipita. *Aude*. Quand elle leva la tête, il eut un geste de recul. Son visage était bourrelé de plaies suintantes et l'un de ses yeux manquait.

— Vous êtes dans la léproserie seigneur, lui dit sœur Claire.

Le comte blêmit et sentit son estomac se retourner. Il avait vu les ravages de la maladie sur le défunt roi Baudouin. D'un gracieux éphèbe aguerri, elle avait fait un être qui, en apparence, n'avait plus rien d'humain. Et encore, n'avait-il pas fréquenté le souverain dans les dernières années de sa vie ! Il secoua la tête. Non, décidément, sa belle maîtresse ne pouvait être ici.

— Je... j'en ai assez vu ma sœur. Reconduisez-moi à la sortie.

Une fois dehors, il respira avidement l'air qui commençait à fraîchir. Ce détour par l'hospice Sainte-Marie n'avait servi à rien. Pire, il lui avait fait comprendre toute la portée de son erreur. Pourquoi avoir cherché une compagne dans cet endroit ? N'y avait-il pas suffisamment de jeunes veuves à la cour, dociles et désargentées, dont il aurait pu user à loisir et qui l'auraient remercié à genoux ? Aude de Chécy était bien trop fière et n'avait jamais pris plaisir à leurs joutes amoureuses. Elle ne s'était jamais donnée à lui qu'avec réticence, presque avec dégoût. Sa

115

beauté l'avait foudroyé. Mais il payait bien cher cette faiblesse. À ses côtés, il avait perdu son temps et s'était couvert de ridicule.

La nuit était tombée depuis plusieurs heures lorsqu'il franchit les remparts de Blancastel. La sentinelle n'avait pas hésité un instant avant de lui ouvrir la petite porte de la poterne. Même sans le mot de passe du jour, sa silhouette et sa voix ne pouvaient tromper personne. Il traversa au pas la cité endormie, les sabots de sa monture résonnant étrangement dans les ruelles calmes. Tout ceci lui appartenait désormais. Pourtant il n'était pas entièrement satisfait. Il repensa à l'hospice et aux indigents qu'il abritait. Des paysans du cru pour la plupart. Quant à son fief, il était pour la moitié peuplé d'Infidèles. Cela ne pouvait plus durer. La trêve devait cesser et les siens régner sans partage. Lorsqu'il l'avait rencontré à Jérusalem, Lusignan lui avait dit d'être patient. Avec le nouveau maître du Temple, Gérard de Ridefort, ils avaient fait envoyer en grand secret une ambassade en Europe. L'opération permettrait de récolter fonds et appuis, promesses de troupes armées. On disait les rois frileux de s'engager une nouvelle fois et le pape encore indécis, mais la maison de Lusignan avait des soutiens à la cour de France et le Temple était puissant. Ses commanderies regorgeaient d'or et d'avoirs de toutes sortes, de moines-soldats prêts à en découdre.

Il serra plus fort les rênes, presque à s'en faire mal. L'ambassade prendrait du temps, plusieurs semaines ou plusieurs mois sans doute. Pourtant, même s'il saurait attendre, administrer son nouveau fief ne lui suffirait pas. Il avait besoin d'action et d'un corps chaud dans son lit.

Refusant de laisser son esprit dériver une nouvelle fois vers celle qui l'avait trahie, son regard scruta les ombres de la nuit et fut soudain attiré par une petite lumière rouge au bout d'une impasse. Il sourit. Le bordel de la vieille Ysolde. Étrange coïncidence alors que tout son être réclamait les attentions d'une femme. Sans hésiter, il guida sa monture jusqu'à l'établissement qu'il connaissait bien. Il y était allé bien des fois avant de rencontrer Aude de Chécy. Après avoir attaché son cheval à l'entrée, il toqua trois coups. Une vieillarde maquillée outrageusement vint lui ouvrir. Son visage s'éclaira lorsqu'elle le reconnut et sa bouche édentée esquissa un sourire.

— Bienvenue chez moi, cher seigneur. Cela faisait longtemps que je n'avais reçu votre visite.

Montvallon la toisa avant d'examiner la salle basse. Son entrée était passée inaperçue. Les quelques hommes présents étaient trop occupés ou suffisamment avinés pour ne pas lui prêter attention. Son visage se détendit, ce qui n'échappa pas à la tenancière. Satisfaite, elle reprit d'une voix mielleuse :

— J'ai quelque chose pour vous messire, qui vient juste d'arriver. Elle n'a que peu servi, vous verrez.

Elle émit une sorte de sifflement et une toute jeune fille à la peau mate s'avança.

— Elle s'appelle Hana. Sa mère était d'ici, une Bédouine du désert blanc. Voyez comme elle est belle.

Le comte fit la moue. Une Infidèle, ce n'était pas ce qui lui fallait. Il faillit renoncer mais la maquerelle fut plus rapide.

— Tourne-toi ma fille, ordonna-t-elle sans douceur, le seigneur veut te voir.

Hana s'exécuta en tremblant.

Montvallon la parcourut du regard. Elle était très belle en effet, et si différente de l'autre, la garce rousse. Son corps mince et sa gorge à peine renflée palpitait. Elle avait des yeux semblables à ceux des chats sauvages, luisants et presque jaunes. Un éclair de lubricité s'alluma dans ceux du comte. Elle conviendrait pour cette nuit.

— C'est d'accord, je la prends.

Comme il se dirigeait, suivi de la fille, vers le couloir où se trouvaient les chambres et d'où sourdaient des gémissements qui ne trompaient pas, la vieille femme le rattrapa.

— Par ici, seigneur. Je vous cède... mes appartements pour ce soir, vous y serez plus tranquille.

Ils montèrent quelques marches et elle lui ouvrit l'unique porte du palier. Étonné par le luxe de la pièce, il marqua un léger temps d'arrêt avant d'entrer. Les meubles étaient de bois précieux et des étoffes luxueuses aux couleurs chatoyantes couvraient le lit ainsi qu'une petite banquette au dossier finement chantourné. Une magnifique lanterne d'argent éclairait l'endroit d'une lumière étudiée.

— J'espère que cela vous conviendra, messire, minauda la maquerelle devant l'hésitation de son client. Je...

Il l'interrompit d'une voix brusque.

— Cela ira très bien, laissez-nous maintenant.

Elle sortit sans demander son reste et referma soigneusement la porte derrière elle avant de regagner la salle basse.

— Déshabille-toi et allonge-toi sur le lit, lança le comte à la jeune fille lorsqu'ils furent seuls.

Hana obéit prestement mais il lui jeta à peine un regard. Il connaissait bien ces corps bruns et souples encore tout près de l'enfance. D'une main, il lui écarta brutalement les cuisses et de l'autre lui retint les poignets au-dessus de la tête. Elle poussa un léger cri de douleur.

— Reste tranquille, je ne veux pas t'entendre, ordonna-t-il en s'allongeant sur elle après avoir baissé ses chausses.

Son regard plongea dans ses yeux de chatte et il la pénétra d'un seul coup sans même se soucier de savoir si elle était prête à l'accueillir. La jeune fille se raidit, et laissa couler quelques larmes. Elle était si étroite que le comte pesta malgré le plaisir qui montait. Lorsqu'elle plia sous son corps, l'image d'Aude de Chécy le traversa et il lâcha un grognement sourd avant de jouir en elle. Puis il la repoussa presque instantanément et la renvoya sans même qu'elle eût le temps de se rhabiller.

Au grand dam de la vieille Ysolde, Montvallon ne s'attarda pas. Si son corps avait trouvé un certain apaisement, son esprit restait agité. Sa maîtresse l'avait quitté mais il n'abandonnerait pas. Il demanderait à ses hommes de poursuivre les recherches. Avec un peu de chance, il la retrouverait vite et pourrait profiter d'elle pendant la trêve. Il aurait alors tout le temps de la punir et de lui faire comprendre ce qu'il en coûtait de lui résister. À cette idée, sa tension baissa d'un cran. Quand il s'en serait lassé, elle pourrait bien repartir où bon lui semblerait, dans ce trou à rats, cet hospice Sainte-Marie, ou ailleurs, ce ne serait plus son problème. Et lorsque l'ambassade reviendrait d'Europe, lorsque la guerre reprendrait, elle ne serait plus qu'un mauvais souvenir.

13

— Alors Maître Aziz, comment la Franque se débrouille-t-elle au bimaristan ? demanda Kader au vieux médecin qu'il avait fait mander de bon matin dans ses appartements.

— Bien, très bien. Elle fait merveille ma foi, et sait parfaitement mettre en confiance nos jeunes patients.

Kader sourit malgré lui. Cela ne l'étonnait nullement. Elle avait été admirable avec le petit sur le champ clos. Sans son intervention il aurait certainement été piétiné par les chevaux des jouteurs.

— C'était donc une bonne idée de lui proposer de nous aider.

— Oui, tout à fait. J'ai d'ailleurs l'impression qu'elle n'est pas ignorante en la matière. Comme si... elle avait déjà pratiqué tout ceci.

Le cheikh hocha doucement la tête. Ne lui avait-elle pas dit que cet endroit ne lui était pas inconnu ?

— Vraiment Aziz, vous croyez qu'elle aurait déjà... exercé dans un hôpital ?

— Oui, ou dans un lieu approchant, un asile peut-être. Tu sais tout comme moi que certains chevaliers francs ont créé des lieux d'accueil et de soin pour leurs frères et sœurs venus d'Occident. Certains sont même exclusivement dédiés aux femmes et aux enfants dit-on.

Kader acquiesça. S'était-il trompé sur le compte d'Aude de Chécy ? N'avait-elle donc pas toujours été une femme entretenue ? Il ne savait rien de sa vie, à part qu'un jour elle avait choisi ce chien de Montvallon. Un bref instant, il se surprit à regretter de ne pas en savoir davantage. Mais il chassa bien vite cette pensée de son esprit. Cela n'aurait rien changé. Son plan était établi et rien ne l'en détournerait.

— Et c'est une bonne chose vois-tu, continua le vieil homme satisfait. Reproduire les mêmes gestes l'amènera sans doute à retrouver ses souvenirs plus rapidement. Il y aura forcément un moment où un événement, même mineur, la ramènera à ce qu'elle a déjà vécu. Et là, tout pourra aller très vite, elle retrouvera sa mémoire.

Kader jura en silence. Finalement ce n'était peut-être pas une si bonne idée que cela ! Il devait reprendre sa bonne vieille tactique. La séduire pour la mettre dans son lit. Il lui avait laissé quelques jours de répit mais le temps pressait. Ce soir même, il agirait. Il hésita. Devait-il la consigner dans sa chambre pour la journée ? Il regarda le médecin. Non, Aziz ne comprendrait pas. Une journée supplémentaire ne changerait sans doute pas grand-chose. Enfin, il fallait l'espérer.

— Bien, mon vieil ami, nous verrons bien. Je passerai à l'hôpital en fin d'après-midi. Pour l'instant je dois me rendre au camp sud avec Rania, son père souhaite me parler.

Aziz salua son maître et partit vers l'hôpital. Décidément quelque chose n'allait pas. Kader ne souhaitait visiblement toujours pas que la Franque retrouve la mémoire. Il avait parfaitement vu son visage se fermer lorsqu'il lui avait fait part de cette éventualité. Il pourrait peut-être interroger la petite Samira pour en savoir plus. Mais sans doute ne dirait-elle rien, elle avait bien trop peur du cheikh. Il s'arrêta quelques instants pour s'éponger le front. La journée ne faisait que commencer et elle s'annonçait encore plus chaude que la précédente. Même si sa compagnie ne lui déplaisait pas et que sa présence était d'une réelle utilité, il fallait éloigner la jeune étrangère au plus vite. Elle était guérie, physiquement du moins, et retrouverait un jour toute la mémoire, il n'en doutait pas. L'*amnêsia* dont elle souffrait était on ne peut plus classique et tout à fait réversible. La garder ici devenait trop dangereux. Les Francs finiraient bien par venir de ce côté-ci puisqu'ils ne trouveraient rien ailleurs. Si cela n'avait tenu qu'à lui, il l'aurait fait raccompagner au fort le plus proche. Mais le cheikh était une vraie tête de mule. S'il avait décidé de la retenir près de lui, il ne renoncerait pas.

Aude avançait le cœur presque léger. Elle avait désormais une tâche à accomplir, un but à ses journées : s'occuper des jeunes patients soignés dans ce que son hôte et les siens appelaient « bimaristan ». Ces moments passés près des enfants la comblaient. Dès le lendemain de sa première visite à l'hôpital, Samira l'avait conduite dans le grand bâtiment et remise aux mains d'Aziz. Le vieux médecin l'avait accueillie avec bienveillance, lui expliquant du mieux possible les tâches à accomplir. Jusqu'à maintenant, les chambres particulières, destinées aux cas les plus préoccupants, étaient vides, et les petits malades présents ne l'étaient pas sérieusement, il s'agissait seulement de plaies causées par des accidents sans gravité. Son rôle avait consisté à rester près des enfants alités, de veiller à les faire boire et d'avertir Maître Aziz au cas où ils manifesteraient d'autres besoins. À midi, lors du repas, elle avait guidé dans les petites bouches d'énormes cuillérées d'un appétissant ragoût de légumes agrémenté de viande de mouton finement hachée. Puis il avait fallu surveiller la sieste et faire quelques pas avec ceux qui le pouvaient, les petites mains confiantes serrant la sienne avec ardeur. Le premier soir, l'un des enfants, guéri, était retourné dans sa famille, lui procurant une joie immense. Malgré ses appréhensions, tous avaient été adorables avec elle. Ils étaient trop jeunes pour concevoir une quelconque animosité à son encontre. Pour eux, elle n'était ni une étrangère ni une ennemie, mais une présence rassurante, presque maternelle.

Elle pressa le pas. Malgré un semblant de sérénité revenu, quelque chose la troublait. Pourquoi avait-elle cette sensation étrange de déjà-vu, de... déjà vécu ? Curieusement, pas un instant ne passait sans qu'elle n'ait l'impression d'avoir déjà effectué tous ces gestes et porté toutes ces attentions. Veiller, apaiser, nourrir, lui semblait aussi naturel que marcher et parler. Était-il possible qu'elle ait déjà accompli tout cela... ici même ? « Quelquefois », lui avait dit le cheikh. Elle était venue là *quelquefois*. Que cela signifiait-il vraiment ? Et cette question la menait toujours invariablement à une autre : était-elle la maîtresse de cet homme ? Malgré ses dernières paroles et sa promesse de la revoir bientôt, il ne s'était pas manifesté. Il n'était pas passé au bimaristan et ne l'avait pas non plus fait appeler. Elle lui avait certes refusé un baiser mais il ne semblait pas homme à renoncer si facilement. Qu'avait-il donc en tête ? Si elle avait réellement été à lui, n'aurait-il pas dû insister davantage ? Arrivée devant l'hôpital, elle leva les yeux et admira une fois de plus la bâtisse blanche, parfaitement adaptée à sa fonction. Les états d'âme de Kader ibn Saleh attendraient. Elle avait mieux à faire que de s'en inquiéter.

À peine entrée, Maître Aziz l'accompagna près des malades du jour : deux enfants, dont elle s'était déjà occupée la veille, et qui parurent ravis de la revoir. Elle s'installa près d'une petite fille à la main bandée et lui caressa doucement la joue avant de redresser ses oreillers. Autour d'elle, la grande salle était presque vide. Les femmes présentes s'affairaient à la cuisine. Elle était seule à veiller avec Aziz. Aujourd'hui encore, Rania, la belle-sœur du cheikh, ne s'était pas déplacée. Était-ce là une façon de protester contre sa présence ou ne venait-elle ici qu'occasionnellement ? La seconde explication lui parut peu satisfaisante. La jeune femme avait semblé très impliquée dans la bonne marche de l'hôpital, mais bien loin d'être désireuse de passer du temps à ses côtés.

Alors qu'elle s'apprêtait à consoler le second petit malade qui venait de se mettre à pleurer, la porte principale s'ouvrit brusquement et plusieurs hommes portant des enfants inconscients firent irruption dans la grande salle. Aziz se rua vers eux, affolé.

— Qu'est-il arrivé ?

— Ces foutus garnements sont allés se baigner au lac souterrain, dit l'un des hommes. Le ponton a cédé et ils sont tombés à l'eau. Ils ont été blessés par les débris de bois et se seraient noyés si nous n'étions pas passés par là !

— Par Dieu ! fit le vieux médecin. *Yallah*, il faut vite les installer et les examiner.

Les hommes déposèrent les petites victimes sur les lits les plus proches. Aziz jeta un coup d'œil à Aude qui déjà se précipitait à leur chevet. Il allait devoir faire seulement avec elle. Mais avec de la chance, tout irait bien.

— Il faut prévenir les familles, ordonna-t-il aux villageois qui restaient les bras ballants après s'être rapidement séchés. Ainsi que notre cheikh et Rania ibn Saleh. Ils sont partis au camp sud, de bonne heure ce matin.

Les hommes acquiescèrent et quittèrent la grande salle en courant.

Très vite, Aude avait été rejointe par les femmes occupées en cuisine. Celles-ci étaient complètement terrifiées. Il est vrai que plusieurs enfants saignaient, mais ce n'étaient visiblement que des égratignures. Cependant, leur état général semblait beaucoup plus inquiétant. Leurs vêtements souillés et mouillés collaient aux petits corps transis de froid.

— Il faut d'abord les déshabiller et les sécher, lança-t-elle d'une voix forte à l'adresse des femmes.

Celles-ci la regardèrent, effarées.

Mon Dieu, j'oubliais, s'alarma Aude. *Elles ne me comprennent pas.* Sans attendre, elle se dirigea vers l'enfant le plus mal en point et se mit à lui enlever ses vêtements en prenant bien soin de ne pas trop le malmener. Sa peau était glacée et le sang coulait de plusieurs plaies. Mais elle ne s'était pas trompée. Il n'était que superficiellement atteint. Elle poussa un soupir de soulagement. On pourrait très certainement tous les sauver à la condition que leurs blessures ne s'enflamment pas et surtout qu'ils n'attrapent pas de congestion. Curieusement, ils semblaient avoir séjourné dans de l'eau glacée, et cela pouvait être fatal par cette forte chaleur. Elle leva la tête, cherchant Maître Aziz du regard. Il n'était pas en vue. Sans doute était-il parti à la pharmacie chercher emplâtres et onguents. Un peu rassurée, elle vit que les autres femmes avaient suivi son exemple. Plusieurs enfants étaient désormais au sec et avaient déjà repris connaissance. Elle leur sourit et, pour la première fois, les villageoises la regardèrent sans hostilité. De nouveau, elle s'enquit du médecin. Il venait d'émerger de la pharmacie les bras chargés de fioles et de bandes de tissu. Elle lui fit signe de venir vers elle.

Aziz était soulagé. La Franque avait fait exactement ce qu'il fallait. Il ne restait plus qu'à traiter les blessures et plâtrer les fractures, s'il y en avait. Il s'approcha de la jeune femme qui le hélait et examina l'enfant allongé tout près d'elle. Ses plaies ne saignaient plus, mais il fallait absolument les nettoyer, sinon elles risqueraient de s'infecter. Il sortit une grosse fleur de coton d'un sac en toile qu'il portait en bandoulière et y versa quelques gouttes d'une des petites fioles. Lorsqu'il l'appliqua sur la peau meurtrie, l'enfant cria mais se laissa faire. Il le palpa ensuite délicatement. Celui-ci n'avait rien de cassé.

Aude suivit avec attention les gestes du médecin, et s'étonna à peine de reconnaître l'odeur de la lotion utilisée par Aziz. De l'huile de rose mélangée à une petite quantité d'alcool, souveraine contre l'infection. Avant qu'il n'aille auprès d'un autre blessé, elle le retint par le bras en lui faisant comprendre qu'elle souhait l'aider. Le vieil homme lui tendit son sac et les fioles. Elle s'occuperait des plaies avant qu'il ne fasse un examen plus approfondi des corps. Ils travaillèrent ainsi tous deux un long moment, pendant que les femmes s'activaient à recevoir les familles. Près d'une quinzaine d'enfants avaient été blessés et, au bout d'une heure, la grande salle était pleine de monde venu aux nouvelles. La moitié du village semblait s'être déplacée. Un brouhaha incessant avait envahi l'endroit et la chaleur montait doucement dans le lieu clos.

Le silence se fit d'un coup. Aude tourna la tête. Kader ibn Saleh venait d'entrer, accompagné de sa belle-sœur. Pâles et défaits, leurs vêtements couverts de poussière, ils haletaient. Le cheikh reprit sa respiration le premier puis balaya la salle de son œil perçant. Elle n'accrocha son regard que quelques secondes, suffisamment néanmoins pour y lire l'inquiétude qui l'habitait et s'étonner. Elle n'avait jamais vu dans ses yeux autre chose que calcul et froideur, sauf peut-être la fois où il avait tenté de l'embrasser. Elle s'empourpra à cette idée tout en se morigénant. Le petit peuple de l'oasis était en train de vivre un évènement malheureux et il n'était guère convenable de penser à tout cela.

Kader contemplait la grande salle avec stupeur. On avait frôlé la catastrophe mais tous les enfants semblaient aller pour le mieux. Entourés de leur famille, ils étaient maintenant en parfaite sécurité. Il serra les poings en se maudissant intérieurement. Tout était de sa faute. Il aurait dû faire réparer ce satané ponton depuis longtemps !

— Je vois que tu as pris tout en mains Aziz, merci, dit-il d'une voix légèrement altérée au médecin qui s'approchait.

— Je suis désolée de n'avoir pas été là, ajouta Rania encore essoufflée. Mon père souhaitait me voir et...

— Oh ! ne vous inquiétez pas tous les deux, la coupa le vieil homme. Tout s'est bien passé. La Franque m'a aidé. Elle a été remarquable. Elle a tout de suite compris ce qu'il fallait faire. J'ai pu soigner les petits et les parents ont pris la suite.

Kader fixa Aziz l'air étonné.

— Vraiment ?

Puis son regard glissa vers Aude. D'où il était, il ne voyait que son profil délicat mais il devinait sa fatigue au léger affaissement de ses épaules. Son visage était en sueur et ses cheveux ramenés en chignon pesaient lourdement sur sa nuque gracile. Un sentiment inhabituel l'envahit. Désireux de ne pas s'attendrir, il se reprit bien vite.

— Va voir la Franque, dit-il à Rania un peu brusquement, et remercie-la. Je n'ai guère le temps de le faire maintenant. Je dois parler au chef du village. Son fils est blessé. Après, j'irai avec les hommes au lac.

La jeune veuve obtempéra de mauvaise grâce. Tout en progressant entre les petits lits, elle se reprit. Il fallait bien reconnaître que l'étrangère avait fait du beau travail. Elle-même n'aurait sans doute pas fait mieux.

— À mon tour de vous féliciter, madame.

Aude tressaillit. Recevoir un compliment de Rania ibn Saleh n'était pas chose courante. Jusqu'à présent, cette femme l'avait prise de haut et n'avait pas caché son hostilité.

— Oh ! je n'ai presque rien fait, vous savez.

— J'insiste, madame. Les petits sont saufs grâce à vous.

— Et à Maître Aziz surtout !

— Certes.

Le silence se fit. Visiblement, une fois encore, la belle-sœur du cheikh ne souhaitait pas poursuivre la conversation.

— Que s'est-il passé exactement ? reprit Aude au bout de quelques instants. J'avoue ne... pas comprendre comment les enfants ont pu se retrouver trempés et grelottant par cette chaleur, qui plus est ici, en plein désert.

— Oh ! vous ignorez donc la présence d'un lac aux portes de la ville ? Un lac souterrain, abondé par une source à l'eau délicieusement glacée en ce moment.

Aude s'exclama, incrédule :

— Un lac et une source, à cet endroit ?

— Oui. Kader, enfin le cheikh, ne vous en a donc pas parlé ?

— Non, ou alors... je l'ai oublié.

Rania baissa les yeux pour dissimuler son étonnement. La Franque commençait donc à croire à l'invraisemblable histoire de son beau-frère !

— Oui, je comprends, répondit-elle finalement d'un air entendu. Nous sommes ici à *Al Aïn*, l'Oasis de la source. C'est comme cela que les vôtres nomment ce lieu.

— Oh ! vraiment ? C'est un joli nom, mais je... je n'en savais rien.

Aude réalisa soudain que son hôte ne lui avait jamais véritablement dit où ils se trouvaient. Cela faisait-il partie d'une quelconque stratégie de sa part ? Alors qu'elle s'interrogeait une fois de plus sur les desseins de Kader ibn Saleh, le garçonnet allongé tout près d'elle lui agrippa le poignet.

— *Maa, maa*, réclama-t-il de sa petite voix.

— Il veut boire davantage, traduisit la jeune veuve.

— Oui, j'avais bien compris, dit doucement Aude en lui tendant un verre d'eau fraîche.

— C'est vrai, j'oubliais que notre langue ne vous était pas tout à fait inconnue.

Rania se mordit les lèvres. Quelle réflexion idiote ! Si elle continuait sur ce terrain, Aude de Chécy ne manquerait pas de la questionner sur sa présence ici et ses liens avec Kader. Visiblement, son beau-frère avait été avare en confidences, et la Franque devait être avide du moindre renseignement la concernant. Il fallait absolument parler d'autre chose.

— Celui-ci est un sacré garnement, lança-t-elle en désignant l'enfant alité. C'est d'ailleurs le meilleur ami de mes fils.

— Oh ! heureusement qu'ils n'étaient pas avec lui aujourd'hui !

— Non, effectivement... Ils sont restés enfermés dans leur chambre toute la journée. Ils étaient... punis.

Elle hésita avant de poursuivre. Que lui prenait-il donc de se confier à cette femme ? Ce n'était pas la première fois d'ailleurs. Dans le jardin déjà, elle s'était exposée plus que de raison. Finalement, elle se décida. Cela valait mieux que de risquer devoir répondre à des questions bien trop dérangeantes.

— Figurez-vous qu'hier ils avaient introduit un âne dans le harem, continua-t-elle. Et... qu'ils s'étaient mis en tête de le laver dans le grand bassin !

Aude la fixa quelques secondes puis se mit à rire.

— Vraiment ? Quelle idée !

— Vous trouvez cela drôle, madame ? répartit Rania piquée.

— Oui, très ! confirma Aude en s'esclaffant de plus belle.

Rania la regarda, consternée, puis brusquement, éclata de rire à son tour.

— Vous avez raison, cela était plutôt amusant à voir d'ailleurs. La pauvre bête refusait d'avancer. On a dû l'entendre braire jusqu'à Jérusalem. C'était terrible !

— En tout cas c'est une chance. Sinon vos enfants auraient pu être blessés eux aussi.

— Oui, une grande chance, grâce à Dieu, répondit Rania en se calmant peu à peu.

En face d'elle, la Franque ne riait plus. Bien trop pâle, elle semblait faire un effort pour se maintenir droite sur sa petite chaise.

— Je crois que vous êtes fatiguée, ma chère, lui dit-elle presque chaleureusement. Il faut vous ménager, votre blessure ne date que de quelques jours. Vous devriez rentrer vous reposer. D'ailleurs, j'aperçois la petite Samira près de la porte. Elle est sans doute venue vous chercher.

— Oh ! mais... je ne peux pas partir ainsi, objecta Aude. Les enfants ont peut-être encore besoin de moi.

— Non, je ne le pense pas madame. Maître Aziz est là, et les parents ont pris le relais. Je vais rentrer aussi. Regardez, plusieurs petits sont déjà repartis chez eux. Celui-ci est le plus sérieusement atteint et j'aperçois sa mère qui vient par ici. Ne vous inquiétez pas, tout ira bien.

Aude se leva en vacillant. Rania avait raison, elle était exténuée. Cherchant Samira du regard, elle se dirigea vers la porte d'un pas incertain.

14

— La fraîcheur du soir est providentielle, ne trouvez-vous pas ?

Aude sursauta et ouvrit les yeux. Ce n'était pas la première fois que le cheikh l'interpellait ainsi. Il se tenait devant elle, sa haute silhouette dominant le décor végétal. Sur le chemin du retour, elle n'avait pas résisté à l'envie de profiter du jardin avant de regagner sa chambre. Ni à celle de s'asseoir quelques instants avec Samira sur l'une des banquettes de bois qui ponctuaient la promenade. Manifestement, elle avait dû s'assoupir, car le jour commençait à baisser et le petit vent nocturne habituel, si agréable par cette chaleur, s'était déjà levé.

— Oh ! que faites-vous là monsieur ? dit-elle en se redressant. Et... où est Samira ?

— Je l'ai renvoyée dans vos appartements.

Aude eut un geste de défiance qui n'échappa pas à Kader.

— Ne craignez rien madame, et restez assise surtout. Vous devez être éreintée après cette journée.

— Il est vrai monsieur que je suis épuisée, confirma-t-elle en se raidissant légèrement. Mais je... enfin, j'ai été très heureuse de pouvoir aider un peu.

— Un peu ? s'exclama le cheikh étonné. Votre aide a été primordiale. Sans vous Aziz n'aurait jamais pu examiner et soigner tous ces enfants correctement. Nous vous devons beaucoup, madame, sachez-le.

Aude le dévisagea sans répondre. Malgré ses paroles pleines de sollicitude, son regard restait de glace. Pourtant, face à lui, elle sentait de nouveau sa raison faiblir et son cœur s'emballer.

129

Il s'était changé et avait revêtu une tunique noire ajustée qui mettait en valeur son corps souple et puissant. Modelés par la lumière du soir, ses traits avaient cette beauté inquiétante dont elle s'était languie. Elle frémit légèrement. Oui, la présence de cet homme lui avait manqué. Elle en était certaine maintenant. Mais si elle se laissait prendre à ce jeu, elle serait perdue, irrémédiablement. Il fallait qu'elle réagisse, avant qu'il ne soit trop tard. Elle devait absolument prendre congé et rejoindre sa chambre au plus vite.

— Je crois que je vais monter maintenant, dit-elle en se levant.

Kader se précipita et la retint par le bras.

— Non, restez encore un moment madame.

Ébranlée par ce contact, Aude se dégagea d'un geste brusque. Déjà, la chaleur fusait dans ses veines tandis qu'elle sentait son corps mollir.

— Ne me touchez pas, monsieur !

Le cheikh recula, bien décidé cependant à ne pas abandonner si facilement. Il ne pouvait plus attendre. Elle devait se rendre à l'évidence, *à son évidence*. Elle avait été sa maîtresse avant ce dramatique accident, cette mauvaise chute près du grand bassin.

— Vous l'avez dit vous-même, je suis fatiguée, poursuivit-elle en se ressaisissant tant bien que mal. Et si j'ai été heureuse de contribuer à aider Maître Aziz, je désire... être seule maintenant, afin de pouvoir me reposer.

— Avez-vous peur de moi ? lui demanda-t-il sans détour en la fixant dangereusement.

Elle soutint bravement son regard.

— Non monsieur, je ne crois pas qu'il soit dans ma nature d'être effrayée si... facilement !

— Vraiment ? Comment pouvez-vous en être sûre ?

— Je le sais, c'est tout.

Kader ne la lâchait pas des yeux. Décidément, elle tenait bon. Mais il n'avait pas dit son dernier mot.

— Si vous n'êtes point effrayée alors... vous me fuyez madame. Vous êtes terriblement dure avec moi, savez-vous ? dit-il l'air peiné. Je vous ai recueillie alors que vous étiez égarée, seule, en plein désert. Je vous ai offert l'hospitalité et cachée au prix de ma sécurité et de celle de mon peuple. Puis... j'ai cru vous perdre avec cet accident. Mettez-vous à ma place. Mes craintes, mon inquiétude ne comptent-elles pour rien à vos yeux ?

Aude le scruta sans être certaine de bien comprendre. Elle n'avait jamais envisagé les choses sous cet angle. Elle resta un moment désemparée. Tout ce vide dans sa tête, et ce piège qui se refermait lentement, mais sûrement sur elle.

— Vos craintes... vraiment ? parvint-elle cependant à répondre. Quant à me perdre, monsieur, comment osez-vous dire cela ? Vous savez parfaitement que c'est faux, que je ne suis pas...

À bout de patience, Kader l'interrompit.

— Interrogez-vous madame. Cet hôpital, qui ne semble pas vous être étranger. Votre connaissance, certes partielle mais manifeste, de ma langue. Tout cela ne plaide-t-il pas en ma faveur ?

— Je ne sais, et ne peux vous donner aucune explication de tout cela. Mais pour ce qui est du reste, je... n'en ai aucun souvenir. Et je préfère m'en tenir là.

— Et votre attirance pour moi, la niez-vous également ?

Aude pâlit, maudissant son corps qui la trahissait depuis le début de leur confrontation.

— Mon attirance pour... vous ? De... quoi parlez-vous monsieur ?

— Je parle de ce qui se passe en vous, en ce moment.

— Grand Dieu, monsieur ! Comment pouvez-vous savoir ce que je ressens ? Laissez-moi rejoindre ma chambre s'il vous plaît. Il... est tard. Je dois rentrer.

Déterminée à s'éloigner de lui, elle se rua vers le sentier qui menait à ses appartements. Dans sa hâte à le fuir, son pied heurta le rebord du pavement et elle perdit l'équilibre. Kader se précipita pour la rattraper.

— Oh ! Vous êtes-vous blessée, madame ?

Il la maintenait par les épaules et sentait son corps trembler sous ses mains fermes. Comme elle avait la tête baissée, les mèches folles de son lourd chignon lui balayaient le cou. Il esquissa un sourire : une simple pierre du chemin lui permettait d'obtenir davantage que les plus beaux discours.

— Non, je... ne crois pas.

D'un geste, il lui saisit le menton et lui souleva doucement le visage.

— En êtes-vous sûre ?

Incapable de faire le moindre mouvement, Aude acquiesça d'un regard tandis que l'air parfumé du soir glissait sur sa peau nue.

Comme elle ne bougeait pas, le cheikh inclina sa bouche vers les lèvres offertes. Elles frémirent longuement à son contact. Pourtant, il hésita avant de poursuivre. Et si elle avait également perdu le souvenir de ces choses-là ? Puis il se décida.

Leurs souffles se mêlèrent et Aude se laissa envahir par la chaleur traîtresse dont elle sentait la portée jusqu'au plus profond de sa chair. Ivre de désir, elle acceptait enfin le trouble qui la brûlait. Cet homme qu'elle ne connaissait pas, auquel elle ne se fiait pas, était maintenant la personne la plus importante au monde, la seule capable de lui apporter exactement ce qui lui manquait. Entre ses bras, elle était invulnérable, le passé n'existait plus et l'avenir ne comptait pas. Au moment où elle allait s'abandonner complètement, il s'écarta brusquement. Elle se sentit instantanément reniée, trahie. En proie à un désarroi incontrôlable, elle posa les doigts sur ses lèvres entrouvertes, comme pour s'assurer de la réalité de ce baiser.

Le cœur battant, Kader jura intérieurement. Pourquoi l'avait-il repoussée alors qu'elle allait être à lui ? Était-il donc idiot à ce point ?

— Alors madame, n'avais-je pas raison ? Reconnaissez-le, vous n'êtes pas indifférente à... tout cela ! lança-t-il pour tenter de se rattraper.

L'air hagard, elle le fixa quelques instants puis abaissa son bras, lentement.

— Peut-être monsieur, mais cela ne prouve rien. Cela ne... prouve pas que je sois votre maîtresse.

Elle avait pourtant été tout près de le croire. Mais le comportement du cheikh avait tout gâché.

— Vraiment madame ? Pourtant, si vous saviez, vous...

— Je ne sais rien monsieur, le coupa-t-elle d'une voix cassante. Je m'en tiens à ce que je vois, depuis que j'ai repris conscience. Et ce que j'ai vu ne me convainc nullement. Je n'ai constaté aucune sympathie à mon égard, chez quiconque de vos gens. Sauf peut-être chez Maître Aziz, un saint homme. Si je suis la bienvenue ici et si je suis… votre protégée, comment expliquez-vous ces réticences ? Votre belle-sœur elle-même me bat froid. Je suis une étrangère pour les vôtres, une ennemie. Je le lis dans les yeux de tous ceux que j'ai approchés. Certes, j'ai fait quelques progrès aujourd'hui en m'occupant des petits blessés à l'hôpital. Mais cela est tout récent. Et cette froideur, je la lis également dans vos yeux. Dans cette façon aussi que vous avez eu à l'instant, de… me prendre et de me rejeter. Même si je reconnais que votre… empressement m'a évité une grossière chute. Est-ce donc ainsi que l'on traite sa maîtresse dans votre contrée ?

Elle s'interrompit, haletante. Allait-il au moins se justifier ? Devant son absence de réaction, elle poursuivit :

— Vos manières sont celles d'un… sauvage et votre regard est si dur parfois qu'il me glace les sangs. Je n'ai rien à faire dans ce palais. Vous êtes un barbare, et nous ne sommes pas du même camp, vous le savez parfaitement.

— Peut-être bien, madame, répondit-il enfin. Nous sommes ennemis, ou plutôt nous l'étions. Et nos peuples diffèrent, par bien des aspects. Mais… les êtres humains ne sont-ils pas libres de faire leurs propres choix ?

— Je vous l'ai déjà dit monsieur, je ne crois nullement être allée vers vous de mon plein gré.

— Il me semble qu'il ne s'agit pas de vous en ce moment, mais de moi. Vous… doutez de moi, madame. Et ma conduite de tout à l'heure ne plaide certes pas en ma faveur.

Kader était au supplice. Mettre un terme à leur étreinte avait été une grossière erreur, mais jamais encore il n'avait ressenti un tel vertige à embrasser une femme. La première fois déjà, rien qu'à la tenir dans ses bras, il en avait été troublé bien plus que de raison.

— Non, en effet, elle ne parle pas pour vous.

Il la contempla un instant. Elle était hors d'elle. Ses yeux avaient la couleur exacte d'un ciel d'orage et ses lèvres frémissaient. Malgré son embarras, il retint un sourire. Aude de Chécy était bien incapable de cacher ce qu'elle ressentait. Elle lui en voulait davantage de l'avoir repoussée que de l'avoir embrassée. Tout n'était peut-être pas perdu après tout. Son regard s'attarda sur sa bouche, si particulière. Elle était exactement semblable à celle de cette statue chrétienne qui le hantait depuis l'enfance. Était-ce à cause de cela qu'il était bouleversé ? À cause de cette ressemblance ? Une idée lui traversa l'esprit. Ne serait-elle pas touchée à son tour si elle voyait le visage de pierre ? Il sentit sa tension décroître peu à peu. Avec un peu de chance, son erreur pouvait être réparée.

— Je vais vous dire pourquoi je vous ai choisie, madame. Mais, pour cela, il va falloir m'accompagner quelque part, hors d'ici, et me faire confiance.

Aude le regarda. Il semblait sincère. Et puis il y avait eu ce baiser. Malgré son comportement inacceptable, il devait bien signifier quelque chose pour lui. Ou les hommes étaient-ils capables de feindre à ce point ? Elle serra les poings pour conjurer son impuissance. Avec ce vide dans sa tête, il ne lui était guère possible de juger de quoi que ce soit.

— Et sinon, si je ne vous accompagne pas, que ferez-vous de moi ?

— Vous resterez là, au palais, à douter et… à vous promener dans ce jardin ! Aziz dit que vous pouvez retrouver la mémoire à tout moment. Demain, ou dans plusieurs semaines, plusieurs mois peut-être. Est-ce vraiment ce que vous souhaitez ? Vous me décevez. Il vous a fallu du courage pour quitter les vôtres. Ne pouvez-vous donc en montrer quelque peu maintenant ? Ou… ce courage a-t-il disparu avec… vos souvenirs ?

— Vous me provoquez monsieur et tout cela vous est bien facile vu mon état, reconnaissez-le, répondit-elle d'une voix lasse. Mais… je vais prendre le risque de vous accompagner.

— Je puis vous assurer que vous ne le regretterez pas madame.

Kader faisait les cent pas dans sa bibliothèque. Comme précédemment, il avait failli. *Elle était à moi. Elle était à moi et je n'ai pas su la mettre dans mon lit.* Son idée de la mener au cœur des falaises de l'est ne lui paraissait plus aussi bonne maintenant qu'il était seul. Pour la première fois, il partagerait son secret avec quelqu'un d'autre que Hassan. Et pas avec n'importe qui. Hassan ! C'est pour lui qu'il faisait tout cela. Pour lui qu'il s'était mis en danger. Il soupira. Bientôt tout serait terminé, d'une façon ou d'une autre. L'envie d'en savoir plus, dès maintenant, l'effleura un instant. Il chercha des yeux le *Zij*. S'il avait le courage de faire certains calculs, il pourrait peut-être déchirer le voile de l'avenir. Parviendrait-il à convaincre la Franque ? Et pourrait-il enfin occire Montvallon sans provoquer la reprise de la guerre ? Oui, connaître l'emplacement des planètes dans le ciel des prochains jours lui permettrait sans doute de savoir toutes ces choses, ou tout du moins d'en avoir une idée. Son regard s'arrêta sur le gros volume soigneusement rangé sur l'une des étagères avant de se détourner. Au fond de lui, il n'avait pas envie de savoir. Tout dépendrait de ce moment, quand elle se découvrirait dans cette figure de pierre, et qu'il serait là, lui, à ses côtés, pour partager ses doutes et ses interrogations. Il s'approcha à pas lents de la fenêtre ouverte sur le désert et ferma les yeux. La nuit venait de tomber. Comme à chaque fois, la qualité du silence et l'odeur de la terre mêlée au sable le saisirent. Lorsqu'il les rouvrit, quelques minutes plus tard, une étoile filante traversa le ciel, laissant derrière elle un fin ruban d'argent qui disparut aussitôt.

Aude s'étira en bâillant. L'aube pointait à peine et Samira l'avait quasiment tirée du lit. Il était bien trop tôt pour se rendre à l'hôpital. Le cheikh avait-il décidé de la conduire dès ce matin dans cet endroit mystérieux où il pourrait se justifier ? Dans ce cas, elle ne verrait sûrement pas ses petits patients avant quelque temps. Elle fronça les sourcils, contrariée. Aziz et les enfants avaient sans doute encore besoin d'elle. L'accident datait d'à peine une journée.

— Samira, je ne vais pas à l'hôpital aujourd'hui ?

— Bimaristan ? *la*, non madame. Aujourd'hui, c'est… autre chose.

— Autre chose ?

— Le cheikh madame, il…

— Ça va petite, j'ai compris, la coupa-t-elle doucement. Le cheikh a d'autres projets pour moi.

— *Naam* madame, oui.

Elle repensa au baiser de la veille. Cet homme se jouait d'elle. Après l'avoir attirée dans ses bras, il l'avait repoussée, sans raison. Qu'avait-il derrière la tête ? Pensait-il pouvoir la convaincre de quoi que ce soit avant qu'elle ne retrouve la mémoire ? Elle fit la moue. Dans le jardin, elle avait baissé les armes trop tôt.

Malgré sa mauvaise humeur, elle se laissa baigner et coiffer docilement, mais lorsque Samira lui tendit une robe brodée, semblable à celles que portaient les femmes du village, elle s'emporta.

— Je ne veux pas de cette robe, non. Donne-moi la blanche, la mienne, celle que j'avais hier.

— Mais..., dit la petite servante apeurée par le ton de sa maîtresse. Le cheikh a...

— Oh ! mais je me moque bien de ce qu'a dit le cheikh !

Samira insista malgré sa frayeur.

— Le cheikh a dit qu'il fallait mettre celle-ci, madame.

Aude la fixa en réfléchissant. Après tout, Kader ibn Saleh avait peut-être une bonne raison de vouloir qu'elle s'habille ainsi aujourd'hui. Bien qu'elle porte toujours ses propres robes, jamais il ne lui avait fait de réflexion sur sa manière de se vêtir. Et elle ignorait où ils devaient se rendre tous les deux. Ce costume convenait peut-être mieux finalement. Elle prit la tenue des mains de la jeune fille. C'était un vêtement tout simple, à peine plus élaboré que celui des villageoises. Taillé dans un coton clair, il s'ornait de broderies rouges et noires sur le devant et le bas des manches. La forme se rapprochait beaucoup de celle de ses robes, avec la taille légèrement marquée, mais beaucoup moins décolletée. Elle hocha la tête sans conviction.

— C'est bien Samira, je vais la passer.

La jeune fille retrouva instantanément le sourire.

Aude devait bien le reconnaître. La robe lui allait parfaitement et était très agréable à porter. Elle était à la fois pratique et très seyante.

— *Jamila*, madame. Très belle.

Le cheikh les attendait au pied de ses appartements, vêtu à la manière d'un de ces Bédouins qu'elle avait aperçus parfois en se rendant à l'hôpital. Sa longue tunique ample était retenue par une ceinture de cuir dans laquelle il avait glissé un lourd poignard d'argent orné de magnifiques pierres précieuses. Un turban sombre, adroitement enroulé autour de sa tête, ne laissait voir que ses yeux. Ce matin, au soleil, ils étaient comme pailletés d'or. Il la salua puis la détailla avidement en silence.

— Je vois que vous portez la robe que je vous ai choisie, dit-il finalement. J'en suis flatté, madame.

— J'ai pensé que... cela serait peut-être plus approprié là où nous allons, répondit-elle en rougissant, gênée par son regard.

— En tout cas, cela sera certainement plus approprié avec cette chaleur.

Pourtant, quelque chose n'allait pas. Il héla Samira et lui dit une phrase qu'Aude ne comprit pas. La jeune fille s'inclina et courut vers la chambre, l'air confus. Puis le cheikh lui fit signe de le suivre.

— Venez madame, les chevaux nous attendent à l'extérieur.

Deux magnifiques destriers à la robe également noire et lustrée piaffaient d'impatience devant la grande porte.

— Je vous présente mon étalon, Sheitan, et sa sœur, Maya. Elle est pour vous.

— Pour moi, mais... je... je ne suis même pas sûre de savoir monter.

— Je puis vous assurer que vous montez parfaitement, madame. Maya est très docile, vous verrez.

Comme pour confirmer ces paroles, la jument hennit joyeusement en quémandant une caresse.

— Vous avez raison, je crois que nous allons nous entendre, elle et moi.

— Vraiment, dit le cheikh d'un air moqueur. Vous m'en voyez ravi madame.

Aude rougit de nouveau. Faisait-il allusion aux propos qu'ils avaient échangés quelques jours plus tôt ? Elle regarda autour d'elle, gênée, et inquiète de ce qui allait suivre. Comment allait-elle faire pour se hisser sur sa monture ?

— N'ayez crainte, je vous aiderai à conquérir votre nouvelle amie, ajouta-t-il comme s'il lisait dans ses pensées. Mais avant, laissez-moi faire quelque chose.

Samira venait tout juste de les rejoindre. Kader se saisit de l'étoffe qu'elle lui tendait, un somptueux voile de soie blanche, délicatement brodé de fils d'or. Et avant même qu'Aude ne comprit ce qu'il allait faire, il fut près d'elle. Sans lui laisser le temps de réagir, il posa le voile sur sa tête en veillant à bien recouvrir sa chevelure et le bas de son visage. Le souffle de la jeune femme se bloqua dans sa poitrine. Les doigts agiles du cheikh rabattaient et pliaient le tissu, la caressant au passage. Il était si proche que l'odeur de sa peau montait jusqu'à elle, menaçant de la faire défaillir.

— Voilà, vous êtes prête maintenant, dit-il enfin d'une voix sourde en plantant ses yeux dans les siens.

Puis il la souleva de terre et la hissa sur la jument. Elle tangua un moment avant de retrouver son équilibre. D'un mouvement souple, il enfourcha son étalon et se plaça à sa hauteur. Aude s'empara des rênes et scruta l'horizon. Un instant, elle songea à s'enfuir, à s'éloigner de cet endroit et de cet homme. Mais s'enfuir, pour aller où ? Elle ne le savait pas.

— N'y pensez même pas, madame, dit Kader en la fixant, impassible. Vous le regretteriez.

Aude se mordit les lèvres. Lorsque Sheitan s'ébranla, Maya le suivit docilement, puis les bêtes s'élancèrent. Le cheikh avait raison, elle était parfaitement à l'aise sur sa monture.

15

Juchée sur Maya, Aude contemplait en silence la barrière rose qui s'élevait devant eux. Ils avaient parcouru plusieurs lieues dans le désert avec pour seule compagnie un couple d'antilopes dont ils avaient partagé la course durant de longues minutes. Kader ibn Saleh n'avait pas dit un mot, et elle s'était contentée de le suivre, sa monture filant tout naturellement derrière le grand étalon noir. Au fur et à mesure de leur progression au cœur de l'immensité minérale, elle avait eu l'étrange impression de se délester du peu qu'elle savait d'elle-même. Et maintenait, elle attendait, prête à voir ce que le cheikh avait à lui montrer.

Immobile à ses côtés, le souffle légèrement inégal, il ne semblait pas pressé de s'engager plus avant. Elle lui jeta un regard à la dérobée. Fier et droit sur son destrier, le visage presque entièrement dissimulé par son chèche, il était le redoutable gardien de ce monde. Un monde qui n'était pas le sien. Un monde où elle ne pouvait être sa maîtresse. Elle réprima un mouvement d'impatience. Ne l'avait-il pas emmenée jusqu'ici pour la leurrer ? Comme si elle percevait son trouble, Maya fit un léger écart. Le cheikh tourna la tête. Ses yeux ardents la fixèrent un moment. Une brève lueur d'hésitation les traversa puis il lança d'une voix forte :

— *Yallah*, allons-y.

Et sans même se préoccuper de savoir si elle le suivait, il talonna sa monture, filant droit vers l'une des gorges creusées dans la roche. Froissée par son attitude, elle faillit l'interpeller mais se ravisa. La curiosité était trop forte. Elle s'engagea à son tour dans l'étroit passage, en prenant bien garde de ne pas blesser la jument par une manœuvre trop brusque. Les hautes parois, inégales, étaient hérissées de fragments de pierres aussi coupants que des petits poignards. Au bout d'un long moment, ils débouchèrent sur un minuscule cirque rocheux. Manifestement, il n'était guère possible d'aller plus loin.

Sitôt qu'il put mettre pied à terre, Kader sauta de cheval et s'avança vers Maya pour aider Aude à descendre. Mais elle fut plus rapide. Rassemblant vivement ses jambes d'un côté de sa monture, elle se laissa glisser doucement le long du flanc de l'animal.

— Je vois que vous avez repris vos habitudes de cavalière.

— Je dois admettre que vous aviez raison monsieur. Chevaucher ne m'est pas étranger, répondit-elle d'une voix pincée, toujours vexée. Mais pouvez-vous me dire ce que nous faisons ici ? Vous nous avez menés dans une impasse. Je ne vois pas comment vous...

— Vous allez comprendre, l'interrompit le cheikh. Un peu de patience. Nous ne sommes pas encore tout à fait arrivés.

Aude regarda une nouvelle fois autour d'elle. Nulle faille n'était visible dans l'enceinte de pierre.

— Mais où souhaitez-vous aller ? Ces barrières sont infranchissables.

Il attacha les chevaux. Ses gestes étaient calmes et mesurés, presque rassurants.

— Nous allons poursuivre à pied, venez.

Comme elle ne bougeait pas, il ajouta :

— Si vous ne venez pas, nous aurons fait tout cela pour rien.

Un faucon passa, point noir dans le ciel pâle chauffé à blanc. *Avec lui, je ne risque rien*, songea Aude. Cette réflexion la surprit. Il y a peu encore, elle n'aurait jamais accepté de remettre son destin entre ses mains. Mais elle avait décidé de le suivre et elle devait aller jusqu'au bout. Aussi, quand il se glissa derrière une mince avancée de pierre pour s'engager dans un interstice à peine plus large qu'un bras d'enfant, elle lui emboîta le pas. Le couloir était si étroit qu'elle dut cheminer de biais, le dos collé à la paroi rocheuse.

— Ça y est, nous sommes arrivés cette fois-ci, c'est là, déclara soudain le cheikh en s'arrêtant un peu plus loin.

Le chemin s'était légèrement élargi, leur permettant de se tenir tous les deux côte à côte. Perplexe, elle questionna :

— Arrivés où ?

— Vous allez le voir. Laissez-moi juste le temps d'allumer une torche.

Elle le regarda faire. La clé de leur histoire se trouvait-elle vraiment ici, au milieu de nulle part ? Elle sentit l'angoisse monter de nouveau.

— N'ayez crainte, dit-il en lui tendant la main.

Aude hésita puis mit sa main dans la sienne. Sa paume était chaude et sèche, légèrement rugueuse. Instantanément, elle s'embrasa. Comment son corps pouvait-il consentir à ce que son esprit refusait d'envisager ? Sans paraître s'apercevoir de son émoi, le cheikh referma doucement ses doigts sur les siens et la guida vers ce qui semblait être l'entrée d'une cavité.

L'endroit n'avait rien d'agréable. Dès qu'ils mirent les pieds à l'intérieur, un air frais mais vicié, presque irrespirable, leur sauta à la gorge. Et lorsque Kader brandit la torche, plusieurs dizaines de chauves-souris s'égaillèrent en criant. Aude sursauta.

— Calmez-vous. Il n'y a pas lieu de s'effrayer, madame, dit Kader en éclairant l'intérieur de la grotte d'un geste circulaire. Voyez, nous sommes dans un lieu tout à fait... honorable.

— Une église ? Nous sommes dans une... église ! s'exclama-t-elle en lui lâchant brusquement la main.

Ses paroles résonnèrent étrangement dans le profond silence de la grotte.

— Oui, les vôtres l'ont aménagée ici, il y a bien longtemps.

— Les miens sont venus jusqu'ici ? Ils... ont traversé le désert pour venir dans cet endroit perdu ?

— Les vôtres ont traversé des endroits bien plus inattendus pour venir jusqu'à nous, dit-il amèrement. Ils sont venus là au tout début de la conquête, il y a près d'un siècle maintenant. Ils ne sont pas restés mais ont laissé ceci. Peu de personnes connaissent l'existence de cette église. Certains Bédouins l'évoquent aux veillées, mais je n'en connais aucun qui l'ait vue de ses propres yeux.

— Et vous, comment l'avez-vous découverte ?

— Par hasard, il y a des années, avec mon frère aîné, Hassan.

— Hassan, le... mari de Rania ? Le précédent cheikh ?

— Oui, c'est cela. Hassan, mon frère bien-aimé. Que Dieu le garde.

Sa voix se brisa. Aude le regarda, étonnée. Pour la première fois, il semblait vulnérable. Elle retint son souffle. Elle l'avait suivi jusque-là pour apprendre des choses sur eux deux et sur sa propre histoire. Allait-il lui aussi se dévoiler, loin des rassurantes murailles de son magnifique palais ? Elle reprit espoir. Ce singulier voyage ne serait peut-être pas vain.

— Et quel rapport cela a-t-il à voir avec moi ? Enfin, avec... nous ? lança-t-elle en avançant de quelques pas.

Il la retint par le bras.

— Attention où vous marchez, lui dit-il en éclairant le sol. Vous pourriez vous blesser.

Elle baissa les yeux. La terre était jonchée de débris de pierre.

— Qu'est-ce que c'est ? Y a-t-il eu... une bataille ici ?

— Non, enfin pas vraiment. Lorsque nous avons découvert cet endroit et que nous y avons conduit mon père, il a détruit toutes les statues. Chez nous la figuration humaine est interdite. C'est un péché.

— Ah ! Je ne comprends pas.

— Ce serait trop long à vous expliquer, madame. Sachez-le, c'est tout. Toutes les statues ont été brisées, sauf une. Celle-ci, dit-il en approchant la torche de la niche de pierre derrière lui.

La voix du cheikh s'était de nouveau altérée. Une statue ? Aude s'interrogea. Que faisait-elle dans cette église improbable à chercher une statue ? Elle s'avança plus près de la niche tandis que Kader éclairait le visage de pierre.

— Mon Dieu, elle... elle me ressemble, dit-elle dans un souffle.

— Oui.

— Mais comment est-ce possible ? questionna-t-elle d'une voix tremblante.

— Je ne sais pas madame.

Aude s'approcha davantage. Elle leva une main vers le visage figé et le parcourut lentement du bout des doigts. Kader retint sa respiration.

— Pourquoi votre père ne l'a-t-il pas détruite comme les autres ?

— Parce que je l'en ai empêché. Je... n'étais qu'un enfant, mais mon grand frère m'a aidé.

— Empêché ! s'exclama-t-elle en se tournant brusquement vers lui. Mais pourquoi, pourquoi elle ?

— Je ne sais. Je crois qu'elle me fascinait déjà.

Aude ne répondit pas, ébranlée par sa réponse. La main tremblante, elle reprit son exploration.

— Regardez, elle porte des restes de peinture !

Kader l'observait, subjugué par sa beauté et par l'étrangeté de la situation. Son voile avait glissé, libérant sa chevelure. Les deux visages, quasiment identiques, se faisaient face ; celui de la jeune fille presque plus pâle que celui de la statue.

— Oui, ses yeux étaient bleus, comme les vôtres, dit-il d'une voix étouffée.

Elle se tourna de nouveau vers lui. Kader sentit les battements de son cœur s'accélérer tandis que la torche vacillait dans sa main.

— Vous comprenez maintenant, poursuivit-il en tentant de cacher l'émotion qui menaçait de le submerger. Nous étions faits pour nous rencontrer. Même si nous sommes ennemis, je vous ai choisie, parce que je vous ai reconnue. Le jour où je vous ai découverte, désespérée et traquée, j'ai su que ce n'était pas un hasard. Vous étiez là pour moi.

— Pour vous ?

Elle le fixait sans vraiment sembler attendre de réponse, la flamme de la torche dansant dans ses prunelles azur.

— Et... m'avez-vous déjà emmenée ici ou... est-ce la première fois ? balbutia-t-elle.

Mon Dieu, songea Kader. *Si elle pose cette question, c'est qu'elle croit à mon histoire.* Son sentiment de victoire ne fut pas aussi complet qu'il l'avait imaginé. Elle paraissait si fragile, prisonnière d'un présent qu'elle ne comprenait pas tout à fait. Il la sonda du regard. Il lui devait la vérité. Sur ce point tout du moins.

— Non, je ne vous ai jamais emmenée ici. Cela ne s'est pas

avéré... indispensable. D'ailleurs, je n'ai jamais emmené personne dans cet endroit. Après la mort de mon père et celle de Hassan, cette statue est devenue... mon secret.

Aude baissa les yeux, prête à pleurer. Il voyait ses lèvres trembler et sa poitrine se soulever beaucoup trop rapidement. Sa détresse le toucha, en même temps qu'il sentait le désir monter violemment en lui.

— Maintenant il est vôtre également, madame, dit-il en lui relevant doucement le menton. Ne pleurez pas s'il vous plaît, ajouta-t-il en essuyant délicatement ses larmes du pouce. Et rentrons, voulez-vous. Nous avons tellement de choses à rattraper tous les deux.

Aude acquiesça d'un hochement de tête. Sans attendre, il l'entraîna vers la sortie. Elle fit le chemin de retour juchée sur Sheitan, blottie tout contre le cheikh. La jument suivait derrière.

Kader la considéra un instant avant de parler. Malgré les larmes et la fatigue du voyage, elle était toujours aussi belle et désirable. Davantage même. La tenir entre ses bras durant un long moment avait échauffé ses sens. Il était temps maintenant qu'elle soit à lui.

— Alors, êtes-vous prête, madame ?

Aude le fixa sans comprendre. Manifestement, il ne comptait pas la reconduire dans sa chambre. Après avoir confié les chevaux à l'un des palefreniers, il l'avait entraînée jusque devant cette grande porte près de laquelle ils se tenaient, face à face.

— Prête ?

— Prête à me suivre, prête à être à moi, précisa-t-il d'une voix rauque sans la quitter des yeux. À nouveau...

Aude ne pouvait plus se le cacher, elle désirait cet homme qui n'avait pas hésité à s'exposer pour la convaincre. Sans doute n'était-il pas familier de ce genre de compromis. C'était un être de pouvoir dont les exigences n'avaient pas à être discutées. Un guerrier qui ne devait guère s'embarrasser d'états d'âme. Elle le dévisagea avant de lui donner sa réponse. Il avait ôté son turban et, sous son hâle, ses traits tendus disaient son impatience. Mais à son regard presque implorant, elle devinait aussi sa crainte d'être repoussé. Une mèche de cheveux noirs s'était égarée sur son front mat et elle dut se faire violence pour ne pas la remettre en place. À dire vrai, elle n'avait guère envie de le quitter, et songeait plutôt à retrouver au plus vite la douce étreinte de ses bras protecteurs. Bouleversée par la tension qui s'était installée entre eux, elle se mordit la lèvre. *À nouveau*, avait-il ajouté. Quel intérêt aurait-il eu à lui mentir ? Avoir pour maîtresse une ennemie ne devait guère être glorieux pour un homme de guerre tel que lui. Pouvait-il réellement l'avoir choisie car elle ressemblait à une statue vieille de plus d'un siècle ? Elle imaginait parfaitement ce petit garçon brun bataillant pour défendre celle que son cœur d'enfant avait élue, mais concevait plus difficilement l'homme qu'il était devenu prisonnier d'une illusion. Elle frissonna en se remémorant le visage de pierre. Une autre elle-même.

Soudain, le regard de Kader cilla et ce fut comme un signal. Son corps lui criait d'aller vers lui. S'il disait vrai, tout redeviendrait comme avant. Et qui sait si sa mémoire ne resurgirait pas au détour d'une caresse. Elle fit un pas vers lui. Sa décision était prise.

— Oui… je le suis.

Un sourire illumina le visage du cheikh. Comme à chaque fois, elle fut frappée par la douceur qui s'inscrivit instantanément sur ses traits durs et fiers. Lorsqu'il tendit les bras pour la soulever de terre, elle ne protesta pas. Heureuse de retrouver sa chaleur, elle enfouit sa tête dans son cou. Son odeur l'envahit instantanément. Un mélange de notes épicées et sucrées à la fois, terriblement attirant. Elle le serra plus fort quand il ouvrit du pied la porte close.

— Vous êtes là dans ma chambre, dit-il en la reposant sur le seuil d'une vaste pièce somptueusement meublée.

Aude tangua légèrement. Si elle avait eu l'infime espoir de reconnaître l'endroit, il n'en était rien. Ni les meubles de bois précieux, ni le grand lit tendu de soie n'évoquaient un quelconque souvenir.

— Oh ! je vois ! Est-ce ici que … ?

Kader perçut sa déception et sa voix se durcit malgré lui.

145

— Ici, ailleurs, quelle importance, madame. J'ai envie de vous, maintenant.

Déterminé, il referma le battant et s'avança vers elle. L'enlaçant fiévreusement, il chercha sa bouche. Instantanément, les lèvres d'Aude se firent plus douces contre les siennes et elle les entrouvrit dans un gémissement de plaisir. Elle était enfin à lui. Il l'avait souhaité si longtemps. Même si ses raisons n'étaient pas toutes vraiment glorieuses. Leur baiser dura longtemps. Kader était à la torture. Jamais il n'avait autant désiré une femme mais il devait être patient. Et doux. Il en était certain, avec ce chien de Montvallon elle n'avait dû connaître que violence et mépris. Quittant sa bouche, il glissa vers sa gorge qui palpitait. Arrivé au creux de son cou, il jura intérieurement. La robe le gênait. Les lourdes broderies du col empêchaient toute progression, aussi sûrement qu'une armure de combat.

— Je vais vous enlever votre robe si vous le permettez, lui dit-il haletant.

Aude sourit.

— Elles... ne sont sans doute pas si pratiques que les miennes, n'est-ce pas ?

Mais Kader gardait son sérieux. Elle tendit les bras docilement et il lui ôta la robe en la passant par la tête. Lorsqu'elle réapparut complètement à sa vue, elle était presque nue. Seul un léger pantalon de coton retenu par un fil de soie la couvrait encore. Elle était si belle que son souffle se bloqua dans sa poitrine. Au-dessus de sa taille mince, ses seins, hauts et ronds, semblaient le défier. Ses tétons se dressaient, roses et durs, au centre de ses larges aréoles. Subjugué, il s'aperçut trop tard qu'il la dévorait du regard. Par Dieu, il ne devait pas la regarder ainsi, il connaissait déjà son corps ! Afin de ne pas se trahir davantage, il la serra de nouveau contre lui. Elle se coula entre ses bras et lui caressa la nuque, puis le dos. Impatiente, elle passa la main sous sa tunique.

— Nous ne sommes pas à égalité, je veux vous voir également, lui glissa-t-elle à l'oreille en se haussant sur la pointe des pieds. Vous... oubliez que je ne me souviens plus... de vous.

Kader obéit à son ordre sans discuter. Il ôta le poignard passé dans sa ceinture, puis se débarrassa prestement de celle-ci et de sa tunique. Son torse brillait dans la lumière de midi. Ses muscles durs jouaient sous sa peau lisse, donnant une impression de force pourtant nullement menaçante. Fascinée, elle le contempla. Exactement comme il l'avait contemplée. Elle avança les mains pour le toucher puis suspendit son geste tandis que l'évidence la frappait de plein fouet. *Il m'a regardée comme s'il ne m'avait jamais vue.* Elle se raidit, baissa les bras et recula légèrement. Fouillant son regard pour tenter d'y trouver une réponse, elle n'y vit que son désir, brut et implacable.

— Je... j'ai besoin d'avoir confiance en vous, Kader.

C'était la première fois qu'elle prononçait son nom et il en fut bouleversé. Pourquoi fallait-il que cette femme le touchât à ce point ? Elle n'était que l'instrument de sa vengeance. Mais elle était aussi son secret. Celui qu'il portait en lui depuis de nombreuses années.

— Vous le pouvez, dit-il seulement.

Les mots lui écorchèrent la gorge et il pria tout bas pour se faire pardonner. Mais un jour, il expierait. Il le savait.

— Pourtant, une... chose me tracasse encore, ajouta-t-elle timidement.

Elle le regardait, ses grands yeux arrimés aux siens.

— Hier, lorsque j'étais dans vos bras, vous m'avez repoussée. Pourquoi, pourquoi avoir fait cela si... enfin, si nous sommes amants ?

— Je... j'ai été pris au dépourvu. J'avais oublié que cela était si fort entre nous, et cela m'a effrayé, je l'avoue.

— Oublié ?

— Oui, oublié, répéta-t-il en souriant. Vous n'avez pas le monopole de cela... ma douce.

Puis n'en pouvant plus d'attendre, il la prit dans ses bras et l'allongea sur le lit. D'un geste sûr, il défit le lien qui nouait son saroual et le fit lentement glisser le long de ses longues jambes. Elle se laissa faire en tremblant. Sans la quitter des yeux, il se déshabilla complètement à son tour, puis se mit au-dessus d'elle en commençant à la caresser.

Aude n'avait rien d'autre à l'esprit que ce qu'elle ressentait en cet instant. Le souffle tiède de Kader sur sa peau nue, ses mains douces s'immisçant en elle adroitement et les spasmes de plus en plus rapprochés qui la soulevaient. Quand il s'allongea sur elle, les battements désordonnés de son cœur résonnèrent tout contre sa poitrine. Elle se tendit vers lui pour ne pas en perdre un seul. Il la pénétra doucement en prononçant des mots incompréhensibles. Excitée par ses paroles étranges, elle gémit en l'enserrant plus étroitement entre ses cuisses. Ses bras l'enveloppèrent et elle s'ouvrit tout entière. Elle le voulait plus profondément en elle. Plantant ses ongles dans sa peau mate, elle se cambra davantage et il accéléra la cadence, jusqu'à l'emplir tout à fait. Ils jouirent violemment, dans un même élan magnifique. Aussitôt après, Kader roula sur le flanc. Elle resta sur le dos sans bouger, trop ébranlée par ce qu'elle venait de vivre pour faire le moindre mouvement.

Inquiet de sentir sa maîtresse si lointaine, le cheikh se dressa sur un coude et se pencha sur elle. De sa main libre, il lui caressa doucement le visage. Les yeux brillants et la bouche encore gonflée par le plaisir, elle semblait pourtant tendue.

— Me craignez-vous toujours ?

Aude parut hésiter avant de répondre.

— Non, plus maintenant.

Il sourit, ne lui avait-elle pas dit la veille qu'elle n'avait pas peur de lui ? D'une petite voix, elle ajouta :

— Maintenant... j'ai peur de moi.

Ébranlé par cet aveu, il se mordit les lèvres. Sa main quitta sa joue et lui écarta les cheveux, là où était sa blessure. La peau était saine et rose. Il se pencha et l'embrassa.

— Il ne faut pas, *habibi*.

La jeune femme ferma les yeux en soupirant. Son amant avait peut-être oublié l'intensité de leur désir, mais elle, comment avait-elle pu effacer de son cœur de tels moments passés avec lui ?

Kader se leva avec précaution. Après l'amour, Aude s'était endormie. Il ne voulait pas la réveiller. Tout d'abord parce qu'elle était fatiguée, et ensuite parce qu'il souhaitait avoir un peu de temps pour réfléchir à la suite. Il pouvait être satisfait. Jusque-là, son plan avait merveilleusement fonctionné. Il avait su la convaincre qu'elle était à lui et l'avait mise dans son lit. Désormais, il pouvait être sûr qu'elle le défendrait bec et ongles devant Montvallon, et devant tous les chevaliers de la chrétienté s'il le fallait.

Pourtant, il n'était pas très fier. Il l'avait trompée de la plus odieuse façon alors qu'elle s'était donnée sans retenue. Et maintenant, il se sentait pareil à un lendemain de bataille. Victorieux, mais las. Las de feinter et d'abattre, de blesser et de soumettre. Il l'observa. Elle souriait dans son sommeil. Elle n'avait plus peur de lui, avait-elle avoué. Mon Dieu, comme elle se trompait ! Il se troubla, rongé par la culpabilité. Pas question d'arrêter pourtant, il serait bien temps d'expier, plus tard. Il s'habilla rapidement et jeta un coup d'œil vers l'extérieur. Le soleil était encore haut dans le ciel. Après avoir déjeuner et vu les villageois, il passerait au bimaristan, et ce soir, il la retrouverait. À cette pensée son sexe durcit. Il dut faire un effort sur lui-même pour ne pas la rejoindre et la posséder de nouveau.

— Vous partez déjà, demanda-t-elle d'une voix encore engourdie par le sommeil alors qu'il ouvrait la porte de la chambre.

Il se tourna vers le grand lit. Elle s'était enroulée entre les draps et se dressait, inquiète. Il voyait sa peau blanche luire au soleil et ses cheveux cuivrés lancer des éclairs de feu.

— Rallongez-vous ma... chère, et reposez-vous. Je... dois me rendre à l'assemblée des hommes pour décider des travaux à faire sur le lac. Puis à l'hôpital.

— Mon Dieu, l'hôpital, dit-elle affolée. J'avais complètement oublié les enfants. Je suis impardonnable.

Oubliant qu'elle était nue, elle écarta le drap de soie et posa les pieds au sol. Le regard du cheikh l'alerta. Gênée, elle rabattit le fin tissu sur son corps d'un geste brusque. Kader déglutit. Décidément, il valait mieux qu'il quitte la pièce.

— Je... je vais prévenir Samira. Elle va vous aider à vous préparer et vous apportera à déjeuner. Vous devez avoir terriblement faim. Nous nous retrouverons ensuite au bimaristan, enfin... à l'hôpital.

— *Naam*, dit-elle d'un air narquois.

Elle arriva à l'hôpital en fin d'après-midi. Aziz sortit une tête de la pharmacie et la salua d'un air joyeux en l'accablant de remerciements. Visiblement tous les enfants étaient saufs et avaient passé une bonne nuit. Plusieurs étaient déjà rentrés chez eux. Apercevant Rania assise près d'un des petits lits, Aude se dirigea vers elle sans hésiter.

— Bonjour madame, je suis heureuse de vous voir.

La jeune femme se leva et la salua d'un air plus aimable que d'habitude.

— Moi également, madame.

— Comment vont les enfants ? J'ai l'impression que… tout est pour le mieux. Je suis désolée mais j'étais… occupée, ajouta-t-elle en rougissant. Je n'ai pas pu venir plus tôt.

Rania la regarda plus attentivement. À vrai dire, elle avait été étonnée de ne pas la trouver à son arrivée. N'avait-elle pas hier eu du mal à quitter les petits blessés ? Quelque chose avait dû se passer.

— Tout va très bien, ne vous inquiétez pas.

— Je vais vous relayer si vous le souhaitez.

— Non. Allez plutôt voir Aziz. Je crois qu'il veut vous demander quelque chose. Je vous accompagne si vous le permettez, cela sera plus facile pour converser. Cet enfant peut rester seul un instant.

— Notre ami voudrait que vous l'aidiez à préparer son huile de rose, rapporta Rania après avoir échangé quelques paroles avec le vieux médecin. Il m'a assuré que vous sauriez le faire. Qu'en dites-vous ?

— Bien sûr, je serais heureuse de pouvoir l'assister. C'est certainement un lourd travail et… j'ai tout mon temps.

— Très bien. Il vous attend demain, madame.

Lorsqu'elles sortirent de la pharmacie, elles faillirent se heurter au cheikh.

— Je vous cherchais… toutes les deux, lança Kader en jetant un regard brûlant à sa maîtresse qui s'empourpra instantanément.

— Nous sommes là, cher beau-frère, répondit Rania.

Le manège des deux jeunes gens ne lui avait pas échappé et elle soupçonna instantanément ce qui s'était passé entre eux. Puis, quand Kader s'adressa à Aude de Chécy sans la saluer, comme s'il venait de la quitter, elle comprit qu'elle ne s'était pas trompée. Il avait sans doute mené à bien la première étape de son plan.

— Le chef du village souhaite organiser une grande fête pour vous célébrer, madame.

— Me célébrer, moi ? Mais pourquoi donc ?

— Pour tout ceci, fit-il en balayant d'un geste la grande salle de l'hôpital. Grâce à vous, nous n'avons aucune victime grave à déplorer, et nous vous en sommes tous reconnaissants. N'est-ce pas Rania ?

— Bien sûr. Madame a été... admirable hier.

Elle soupira. Comment tout ceci allait-il finir ? Elle n'avait jamais approuvé le projet de son beau-frère, et la Franque lui était maintenant presque sympathique.

16

La fête venait de commencer. En accord avec Kader, le chef du village avait choisi d'installer les convives à l'extérieur, sur un terre-plein situé au pied du fort. D'épais tapis en poils de chameaux couvraient le sol et plusieurs tables basses avaient été disposées en demi-cercle, face au désert. Autour, une multitude de coussins multicolores servaient de sièges. Assise près du cheikh à la table d'honneur, Aude avait reçu les remerciements de leur hôte et ceux des chefs de tribus assujetties à Kader. L'accident datait maintenant de plusieurs jours et tous les enfants étaient rentrés chez eux. La plupart avaient reçu une sérieuse rossée car les baignades au lac étaient interdites mais en cette fin d'après-midi grands et petits semblaient réconciliés et heureux d'être présents.

Aude jeta un regard circulaire sur les hommes et les femmes assemblés. Tous ceux qu'elle connaissait étaient là : Samira, Aziz, Rania. Un peu plus loin, Omar et Tarik jouaient avec leur meilleur ami qui conservait de sa mésaventure une légère claudication. Elle esquissa un sourire. Ces gens étaient tout son univers et elle se sentait maintenant presque à l'aise parmi eux. L'inverse paraissait également vrai. Les remerciements avaient été chaleureux et Rania elle-même l'avait saluée fort courtoisement. Pourtant, à côté d'elle, Kader avait l'air gêné.

— Qu'avez-vous, vous... semblez tendu. Quelque chose vous tourmente, mon ami ?

Kader se tourna vers elle en souriant.

— Nullement, ma chère. C'est juste que... jusqu'à maintenant notre relation a été plutôt discrète. Je... j'ai un peu de mal à la voir exposée au grand jour, aux yeux de tous. Chez nous ces choses-là ne s'affichent pas ainsi.

Aude le regarda, légèrement vexée.

— Contrairement à ce qui se passe chez moi, voulez-vous dire ?

Le cheikh la fixa plus sérieusement. Il se souvenait parfaitement de la façon dont Montvallon s'était comporté avec elle au tournoi, la serrant de bien trop près. Mais la question n'était pas là. Il lui serait sans doute beaucoup plus compliqué de mener tranquillement son plan à terme maintenant qu'Aude avait sa place parmi les siens. Il se morigéna, en vain. Le mal était fait. Et tout était de sa faute d'ailleurs. S'il avait fait réparer le vieux ponton, tout cela ne serait pas arrivé.

— Disons que, les vôtres sont moins... réservés en public. Mais mon peuple est heureux, et j'en suis satisfait, conclut-il en hochant la tête.

Comme il terminait sa phrase, un vieux Bédouin s'approcha. Les deux hommes échangèrent quelques mots, puis Kader annonça :

— Nous allons assister maintenant, avant que la nuit tombe, à une démonstration un peu particulière. Nous l'appelons chez nous *faroussiyah*.

— Oh ! qu'est-ce que c'est ?

— Vous verrez bien. Mais attendez-vous à être secouée !

Sur un signe du cheikh, le silence se fit et tous les regards se tournèrent vers le désert. Aude aperçut au loin plusieurs dizaines de chevaux montés par des hommes qui, pour autant qu'elle pouvait le voir à cette distance, portaient de longues épées courbes dont les lames étincelaient sous le soleil couchant.

— Ce sont les meilleurs cavaliers de chacune des tribus, expliqua Kader.

— Mais, ils sont armés ! s'exclama Aude, peu rassurée.

— Oui, ils portent le sabre, notre arme de combat. Mais ne vous inquiétez pas, ce n'est qu'une démonstration et c'est un grand honneur qui vous est fait. Même si j'en conviens, cela n'est pas très à-propos.

Les hommes se mirent en ligne puis s'élancèrent vers les convives dans un nuage de poussière. L'effet était fantastique.

Ils avançaient au galop, faisant tournoyer leur sabre autour de leur corps et de leur tête. Certains étaient debout sur leur cheval, d'autres aplatis sur le côté ou même sous le ventre de l'animal. Les femmes criaient pour les encourager. Le bruit était assourdissant. À mi-parcours ils accélérèrent soudain dans un même mouvement pour s'arrêter ensuite brusquement, à quelques mètres des tapis. Tous les villageois se levèrent pour les acclamer, à l'exception d'Aude, recroquevillée sur les coussins. Kader se tourna vers elle, étonnée de ne pas la voir à ses côtés.

— Mon Dieu, qu'avez-vous ? Vous êtes livide.

— Ces hommes en armes m'ont effrayée je crois. J'ai eu si peur qu'ils ne puissent s'arrêter à temps.

Le cheikh éclata de rire.

— C'est tout l'enjeu, madame. La maîtrise de la monture dans le combat. Mais rassurez-vous, je n'ai jamais vu de femmes blessées pendant la *faroussiyah*. Levez-vous, ajouta-t-il en se penchant vers elle, sinon ils risqueraient de se vexer.

Aude prit la main qu'il lui tendait et se leva avec difficulté, tant ses jambes tremblaient. Après les vivats de la foule, les cavaliers se mêlèrent aux convives et tous se rassirent. Portant des plateaux chargés de mets odorants, des villageoises s'approchèrent des tables. Toutes arboraient leur robe de fête, ornée de savantes broderies colorées.

— Les vêtements que portent les femmes de votre oasis sont vraiment magnifiques, remarqua Aude, désireuse d'aborder un autre sujet. Ce sont elles qui les brodent ainsi ?

— Bien sûr ! Dès l'enfance, les mères apprennent à leurs filles comment faire, et cela depuis des siècles.

— Vraiment ! En tout cas, elles ne manquent pas d'imagination.

— Vous n'y êtes pas du tout ma chère, s'exclama Kader. Chaque motif obéit à une règle bien particulière. Les broderies disent à quelle tribu la femme appartient. Regardez, celle-ci qui s'approche a comme ancêtre un Bédouin du grand désert blanc, tandis que la mère de celle-là vient de l'ouest, des confins de cette terre.

— Oh ! c'est fascinant, dit Aude en observant de plus près

les broderies de sa propre robe. Et... moi, pouvez-vous me dire à quel clan j'appartiens ?

Elle leva vers lui son regard clair et il lui pressa tendrement l'avant-bras.

— Mais vous m'appartenez ma chère, ne le savez-vous donc pas ?

Il avait dit ces mots d'un air léger. Elle s'écarta imperceptiblement, piquée par sa remarque.

— Nous allons servir le repas maintenant, poursuivit-il, et ensuite, place à la musique et au chant. Le chef et moi-même vous avons réservé une surprise. Je pense que vous apprécierez.

Sitôt le repas terminé, trois musiciens s'installèrent au centre du demi-cercle et commencèrent d'accorder leurs instruments dans le brouhaha ambiant. Puis une femme entre deux âges les rejoignit et le silence se fit, instantanément. Lorsque qu'elle commença de chanter, d'une voix grave et mélodieuse, tous suspendirent leur souffle.

— C'est la grande Warda, la perle de l'Orient. Elle est originaire de cet endroit, mais est célèbre sur tout notre territoire, du Caire à Damas. Saladin l'apprécie tout particulièrement.

— Oh ! je suis très honorée de pouvoir l'entendre, dit Aude toujours sur ses gardes. Vous me faites là un magnifique cadeau, mon ami.

Kader la contemplait. Tout à l'heure, il l'avait blessée sans le vouloir vraiment. Mais cette soirée était la sienne et se devait d'être parfaite. Il se pencha vers elle et ses lèvres effleurèrent ses joues.

— Elle chante pour vous, ma douce, et sa voix vaut tous les plaisirs du monde.

Aude s'empourpra et son cœur s'emballa. Nul plaisir n'égalait celui d'être ici, près de lui. Même si les mots qu'il avait prononcé avant le dîner n'étaient pas tout à fait ceux qu'elle aurait souhaité entendre. Un peu rassérénée, elle lui sourit et se laissa emportée par le chant qui lui était destiné.

— Mon Dieu, c'est magnifique, s'extasia-t-elle au bout de quelques minutes. Me direz-vous ce que cela raconte ?

— C'est une très vieille chanson bédouine, commença Kader. On l'appelle *Majnoun Layla*, Le fou de Layla.

— Quel étrange nom pour une chanson !

— Oui, étrange. Mais laissez-moi continuer. Vous allez comprendre. Depuis l'enfance, le riche et beau Qays est amoureux de sa cousine Layla. Pourtant le père de la jeune fille s'oppose à leur union car elle est promise à un autre. Qays, qui est aussi poète, chante sans retenue son amour pour Layla. Tant et si bien que le père demande au calife la permission de le tuer car, chez nous, comme je vous le disais tout à l'heure, il n'est point d'usage de manifester son intérêt si ouvertement.

— Surtout si la jeune fille n'est pas libre, je suppose, l'interrompit Aude en chuchotant.

Kader acquiesça d'un mouvement de la tête avant de poursuivre.

— Donc le calife, désireux de régler cette affaire, fait venir Layla pour voir quelle femme si belle peut faire chavirer à ce point le cœur et l'esprit d'un jeune garçon. Mais elle n'a rien d'extraordinaire et le calife est déçu. Il décide d'épargner Qays et de laisser les deux familles s'arranger entre elles. Finalement, le père de Layla obtient gain de cause et la jeune fille part au loin, se marier avec son promis. Effondré, Qays se réfugie alors dans le désert, loin des hommes, et sombre peu à peu dans la folie. Il meurt bientôt de faim et de soif. Lorsqu'on le retrouve, on découvre non loin de lui quelques lignes tracées sur le sable, celles du dernier poème dédié à son amour.

Kader avait dit ces derniers mots dans un souffle. Aude le regarda, étonnée. Comment cet homme si dur pouvait-il être touché par une telle histoire ? Elle parcourut l'assistance des yeux. Après avoir acclamé les farouches guerriers aux sabres, tous semblaient envoûtés par ce chant pur. Plusieurs étaient même au bord des larmes.

— C'est une histoire très triste que vous me contez là, dit doucement Aude en reportant son regard sur le cheikh.

— Certes, madame, répondit Kader plus fermement. Elle dit surtout que l'amour rend fou, même les meilleurs d'entre nous.

Elle courait du plus vite qu'elle le pouvait sur la bande de sable, foulant de ses pieds nus de drôles de signes qui apparaissaient au fur et à mesure de sa progression. Un homme à cheval la poursuivait. Terrorisée, elle l'entendait ahaner dans son dos. Quand elle s'était retournée, juste avant, elle l'avait vu. Grand et fort, il portait une armure argentée qui brillait sous le soleil. La visière était baissée et elle n'avait pas pu distinguer son visage. Mais il était dangereux, elle le savait : il brandissait un énorme sabre au-dessus de sa tête. Enfin, elle aperçut le camp. Elle était sauvée. Au moment même où elle commençait à reprendre espoir, elle fut soulevée du sol et posée sans ménagement sur la selle de son poursuivant. Aussitôt, l'homme lui prit le visage entre les mains et le tourna vers lui. Il était tête nue maintenant. Ses yeux noirs de haine semblaient vouloir l'anéantir. L'une de ses joues était barrée d'une cicatrice qui courait jusque sous son menton. Il prononça des paroles qu'elle ne comprit pas puis pencha vers elle tandis que le cheval continuait sa course folle dans la poussière.

— Laissez-moi ! hurla Aude, haletante. Laissez-moi !

Échevelée, en sueur, elle se redressa dans le grand lit.

— Calmez-vous, calmez-vous, *habibi*. Tout va bien, je suis là.

Elle ouvrit les yeux. Kader était à côté d'elle, tout près. Elle se blottit contre lui en tremblant.

— Oh ! je... pardonnez-moi. J'ai fait un rêve horrible, un cauchemar.

— Tout va bien, répéta-t-il en lui caressant doucement les cheveux. Voulez-vous me raconter ? Cela vous fera peut-être du bien de vous confier.

Soucieux de la consoler, le cheikh était également impatient d'entendre son récit. Aziz lui avait dit que certains souvenirs pouvaient revenir par la voie des rêves.

— Eh bien, je... courais dans le désert et un homme me poursuivait, à cheval. Il portait une armure et un grand sabre comme ceux de vos hommes, tout à l'heure.

— Mon Dieu, je n'aurais jamais dû vous faire assister à cela, l'interrompit-il. C'est un spectacle très impressionnant il est vrai, pour qui le voit la première fois.

— Je fuyais mais il m'a rattrapée et hissée sur son cheval,

continua Aude sans se soucier de sa remarque. C'est alors que j'ai vu son visage, effrayant. Ses yeux lançaient des éclairs et il portait une cicatrice.

Montvallon, songea instantanément Kader.

— Il... voulait me faire du mal. J'étais terrorisée et... je me suis réveillée.

— Tout est fini maintenant, dormez ma douce, murmura-t-il en l'embrassant délicatement sur le front. Cet homme n'existe pas, vous devez bien vite l'oublier.

— Ses traits étaient si précis que j'en ai encore froid dans le dos.

Sans répondre, il l'aida à se recoucher. Elle se rendormit presque aussitôt. Étendu à ses côtés, il mit longtemps à trouver le sommeil. Si sa mémoire lui revenait, il fallait agir, et vite. Aziz lui avait dit que tout pouvait s'enchaîner, un souvenir en appelant un autre. Il réprima un soupir.

Au retour de la fête, ils avaient fait l'amour avec passion, comme à chaque fois depuis le premier jour. Pleine et blanche, la lune avait éclairé leurs ébats, décuplant leur plaisir. Ils s'étaient caressés longuement puis, lorsqu'il l'avait sentie prête, il l'avait couchée sur lui. Elle s'était empalée sur son sexe en gémissant. Éperdu, il s'était laissé envahir par sa moiteur et sa chaleur, ses seins dansant devant ses yeux émerveillés.

Le cri d'un faucon retentit dans le désert. L'aube n'allait pas tarder à se lever. Kader prit délicatement l'une des mèches cuivrées qui courait sur les draps et commença à l'enrouler autour de son index, dans un geste qui lui était devenu familier. De cette femme abandonnée près de lui, il ne savait presque rien. Mais il était son amant et son devoir était de la protéger. Au lieu de cela, il allait la briser pour assouvir une vengeance dont elle était totalement étrangère. Il ferma les yeux en jurant doucement. Il était trop tard pour reculer. Mieux valait agir vite. Il allait faire venir Montvallon ici même, et le tuerait. Ensuite, il aviserait. À regret, il lâcha le corps chaud rivé au sien, et aux premières lueurs du jour un mauvais sommeil le prit.

Lorsque Aude s'éveilla, le soleil était déjà haut dans le ciel. Kader n'était plus là. Elle frissonna malgré la chaleur. Elle avait passé une mauvaise nuit. Son rêve lui avait paru presque réel. Et ce visage ! Comment avait-elle pu l'inventer ? Était-ce quelqu'un qu'elle avait déjà croisé ? Elle fouilla dans sa tête mais rien ne vint. Rien de sa vie d'avant. Elle balaya la pièce d'un regard inquiet. Tout était calme, rassurant. Elle était en sécurité ici, il fallait qu'elle se reprenne. Aziz comptait sur sa présence à l'hôpital. Elle appela Samira qui accourut sans attendre. Depuis qu'elle dormait dans la chambre du cheikh, la jeune fille avait été installée tout près, dans une petite pièce adjacente.

À l'hôpital, les lits étaient tous vides. Personne n'était malade ou blessé ce matin, elle aurait tout le temps d'aider le vieux médecin. Elle se dirigea vers la pharmacie d'un pas décidé. Aziz s'y trouvait sûrement.

— *Salam aleykoum*. Que la paix soit sur vous, cher maître ! lança-t-elle en entrant.

— *Aleykoum salam* madame.

Le médecin était déjà au travail. Les jours précédents, ils avaient tous deux effeuillé des centaines de roses dont ils avaient mis les pétales à macérer dans de grandes jarres remplies d'huile d'amande. Il s'agissait maintenant de filtrer le mélange et de le verser dans des petites fioles, identiques à celles qu'ils avaient utilisées le jour de l'accident. Aude réprima un geste d'impuissance devant la tâche qu'il restait à accomplir. Celle-ci prendrait certainement plusieurs jours avant d'être menée à bien, mais disposer d'un tel onguent était indispensable. Résignée, elle prit place auprès du vieil homme et s'attela sans attendre à la besogne. Rania vint en milieu d'après-midi. Comme il n'y avait personne dans la grande salle, elle se mit à crier le nom d'Aziz.

— Nous sommes ici, répondit celui-ci en passant la tête par la porte de la pharmacie. Aude de Chécy est avec moi.

— Très bien, je vous rejoins. Bonjour Aude, lança-t-elle en apercevant la jeune femme, assise derrière une rangée impressionnante de récipients de toutes tailles. Puis-je vous appeler ainsi ?

— Oui, bien sûr. Et moi, puis-je...

— Vous le pouvez ! Comme il n'y a personne aujourd'hui, je voulais vous proposer de venir dans mes appartements, au

159

harem. Nous pourrions parler entre femmes. Sauf si Maître Aziz tient absolument à vous avoir près de lui. Qu'en pensez-vous ?

Rania avait hésité avant de faire cette proposition à la Franque. S'entretenir en privé avec elle pouvait être périlleux car elle ne manquerait sûrement pas de lui poser certaines questions dérangeantes. Mais elle voulait en savoir plus sur sa relation avec son beau-frère.

— Oh ! j'en serais flattée et ravie ! Il est vrai que je commence à avoir mal aux bras à force de manipuler tous ces instruments et la tête me tourne à respirer ce mélange.

Rania se pencha sur l'un des flacons.

— En effet, cela sent très fort. Aziz utilise beaucoup de cette huile de rose et dit que c'est un remède miraculeux.

— Je ne connais rien de mieux que cela pour soigner et assainir les plaies.

La jeune veuve la regarda avec étonnement. Comment pouvait-elle être si affirmative alors qu'elle ne savait même pas d'où elle venait ? Peu désireuse d'approfondir la question, Rania se tourna vers le médecin.

— Maître Aziz, pensez-vous pouvoir vous passer de notre invitée ? J'aimerais l'emmener avec moi au harem.

Le vieil homme regarda tour à tour les deux femmes. Depuis l'accident, l'ancienne cheikha semblait mieux disposée à l'égard de la Franque. Il en était heureux mais restait inquiet. Aude de Chécy, sans passé, était fragile, et Rania, qu'il savait généreuse mais impulsive, risquait de la blesser sans le vouloir vraiment.

— Oui, répondit-il néanmoins, dans l'impossibilité de refuser quoi que ce soit à cette dernière. Nous avions presque terminé d'ailleurs, et madame est fatiguée.

— Maître Aziz est d'accord. Venez ma chère, ne perdons pas de temps.

Aude contemplait avec admiration la cour intérieure du harem. Une fois encore, l'endroit ne lui rappelait rien. Mais, jusqu'à maintenant, Rania ibn Saleh n'avait guère été aimable avec elle, et il était tout à fait possible qu'elle ne l'ait jamais invitée à partager son intimité.

— Je suis très honorée madame... Rania, de votre invitation, dit-elle en s'asseyant au creux d'un impressionnant amas de coussins multicolores judicieusement placés sous un immense citronnier en pot. Cet endroit est merveilleux. C'est un lieu dédié aux femmes, c'est cela ?

— Oui, un gynécée en quelque sorte. Avant je logeais avec Hassan... enfin l'ancien cheikh, et les enfants, dans les appartements qu'occupe actuellement Kader. J'aimais vivre auprès de mon époux. Mais maintenant... qu'il n'est plus, je suis bien mieux ici et tout à fait libre de faire ce que je veux.

— Je... voulais vous demander quelque chose. Comment se fait-il que vous connaissiez si bien ma langue ? Nous sommes...

— Ennemies vous voulez dire ?

Aude acquiesça en rougissant.

— Hassan disait toujours qu'il fallait connaître son ennemi mieux que son ami, poursuivit Rania. Cela ne... lui pas vraiment réussi mais...

— Oh ! pourquoi dites-vous cela ? la coupa Aude. Vous voulez dire que... qu'il a été tué par les miens ?

Le beau regard brun de la jeune veuve se voila.

— Oui madame. Mais c'est ainsi, je suppose que la guerre veut cela, sa part de morts et de désolation, des deux côtés.

— Sans doute, répondit Aude déroutée par cette nouvelle. Pourquoi Kader ne lui en avait-il pas parlé ? Était-ce la cause de cette froideur qu'elle décelait encore parfois dans son regard ?

— Alors je... présume que c'est votre mari qui vous a appris ma langue ? poursuivit-elle.

— Oui, enfin, pas tout à fait. Nous avons été fiancés très tôt tous les deux. Je suis la fille aînée du chef des tribus du sud et nos familles souhaitaient renforcer leurs liens. Nous avions le même âge lorsque nous avons été promis l'un à l'autre et, comme le veut la coutume, nous avons étudié ensemble jusqu'à l'âge de douze ans. C'est avec lui que j'ai appris à parler l'idiome des Francs. Hassan n'était qu'un enfant mais il tenait absolument à le connaître. Son père avait un esclave qui venait d'Antioche, je crois. Il fut notre professeur, ainsi que celui de Kader, quelques années plus tard. Voilà, j'avoue que je trouve votre langue très belle, mais extrêmement compliquée.

— Bien que je n'en connaisse que quelques mots, je trouve la vôtre très belle également et... tout aussi compliquée, dit Aude en souriant. Et ensuite, vous vous êtes mariée, juste après ?

— Non, pas à l'âge de douze, cela est un peu tôt tout de même. Pendant que Hassan apprenait à diriger son futur territoire, j'ai été éduquée en vue de mon mariage justement. Et je l'ai épousé, à seize ans.

— Oh ! c'est un âge plus raisonnable effectivement. Et... Kader, enfin... le cheikh, pourquoi n'est-il pas marié ? N'a-t-il pas été lui aussi promis dans son enfance ?

— Kader n'est pas comme son frère. Il était destiné à la guerre et non à tenir un domaine. On l'a envoyé très jeune combattre aux côtés de Saladin et il est vite devenu l'un de ses lieutenants. Il ne s'est pas fixé, mais son nouveau statut l'y oblige. En tant que cheikh de la région, il doit sans faute assurer sa descendance.

Aude pâlit légèrement. Rania se pencha vers elle et lui tapota gentiment le bras. Son beau-frère avait mis cette femme dans son lit, cela ne faisait plus aucun doute maintenant.

— Mais, rassurez-vous ma chère, ce moment-là n'est pas encore arrivé. En attendant, il est... avec vous.

— Vous devez trouver ma situation bien peu convention-nelle, madame.

— Vous n'avez pas à vous justifier. Mon beau-frère est libre de faire ce qu'il lui plaît et... vous également.

La jeune femme soupira. Le cheikh lui avait-il vraiment laissé le choix ?

— Oui mais... il est bien difficile de se sentir pleinement soi-même et de prendre... certaines décisions lorsque l'on ignore tout de son passé.

— Je comprends madame. Mais un jour vous retrouverez la mémoire, dit prudemment Rania.

— J'ai des sensations, des impressions quelquefois qui... ne me sont pas tout à fait inconnues, poursuivit Aude. Tout à l'heure par exemple, à la pharmacie, en préparant l'huile de rose pour les blessures, quelque chose m'a traversé l'esprit. C'était là, flottant, mais je ne pouvais l'attraper. Je crois que c'était un souvenir, un souvenir agréable. Sans doute avais-je déjà fait cela. Peut-être avais-je préparé les anciennes fioles avec Aziz, avant mon accident ? Je ne sais pas, ajouta-t-elle un peu perdue.

Rania se leva, gênée. Elle ne souhaitait pas lui mentir. Afin de cacher son embarras, elle se dirigea à pas lents vers le bassin. Arrivée près du bord, elle trempa ses mains dans l'eau claire en faisant mine de vouloir se rafraîchir.

— Un jour vous retrouverez la mémoire. Je vous l'ai dit, j'en suis certaine. Et ce jour-là, je serai là. Vous pourrez venir vers moi, je saurai vous écouter.

Aude se leva à son tour. Il était temps de prendre congé. Malgré sa sollicitude, Rania ne semblait pas désireuse de poursuivre leur conversation. Mais elle n'était pas dupe. Il y avait peu de chance qu'elle ait aidé auparavant Aziz à effectuer ses préparations. Kader ne lui avait-il pas dit qu'elle n'était venue que quelquefois à l'hôpital ? Ce souvenir n'en était peut-être pas un après tout, ou alors il était lié à une autre partie de sa vie.

En sortant du harem, elle fit quelques pas dans le jardin avant de rejoindre les appartements du cheikh. Ce jour-là, il avait précisé qu'ils étaient « occupés à bien d'autres choses ». Oui, tels avaient été ces mots. Elle esquissa un sourire. Cette formulation l'avait grandement choquée avant leurs retrouvailles mais elle l'émouvait presque maintenant. Pourtant, il semblait que leur relation ait bien changé, car depuis qu'elle partageait de nouveau son lit, il n'était guère présent dans la journée.

17

Gauthier de Montvallon jubilait. On venait enfin de retrouver sa maîtresse ! Tout à sa joie, il n'entendit pas Sibylle de Jérusalem approcher.

— Je vous dérange peut-être messire ?

Le comte leva les yeux vers sa visiteuse en réprimant un geste de contrariété. Effectivement, elle n'arrivait pas au meilleur moment. La nouvelle qu'il attendait depuis plusieurs semaines venait de tomber, et il aurait assurément préféré être seul afin de réfléchir aux dispositions à prendre. D'autant plus que les circonstances de toute cette histoire s'avéraient extrêmement intéressantes. Devant l'air hautain et presque agressif de la mère du roi, il préféra néanmoins faire bonne figure.

— Nenni, votre altesse. Mon fidèle lieutenant Andrès venait juste de m'informer d'un fait dont... j'attendais confirmation.

— Bien, répliqua la princesse d'un ton sans appel.

Elle n'entendait pas être éconduite par un simple vassal, surtout par cet homme qui avait trahi si vilainement son frère. Satisfaite, elle enchaîna :

— Je suis venue vous annoncer que je souhaitais faire en votre compagnie un tour des environs de... votre belle cité. Cela fait déjà plusieurs jours que je suis ici, et n'ai pas vu grand-chose hors cette forteresse. Il va sans dire que mon fils Baudouin m'accompagnera. Il a atteint l'âge de raison et, comme je vous l'ai déjà dit, il doit apprendre à connaître son futur royaume.

Montvallon s'inclina avec raideur. Sibylle de Jérusalem s'était invitée d'elle-même avec son fils à Blancastel, sans doute davantage pour le rappeler au souvenir de son autorité que pour visiter la région. Et non contente de s'imposer ainsi, elle exigeait. Il savait parfaitement qu'elle le tenait en piètre estime. Lors de leur dernière entrevue, n'avait-elle pas manqué de courtoisie au point de lui rappeler sa disgrâce ?

— Bien sûr, madame. Mais je crains fort de ne pas pouvoir vous accompagner en personne, une affaire urgente m'appelle... à l'extérieur.

— Une affaire urgente ? Aurait-elle un lien avec la... disparition de votre compagne ? Depuis que je suis céans, je n'entends parler que de cela.

Sentant la colère monter, le comte serra les poings. Jusqu'à présent, il avait pris soin de ne pas évoquer sa mésaventure ouvertement devant la princesse, de peur qu'elle ne s'en mêle. Mais les langues allaient bon train. Il ne s'en sortirait pas si aisément.

— Oui, altesse, je ne peux rien vous cacher.

— Non, effectivement, confirma-t-elle d'un air suffisant. Pourriez-vous m'en dire un peu plus ? Toute affaire vous concernant, ou concernant cette cité, m'intéresse. N'oubliez pas que vous devez ce gouvernement aux largesses du régent et à celles de mon époux.

— Il y a peu à dire, sauf votre respect. Et rien en tout cas qui touche de près ou de loin à la bonne marche de ce fief.

Sibylle de Jérusalem le toisa de son regard impérieux.

— J'attends messire.

— Bien madame. On vient de m'informer qu'Aude de Chécy se trouverait à l'Oasis de la source, à l'est de cette cité, en plein désert. Prisonnière d'un cheikh du nom de Kader ibn Saleh.

— Vraiment ? J'ai ouï dire qu'elle... vous avait quitté. Enfin... qu'elle s'était enfuie, avec sa servante. C'est en tout cas le bruit qui court par ici, messire.

Montvallon se retint d'exploser.

— Croyez-vous, madame, qu'une femme songe à me quitter de la sorte ? rétorqua-t-il d'une voix sonore. Vous m'offensez, j'avais pour celle-ci la plus grande attention, croyez-le bien.

— Je vous crois, cher comte, je vous crois. Mais, c'est une

165

grave accusation que vous portez là, qui pourrait mettre en péril l'équilibre trouvé par ce cher Tripoli. Avez-vous une preuve de ce que vous avancez ?

— Elle a été vue là-bas paraît-il. Et j'ai ici sa robe, que l'on vient de me porter, ajouta-t-il en se saisissant d'un vêtement froissé, posé sur un banc de bois.

Il tendit à la princesse la robe bleue qu'Aude portait le jour du tournoi. Sibylle de Jérusalem la prit du bout des doigts et l'inspecta d'un air dégoûté avant de la lui rendre.

— Vraiment ? Et comment cette... chose est-elle arrivée jusqu'à vous ?

— Le fils d'un des vieux Bédouins qui campent devant mes murailles a aperçu Aude de Chécy à l'oasis alors qu'il nomadisait tout près de là. Il a réussi à soudoyer une jeune fille du village afin qu'elle subtilise une preuve de sa présence. Et elle lui a rapporté ceci, que lui-même a donné à son père.

— Hum..., je vois. Cependant, comment pouvez-vous être sûr que ce n'est pas un piège ? Que...

N'y tenant plus, Montvallon l'interrompit brutalement.

— Je ne crois pas, non. Ma... compagne est assurément aux mains de l'ennemi, cela ne fait aucun doute. Mes hommes ont interrogé le vieux Bédouin. Il n'en menait pas large et a répondu aux questions fort diligemment, la sueur au front. Puis il a reçu ses dix pièces d'or et décampé sans demander son reste. De toutes les façons, nous le tenons à l'œil, il est bien trop âgé pour reprendre la route du désert.

La princesse le foudroya du regard. Elle n'avait guère l'habitude d'être malmenée de la sorte et commençait à s'inquiéter du tour que prenaient les événements.

— Vous êtes bien sûr de vous, messire. Ce... cheikh est-il quelqu'un d'importance ? Il me semble n'en avoir jamais entendu parler.

Le comte haussa les épaules. Cet homme lui était inconnu, bien qu'à la réflexion ce nom d'ibn Saleh lui dise vaguement quelque chose.

— Sans doute l'un de ces chiens rampant aux pieds du vieux sultan.

— Sans doute... oui. Et..., que comptez-vous faire ?

— Mais la reprendre, madame, répliqua violemment le comte. Cette femme est à moi et... elle est en danger avec cet Infidèle.

Sibylle de Jérusalem recula malgré elle. Ses craintes se confirmaient. Piège ou non, Montvallon ne renoncerait pas. Cet homme était dangereux. Au lieu de l'exiler, son frère aurait mieux fait de le mettre à mort. Non seulement il risquait de menacer la paix, mais aussi de gâcher tous ses plans. Elle avait besoin de temps pour convaincre les barons de rejoindre le parti de son fils.

— Je comprends, mon cher. Cependant, s'aventurer ainsi en territoire... hostile, avec des hommes armés risquerait d'inquiéter Tripoli et de mettre à mal la trêve, durement obtenue.

— Et pourquoi cela ? Je suis dans mon droit, rugit-il. C'est cet homme, ce cheikh ibn Saleh, qui est en faute, pas moi.

— Certes, mais Saladin ne verrait peut-être pas les choses de cette façon. Il considérerait certainement qu'il y aurait là matière à reprendre les combats.

Et cela ne serait pas forcément un grand mal, songea le comte à part lui. Il comptait d'ailleurs fortement sur la situation pour pousser à la guerre. L'offense était trop grande et l'occasion trop belle. Lusignan et le Temple le soutiendraient, et la plupart des seigneurs suivraient, assurément.

Désireuse de réfléchir à la situation, la princesse s'écarta. Si elle ne parvenait pas à calmer son vassal, le pire pourrait arriver.

— Finalement cela tombe très bien, dit-elle au bout d'un moment. Voyez-vous, poursuivit-elle devant son regard dubitatif, il est heureux que je me trouve ici dans ce moment si... délicat. Ma présence à vos côtés ne peut qu'être bénéfique. Je vais vous accompagner. La visite de votre fief attendra. Ensemble à l'oasis, nous trouverons très certainement une solution à votre... problème.

— Mais altesse...

— Et Baudouinet sera du voyage, bien entendu. Il est grand temps qu'il prenne la mesure des réalités de ce royaume.

Montavallon blêmit.

— Un... enfant, avec nous !

— Un enfant certes, mais le roi. Ne l'oubliez pas, messire, répartit la princesse d'une voix glaciale.

— Soit... nous partirons dès que possible, madame. Permettez que je me retire afin de donner mes ordres.

Le comte ne pouvait que s'incliner. Cependant, malgré les exigences de sa visiteuse, il exultait. Enfin il la tenait. Cette garce d'Aude de Chécy avait réussi à s'échapper, et Dieu sait comment elle avait pu se retrouver aux mains de l'ennemi. Mais il la reprendrait. Il la posséderait de nouveau, et lui ferait payer cher son affront. Quant à Sibylle de Jérusalem, toute mère de roi qu'elle était, il n'en avait que faire. Jamais elle ne pourrait l'empêcher d'arriver à ses fins.

Kader avait chevauché à bride abattue depuis Qasr al-Charak afin d'atteindre son palais avant la nuit. Si tout se passait bien, ce soir même Montvallon serait au courant. Et dans quelques jours, il serait là. Il avait préféré aller lui-même aux abords de la cité diffuser la nouvelle. Vêtu comme le jour du tournoi, à la manière d'un paysan, il avait répandu la rumeur et elle avait grondé, instantanément. Nul doute que le comte viendrait. Ce chien avait, disait-on, parcouru le royaume de Jérusalem sans trouver trace de sa maîtresse, il ne négligerait sans doute pas cette piste. D'autant qu'il avait pris soin d'emporter l'une des robes d'Aude pour achever de le convaincre. Il l'avait remise entre les mains du vieux Bédouin rencontré la dernière fois. L'homme avait eu du mal à le reconnaître dans son déguisement, et avait hésité avant d'accepter le marché : porter le vêtement à Montvallon en lui servant l'explication convenue et empocher en échange les dix besants. Certes, il risquait gros, mais l'appât du gain avait été le plus fort. Et le cheikh n'en doutait pas, à cette heure, la fameuse robe bleue devait être en possession du Franc.

— Quel étrange accoutrement, cher beau-frère, lança Rania non loin de lui alors qu'il descendait de Sheitan.

Kader se raidit. Il avait réussi à éviter sa garde et était entré dans les écuries par la porte arrière afin de ne pas être vu des palefreniers. Ce n'était vraiment pas de chance. La jeune femme ne devait pas venir ici plus de deux ou trois fois par an.

168

— Que fais-tu là ? Je croyais que tu avais peur des chevaux, dit-il en la cherchant du regard dans la pénombre.

— Je... j'ai eu envie de voir les poulains derniers-nés. Tu comprends, ils sont d'Akhtar, l'étalon de Hassan. Alors, pourquoi es-tu habillé ainsi ? insista-t-elle en s'avançant, émergeant des stalles.

— J'ai tout à fait le droit de me vêtir comme je l'entends, il me semble. Ce vêtement n'a rien d'extraordinaire, ni de honteux. C'est celui des nôtres, je te rappelle.

— Certes, mais sur toi, il...

Rania hésita. Le cheval avait l'air fourbu et Kader était couvert de poussière. Cavalier et monture avaient dû faire plusieurs lieues dans le désert pour être dans cet état. Plus exactement dans le désert de pierre qui jouxtait les terres des Francs.

— Par Dieu, ne me dis pas que...

— Que quoi ma chère ?

— Mais que... tu as... enfin, que tu t'es rendu là-bas, dans cette cité maudite.

Le cheikh la considéra un bref instant. Elle était bien trop perspicace à son goût. Mais elle connaissait son projet et il se devait de la mettre au courant.

— Si, c'est exactement ce que j'ai fait. Montvallon sera bientôt là.

— Te rends-tu compte de la portée de ton acte ? hurla Rania. Tu risques de déclencher la guerre !

Craignant que des oreilles indiscrètes n'entendent leur conversation, il l'entraîna au fond d'un box.

— Peux-tu parler moins fort s'il te plaît ? Je ne voudrais pas que l'on nous entende. La guerre me siéra parfaitement. Et elle ne sera nullement de mon fait si elle advient. Seul ce chien en aura la responsabilité. Mais rassure-toi, j'ai une autre idée, ajouta-t-il devant son air effaré. J'ai réfléchi. Je vais lui proposer un défi, un combat d'homme à homme qui ne nous engagera que tous les deux. Il acceptera lorsqu'il verra qu'Aude de Chécy est là de son plein gré. La reprendre de force signerait la fin de la trêve. Il aurait trop à perdre à agir ainsi, et risquerait sans doute sa tête.

— Et... elle justement, cette femme... ?

— Elle est prête.

— Prête ?

— Elle est à moi désormais. Et convaincue de l'avoir déjà été.

Rania fronça les sourcils.

— Je t'avais dit que j'y arriverais, renchérit-il.

— Oh ! Et… n'éprouves-tu pas quelque chose pour elle ? La moindre pitié ?

— De la pitié ?

Kader se troubla. Ce n'était certainement pas ce qu'il éprouvait pour sa maîtresse. Il était bien incapable de mettre un nom sur ce qu'il ressentait lorsqu'elle était près de lui mais non, ce n'était pas de la pitié.

— Elle ne m'est rien, assura-t-il un peu gêné. Comment voudrais-tu que j'aie un quelconque sentiment pour elle ? Cette femme n'est que l'instrument de ma vengeance. Elle…

— Tais-toi, mon Dieu ! Tu prends ton plaisir avec elle, tu pourrais au moins la respecter pour cela.

La jeune veuve s'empourpra. Jamais elle n'aurait pensé pouvoir dire cela à un homme, fût-ce son beau-frère, qu'elle connaissait depuis de nombreuses années.

— Honte à toi, Kader. Tu me fais dire des choses… insensées ! poursuivit-elle comme il ne réagissait pas. Et si elle retrouve la mémoire avant que vous ne vous affrontiez ? Je crois qu'elle est proche de retrouver certains souvenirs. Elle m'a paru préoccupée la dernière fois que je l'ai vue, et a fait certaines allusions.

— C'est bien pour cela que j'ai hâté les choses. Cette nuit elle a rêvé de cet homme, Montvallon. Je devais agir, vite.

— Mais… as-tu pensé à la suite, à ce qui lui arrivera ? Si vous… vous battez et que le Franc gagne, elle…

— Nous nous battrons, mais il ne gagnera pas.

— Oh ! comment peux-tu dire cela ? Vous les hommes, vous êtes bien tous pareils. Seul Hassan avait quelque peu de sagesse.

— Hassan était le meilleur d'entre nous, tu le sais. Si Montvallon gagne, il la reprendra, enchaîna-t-il. Et c'est tout.

— Tu redonnerais cette femme que tu as…, enfin avec qui tu as partagé… ces moments, à ce chien ? Il la tuera !

— Ce ne sera plus mon problème, je serai mort aussi.

— Quoi, que veux-tu dire ? s'affola Rania.

— Je veux dire que ce sera un combat à outrance entre nous, ne l'avais-tu donc pas compris ?

— Mais... que deviendrons-nous sans toi ? Tu es notre cheikh, notre guide, notre...

— Omar, ton premier-né, me succédera. Ton père t'aidera dans cette tâche et... tu pourras aussi compter sur Sélim, tu le sais.

Sélim. Rania sentit l'étau qui lui enserrait la poitrine se relâcher un peu. Comment n'y avait-elle pas pensé plus tôt ? Il pourrait sans doute les aider, ou tout du moins faire entendre raison à son beau-frère. Elle allait le faire prévenir dès le soir même, par un des hommes de son père, et il viendrait. Il devait encore se trouver à Damas, ne restait plus à espérer qu'il n'arrive pas trop tard.

— Et Saladin, que va-t-il penser de tout cela ? avança-t-elle pour finir.

— Saladin n'appréciera pas. Mais il est loin. Avec un peu de chance, tout sera rentré dans l'ordre lorsqu'il reviendra. J'aurai vengé l'honneur de Hassan et il sera débarrassé d'un ennemi coriace.

— Oui, si tu gagnes.

— *Inshallah.* Dieu est grand et la justice est de mon côté. N'oublie pas comment mon frère, ton époux, a été traité.

— Je n'oublie rien, mais je pense aussi à l'avenir, à mes enfants.

— L'honneur de leur père sera vengé.

— Si Dieu veut, Kader, conclut-elle à bout d'arguments. Qu'il en soit fait comme tu le désires.

Et elle quitta les écuries en ravalant sa colère.

Kader se rendit directement à la bibliothèque. Las, il ôta sa tunique crasseuse, gardant seulement son sarouel. Il avait fait ce qu'il fallait. Maintenant il devait se préparer et préparer les siens. Quant à Aude, il lui parlerait dès que possible. Tandis qu'il réfléchissait, quelques coups discrets furent frappés à la porte.

— Entrez, dit-il d'une voix peu engageante.

La porte s'ouvrit et Aude apparut sur le seuil.

— Pardon de venir jusqu'à vous dans cet endroit, mais je vous ai cherché partout et j'ai pensé que vous vous étiez réfugié ici, dans votre... sanctuaire, bredouilla-t-elle troublée par la vue de son amant presque nu.

De la voir surgir devant lui alors qu'il pensait si fort à elle faillit avoir raison de sa détermination ; comme si Dieu le mettait au défi de réaliser ce qu'il avait manigancé.

— Entrez donc ma douce. Vous... ne me dérangez pas. Je me reposais d'une journée fatigante, c'est tout, répondit-il l'air gêné.

— Je n'en ai pas pour longtemps. Je voulais vous faire part de quelque chose qui s'est passé tout à l'heure.

— Mais asseyez-vous.

Aude prit place sur le divan tout en parcourant la pièce du regard. Elle n'avait jamais mis les pieds dans la bibliothèque du cheikh.

— Cet endroit est impressionnant, avec tous ces livres et ces instruments étranges. Je ne vous savais pas si... savant.

— Je ne suis pas qu'un guerrier assoiffé de sang si c'est ce que vous voulez dire, ni un obsédé des choses... défendues, ajouta-t-il en lui adressant un sourire moqueur.

— Je m'en doute, dit Aude en rougissant, pardonnez-moi. Je venais pour vous dire que j'avais peut-être retrouvé un... souvenir, ou quelque chose comme cela.

Kader se figea.

— Voilà, dit Aude en se levant sans remarquer son trouble. Tout à l'heure, dans le jardin, j'ai eu comme une image qui s'est imposée à mon esprit. Toute cette verdure m'a soudain rappelé un endroit, un lieu lié à mon enfance. Bien sûr les odeurs, les arbres, le ciel étaient différents mais la beauté et... comment dire... l'atmosphère, identiques. Je me suis souvenue que j'y jouais petite, avec d'autres enfants. Nous nous cachions et tour à tour l'un d'entre nous devait trouver les autres et les sortir de leur cachette.

— Êtes-vous sûre que cela soit un souvenir ? Cela ne peut-il pas être une simple... rêverie, sortie de votre imagination ?

— Non..., cela est très certainement un souvenir de ma vie en France. J'y ai beaucoup réfléchi et... je crois que j'ai passé une grande partie de mon existence là-bas.

— Et vous rappelez-vous d'autre chose ?

— Non, pas pour le moment.

Elle avait l'air si malheureuse en disant cela qu'il ne put s'empêcher de la rassurer.

— Aziz m'a dit que les souvenirs anciens, les plus enfouis dans notre mémoire, remontaient les premiers. Vous y arriverez, dit-il en lui caressant tendrement la joue.

Elle leva les yeux vers lui et il prit son visage en coupe pour l'embrasser. Se perdre en elle, dans son innocence. Voilà ce qu'il voulait. Il lui parlerait plus tard.

— Je crois que je vais réviser mon jugement à votre sujet, lança Aude d'un air taquin lorsqu'il s'écarta d'elle.

— Vraiment ?

— Oui, finalement vous êtes tout de même un peu... obsédé.

— Assurément, ma chère. Mais je connais quelqu'un qui apprécie beaucoup cela.

Aude le regarda en riant. Et son rire clair le transperça aussi sûrement que le plus acéré des poignards.

18

Aziz se précipita vers Kader du plus vite que lui permettaient ses vieilles jambes. Après quelques foulées maladroites, désespérant de pouvoir le rattraper, il le héla :

— Attends-moi, Kader ibn Saleh, tu ne vas pas t'en sortir comme ça !

Le cheikh accéléra. Il ne souhaitait pas s'expliquer davantage. Il venait de le faire, devant l'assemblée des hommes, et avait dit tout ce qu'il avait à dire. Aziz n'avait pas à en savoir plus. Dans sa hâte à fuir le médecin, il heurta le petit Tarik qui courait vers lui. L'enfant tomba et éclata en sanglots. Kader l'aida à se relever en soupirant. Il n'échapperait pas à son poursuivant. Celui-ci le rattrapa au moment où il essuyait les larmes de son neveu.

— Tu devrais avoir honte de me faire courir ainsi, lança le vieil homme essoufflé.

— Que voulez-vous, cher maître ? répondit Kader vaguement embarrassé. N'ai-je pas été assez clair tout à l'heure ? Le chien qui a tué Hassan sera bientôt là, et je lui ferai payer ce qu'il a fait. Tous les hommes m'ont approuvé d'ailleurs ; comme vous avez pu parfaitement le constater par vous-même.

— Oui, confirma Aziz. Mais... tu ne m'avais pas dit que la Franque était mêlée à cela. Tu t'es servi d'elle pour le mener jusqu'ici.

Pressentant que la discussion allait s'envenimer, Kader renvoya l'enfant auprès de sa mère.

— Il fallait bien que je trouve quelque chose. Et Dieu m'a montré la voie en mettant cette femme sur mon chemin.

— Tu m'as rendu complice de ton forfait ! explosa Aziz. Et sache que je ne le supporte pas. Cette femme est innocente, et… elle t'est attachée. Tu vas la faire souffrir.

Le cheikh serra les dents sans répondre. Devant son mutisme, le médecin poursuivit avec véhémence :

— As-tu réfléchi aux conséquences de ton acte ? Je n'ose même pas imaginer ce qui se passera si tu perds le combat. Mais si tu en sors vainqueur, ce que je souhaite, *Inshallah*, que feras-tu d'elle ? La rendras-tu aux siens ?

Kader demeura silencieux. *La rendre aux siens, c'était la perdre pour toujours.* Il sursauta malgré lui à cette pensée. Non, ce n'était pas une raison valable, ni acceptable pour la garder à l'oasis. Il ne pouvait tout simplement pas prendre le risque de la laisser partir. Le risque qu'elle divulgue tout aux Francs après avoir retrouvé la mémoire. Tant que la trêve tiendrait tout du moins. Ensuite, quand la guerre aurait repris, peu importeraient ses révélations, le mal serait fait.

— Tu m'as dit toi-même qu'elle m'était attachée, dit-il enfin. Je la garderai ici, près de moi.

— Je me demande ce que tu lui as dit pour la convaincre d'être à toi dans ces conditions.

— Douteriez-vous de mes capacités de séduction, cher maître ? répliqua Kader, un sourire narquois aux lèvres.

Aziz haussa les épaules d'un air méprisant.

— Certes non, je connais tes prouesses en ce domaine. Mais il ne s'agit pas ici de simple badinage. Il s'agit d'égarer une femme sans défense, et de risquer d'engager tout ton peuple dans la guerre.

Kader réprima un geste d'agacement. Il savait exactement de quoi il s'agissait mais, malgré tout ce qui pourrait en découler, cela en valait la peine. Hassan en valait la peine. Il sonda le médecin du regard. Celui-ci ignorait tout de son mensonge, seuls Sélim et Rania connaissaient ses plans. Pouvait-il lui avouer ce qu'il avait fait ? Non, le vieil homme ne lui pardonnerait pas, et Dieu sait comment il réagirait alors.

— Vous devriez être satisfait. Elle pourra vous aider au bimaristan, finit-il par dire.

— Prends garde à la vengeance du Très-Haut, mon fils! rétorqua Aziz, outré par tant de cynisme. Je te laisse à tes manigances. J'ai bien mieux à faire ailleurs.

Kader resta seul. Aziz ne lui pardonnerait certes pas, mais Aude encore moins quand elle saurait. Nulle femme au monde ne pourrait accepter d'avoir été bernée d'une si odieuse manière. Quant à lui, le moment venu, sera-t-il capable de la contraindre pour la garder à ses côtés? Il revit en pensée son sourire confiant, et son cœur se serra. Il était pris à son propre piège.

Impuissant à chasser la jeune femme de son esprit, il se força à se concentrer. Pour l'heure, il avait des choses plus urgentes à faire. Montvallon serait là d'un jour à l'autre et il devait être prêt à l'accueillir. Tout d'abord, il allait doubler la garde. Il bénit la trêve qui lui permettait d'avoir presque tous ses hommes sous la main. Certains étaient partis avec Saladin, mais la plupart étaient restés. Il les posterait bien en vue afin que ce chien puisse voir clairement les forces dont il disposait. Quant aux villageois, il les mettrait à l'abri. Ceux qui habitaient hors de l'enceinte seraient logés à l'intérieur, dans son palais s'il le fallait. Et si on en venait à se battre, ses fidèles Bédouins ne seraient pas loin. Il respira plus librement, satisfait. Tout se présentait pour le mieux. Il combattrait Montvallon à l'extérieur, sous la garde de ses hommes. Bien sûr, il ne fallait pas négliger la possibilité d'un coup bas de la part du Franc. N'avait-il pas agi avec Hassan comme le pire des misérables? Quoi qu'il arrive, il serait prêt. Même à accueillir la mort s'il le fallait. Il regrettait seulement que Sélim ne soit pas là pour voir sa vengeance s'accomplir. Il fit quelques pas dans la fraîcheur du soir. La journée s'achevait. Elle avait passé bien vite, et le temps ne tarderait pas à lui manquer. Demain il reprendrait sérieusement l'entraînement pour se préparer au combat. Mais avant, il lui restait encore une chose à faire : la prévenir, elle.

Kader lui avait fait savoir qu'il l'attendait pour dîner. Aude avait demandé à Samira de lui sortir cette magnifique tunique bleue qu'elle avait dédaignée à son arrivée. Elle était vraiment magnifique. Se vêtir de cette façon ne la gênait plus. Après tout, si elle avait accepté d'être la compagne du cheikh, elle devait également se plier aux coutumes locales. Tout du moins à quelques-unes. Une fois habillée, Samira commença de brosser sa longue chevelure fauve.

— *Kafi*, assez ! lança Aude au bout d'un moment. Sinon je n'aurai bientôt plus un seul cheveu sur la tête !

La petite servante éclata de rire et répondit en butant sur les mots :

— Pardon madame, je crois que cela n'arrivera pas... bientôt.

— Je l'espère pour toi, fit sa maîtresse en faisant mine d'être fâchée.

Devant son air consterné, elle la rassura. Cette enfant faisait de sacrés progrès et ce n'était pas le moment de la décourager. En quelques gestes, Samira finit de la coiffer puis l'invita à la suivre.

Aude s'étonna un peu en reconnaissant la grande pièce où Kader avait tenté sans succès de l'embrasser. Elle n'y était pas revenue depuis et pressentait que le moment était important s'il l'avait conviée ici. D'un signe, elle congédia sa compagne et entra, presque timidement. Manifestement le cheikh n'était pas encore arrivé. Elle examina l'endroit. Dehors, la nuit était tombée. Les veilleuses avaient été allumées et brûlaient doucement en diffusant un léger parfum ambré. Rien n'avait changé. Comme la première fois, la table avait été mise avec soin. Elle esquissa un sourire. Oui, tout était pareil. À la différence qu'elle connaissait maintenant exactement les noms et les goûts de tous ces plats. Elle s'approcha de la fenêtre. Le ciel aussi était le même, d'encre mais piqueté de centaines d'étoiles. Elle observa attentivement la voûte céleste et mit plusieurs minutes avant de retrouver sa constellation, Andromède. La spirale lumineuse brillait de tous ses feux. Son sourire s'accentua. Telle la princesse de la légende, elle était sauve. Et finalement, le cheikh s'était avéré être plutôt le courageux héros que la bête. Perdue dans ses pensées, elle ne l'entendit pas arriver. Lorsqu'elle se retourna, sa silhouette sombre se découpait, altière, dans l'encadrement de la porte. Il était si impressionnant qu'elle en eut le souffle coupé.

177

— Qu'avez-vous ma douce ? On dirait que vous venez de voir le diable en personne.

— Nullement, mon ami, rassurez-vous. Je me disais seulement que vous étiez ce prince, venu délivrer la pauvre Andromède de son cruel destin.

Kader s'avança. Il n'était certes pas le prince mais plutôt le monstre, ou encore le diable comme il venait de le suggérer. Il la contempla un instant. Elle avait mis la tunique bleue, celle qu'il avait choisie pour elle en vain les premiers jours. Depuis, il était parvenu à ses fins, mais à quel prix. Aziz avait bien raison de le fustiger. Pourtant il ne devait pas faiblir. Il devait sans faute terminer ce qu'il avait commencé.

— Vous vous trompez ma chère.

Aude pâlit légèrement. La lueur de cruauté qu'elle apercevait parfois dans son regard venait de réapparaître.

— Ma constellation n'est point celle de ce prince, de ce... Persée, précisa-t-il.

— Vraiment ? Alors, quelle est-elle ? questionna Aude, soulagée qu'il reste sur ce terrain.

Il s'approcha et le trouble familier envahit la jeune femme.

— Vous voyez ces quatre étoiles alignées ?

— Oui, je les vois, souffla-t-elle.

— On appelle cet amas la constellation de la flèche, *al sahm*. C'est celle que j'ai choisie, il y a bien longtemps.

— Oh ! elle est bien discrète pour un homme tel que vous !

— Certes, elle est discrète, mais d'une terrible efficacité. On dit qu'elle est la flèche d'Héraklès, qui tua le grand aigle, ou encore celle d'Apollon, qui anéantit les Cyclopes.

Aude frissonna. Kader ne songeait donc qu'à la guerre.

— Je vous reconnais bien là finalement, mon ami. Si je vous en crois, vos... ennemis n'ont qu'à bien se tenir.

Il se rapprocha davantage et l'enlaça tendrement.

— C'est aussi la flèche de Cupidon, *habibi*, le dieu de l'amour, murmura-t-il en lui prenant la bouche.

Comme à chaque fois, elle se laissa envahir par la vague de désir qui montait doucement de son ventre et lui rendit son baiser avec ferveur. Kader la lâcha non sans regret. Il n'était point temps de se laisser aller.

— Venez, dînons maintenant. Ensuite, j'aurai à vous parler. C'est important, mais vous verrez, rien de… très grave.

Aude s'attabla, inquiète. Le cheikh semblait lointain. Il se tenait raide sur le divan et ses yeux fuyaient son regard.

— Alors me direz-vous ce qui vous tourmente, mon ami ? Je sens bien que cela ne vous est pas aisé.

Kader lui fit face. Elle était si confiante, si vulnérable. Pourquoi devait-il lui faire du mal ? Il lui prit les mains.

— Voilà. Le comte de Montvallon, l'homme que vous avez fui, sait que vous êtes ici. Il va venir vous chercher.

Aude s'affaissa.

— N'ayez crainte, vous ne lui devez rien. Et je suis là, je vous protégerai.

— Me protéger ? Mais comment ?

Elle se mit à trembler et Kader lui serra plus fortement les mains. Elle n'avait aucun souvenir de cet homme, ce Montvallon. N'avait-il vraiment aucun droit sur sa personne ? Le cheikh ne connaissait de son passé que ce qu'elle lui avait rapporté. Et si elle avait menti, ou omis de lui préciser certaines choses ? Elle baissa les yeux.

— Regardez-moi, ma douce, et calmez-vous. Nous allons nous battre d'homme à homme… pour vous. Je vais gagner, et vous resterez avec moi.

— Vous battre pour moi ? Jamais, je ne le supporterai pas, dit-elle en retirant vivement ses mains. Je lui parlerai, il m'entendra peut-être.

— Surtout pas, ne faites pas cela. C'est un homme cruel. Vous devez au contraire rester à l'abri derrière ces murailles. Elles sont solides et ont déjà résisté à bien des assauts.

— Mais je… je ne veux pas que vous soyez blessé ou que vous perdiez la vie à cause de moi, balbutia-t-elle.

— Rien de tout cela n'arrivera, je gagnerai, vous verrez.

Aude le regarda. Comment pouvait-il être si sûr de sa victoire ?

— Est-ce à cause de votre constellation, de cette flèche, que vous pensez vaincre ?

— Elle atteint toujours son but.

La jeune femme se mordit les lèvres. Si c'était celle de Cupidon, elle avait effectivement atteint son but. Il fallait bien le reconnaître, elle était en train de tomber amoureuse de lui et ne voulait pas que tout s'arrête ainsi.

— Peut-être acceptera-t-il de... négocier ? De...

Les yeux de Kader flamboyèrent et il l'interrompit brutalement :

— Je ne me déroberai pas, c'est une question d'honneur.

Les mots lui brûlaient la bouche. C'était bien une question d'honneur, mais cela n'avait rien à voir avec elle.

— Vous... vous ne comprenez pas. Je... tiens à vous et je ne veux pas vous perdre, précisa-t-elle dans un souffle.

Le cheikh vacilla. Il comprenait parfaitement, et lui mentir une nouvelle fois, sur les raisons de son combat cette fois-ci, avait été presque au-dessus de ses forces. Les sentiments de sa maîtresse, qu'il piétinait allègrement, il en sentait l'écho dans sa chair même. Pourtant, il ne devait pas faiblir. Et pour cela, il n'y avait qu'un seul moyen.

— Vous ne me perdrez pas, *habibi*. Je... tiens à vous également. D'ailleurs, je vais vous le prouver sur-le-champ.

Et sans attendre sa réponse, il l'entraîna vers la chambre.

— Pardonnez-moi, ma douce. Je... ne sais pas ce qui m'a pris, murmura Kader presque gêné, comme Aude reposait près de lui, après l'amour. J'aurais dû vous prévenir avant de vous faire partager cette brusque... fantaisie.

— Cela était si... sauvage et si inattendu que... j'en ai été surprise, il est vrai.

— Mais... vous avez aimé ?

La jeune femme s'empourpra. C'était la première fois que le cheikh la prenait ainsi, par-derrière. Enfin... la première fois dont elle se souvenait. Lorsqu'il l'avait retournée sur le ventre, presque brutalement, elle avait résisté. Mais très vite, alors qu'il revenait en elle, le plaisir était monté, plus vif et plus précis. Et quand il l'avait plaquée sous lui, elle s'était abandonnée, le corps en feu et l'âme dans les étoiles.

— Je crois que... finalement je n'ai pas détesté, répondit-elle d'une voix à peine audible.

Kader se pencha sur elle. La posséder de cette manière n'avait guère endurci son cœur, bien au contraire. Et elle était si belle ainsi, les cheveux déployés autour de son corps alangui, que le regret de ne pas l'avoir vue jouir le poigna d'un coup. Qui sait s'ils auraient encore l'occasion de partager d'autres nuits telles que celle-ci avant le combat ?

— Dormons maintenant. De rudes moments nous attendent. Et je n'aimerais pas vous perdre à cause d'une nuit trop... agitée, fit-il avec un pauvre sourire.

— Je ne le souhaiterais pas non plus, mon ami, assurément.

Aude se cala plus commodément entre les draps. À sa grande surprise, Kader s'endormit presque instantanément. L'habitude du soldat, songea-t-elle en soupirant. Demain ou le jour suivant, il allait risquer sa vie pour elle. Mais le valait-elle vraiment ? Si elle avait été la maîtresse de ce comte vil et cruel, n'était-elle pas une femme de peu ? Une catin qui allait sans vergogne vers le plus offrant ? Elle se redressa légèrement en prenant bien soin de ne pas réveiller son amant. Dans la pénombre, les yeux clos, il semblait presque inoffensif mais elle savait quel homme il était. D'une main hésitante, elle lui caressa doucement la joue. Sous ses doigts, sa barbe de jais était aussi douce que sa peau. Elle l'aimait. Depuis quand exactement ? Impossible de le savoir vraiment. Elle maudit cette mémoire qui la fuyait puis se reprit. Le temps ne comptait pas. Son amour était une certitude, ici et maintenant. C'était tout ce qui importait.

Un peu à l'écart du camp, Gauthier de Montvallon observait d'un air déterminé l'oasis de la Source qui s'étendait devant lui à moins d'un demi-mille. Quelque part dans cet écrin de verdure, au cœur du désert, se trouvait Aude de Chécy. Sans doute se terrait-elle dans le fort qu'il apercevait, dressé à l'est, à moins qu'elle ne soit retenue contre son gré dans quelque geôle ou lieu sordide par cet obscur cheikh ibn Saleh. Il eut un sourire mauvais. Cela n'avait guère d'importance. Bientôt elle serait à lui de nouveau, et ce Sarrasin disparaîtrait de la surface de la terre.

— Cet endroit est impressionnant, n'est-ce pas ? Après toutes ces heures passées à galoper dans la poussière, il en est presque... réconfortant, constata Sibylle de Jérusalem qui avait tenu à effectuer le voyage en selle, aux côtés de ses hommes.

Montvallon se tourna vers elle, l'air furieux. Pourquoi venait-elle interrompre sa réflexion si c'était pour lui dire de telles inepties ?

— Réconfortant ! Vous voulez dire plutôt indécent, madame. Cet endroit ne devrait pas exister. Ou plutôt il devrait être à nous, au même titre que les autres cités et forteresses de ce pays.

Désireuse de ne pas s'engager sur ce terrain pour le moment, la princesse ne releva pas.

— Ah, voici Baudouinet qui vient vers nous ! Ce petit a l'air bien fatigué, même s'il s'efforce de n'en rien montrer.

En quelques secondes, son expression avait changé du tout au tout. De tendue et sévère, elle était devenue presque tendre. Désormais familier de ces brusques revirements, Montvallon ne s'en étonna guère. Il fixa la frêle silhouette qui s'avançait. Pâle et les yeux cernés, l'enfant souriait à sa mère. Le guerrier qu'il était ne put s'empêcher de lui jeter un regard de mépris. Jamais cet avorton ne saurait diriger le royaume. Le visage fermé, il s'inclina négligemment avant de reprendre son poste d'observation. Après tout, avec un peu de chance, le petit roi n'atteindrait pas sa majorité. Avec un peu de chance ou... un petit coup de pouce au destin.

— Mon fils, approchez donc, fit la princesse. Avez-vous fait bon voyage et n'avez-vous point été trop secoué dans cette litière ?

— Un peu, mère, répondit l'enfant. Mais... la prochaine fois je souhaiterais chevaucher à vos côtés, sur l'un de vos étalons.

Sibylle de Jérusalem éclata de rire en lui caressant délicatement les cheveux qui lui tombaient presque au milieu du dos.

— Oh ! nous sommes bien du même sang tous les deux ! C'est promis. Bientôt, vous chevaucherez comme un grand, comme le roi que vous êtes. Mais, en attendant, il est l'heure d'aller vous reposer. Notre tente est montée, et j'aperçois votre nourrice près de l'entrée.

L'enfant embrassa prestement sa mère et courut vers la jeune femme qui l'attendait. La princesse le suivit des yeux avant de rejoindre Montvallon. L'attitude de son vassal ne lui avait pas échappé. Il avait bien peu de considération pour son fils et aucun respect pour sa personne. Elle se redressa. Même s'il était peu opportun de poursuivre leur conversation, elle se devait de le rappeler à l'ordre et de montrer qui commandait.

— Cet endroit est fort tentant, messire, j'en conviens. Cependant, je ne tolérerai aucun écart de votre part. N'oubliez pas pourquoi nous sommes là aujourd'hui. Il ne s'agit pas de conquérir un fief, mais une femme.

— Et pourquoi non, madame ? Il pourrait bien s'agir des deux après tout, insista le comte, peu soucieux de l'avertissement. Si j'en crois mes yeux, nous sommes en nombre suffisant pour prendre cet endroit. Mes hommes sont robustes et biens armés, ils...

— N'avez-vous donc point entendu ce que je viens de vous dire ? l'interrompit la princesse, furieuse. La paix règne en ce moment. Nous discuterons d'abord avec ce cheikh, et trouverons très certainement un terrain d'entente. Vous récupérerez votre... compagne et nous repartirons.

Montvallon ouvrit la bouche pour protester puis se ravisa. Mieux valait obtempérer, tout du moins pour le moment. Après avoir remis la main sur Aude de Chécy, il tuerait le Sarrasin et s'emparerait de la place. Son escorte valait bien celle de la princesse, et il n'aurait certainement aucune peine à rallier l'armée royale une fois son ennemi éliminé. Sibylle n'était qu'une femme, ignorante de la guerre, et de la soif de combat qui s'invitait inévitablement lorsque la victoire était proche.

— Le sujet est clos, ajouta cette dernière d'un ton définitif. Il est d'ailleurs temps de rejoindre les nôtres.

Et, à ces mots, elle s'en revint au camp, l'air contrarié. Décidément, ce comte devenait dangereux. Dieu sait comment les choses auraient pu tourner si elle ne s'était pas trouvée à Blancastel au moment où il avait appris cette étonnante nouvelle concernant sa maîtresse. Désireuse de se calmer avant de rejoindre son fils, elle déambula un moment parmi les tentes. Partout, les hommes s'activaient. Certains auprès des chevaux, d'autres à la forge de campagne, montée en moins d'une heure. Les armes brillaient sous la lumière encore vaillante de cette fin d'après-midi. Et les visages, bien que fatigués par le voyage, affichaient un air de confiance qui ne trompait pas. Sans doute les soldats étaient-ils prêts à en découdre. Mais il n'en serait rien. Elle fixa l'étendard de Jérusalem, d'argent à croix d'or, fièrement dressé près de celui, plus modeste, de Montvallon. Non, il ne serait pas dit que la guerre reprendrait en ce lieu. Il était bien trop tôt. Le roi n'était encore qu'un enfant, et Saladin toujours bien trop dangereux, même si son intérêt semblait s'être porté sur la conquête d'autres territoires.

19

— Un homme et... une femme approchent seigneur, lança la sentinelle à Kader qui finissait d'inspecter ses défenses.

Les Francs étaient là depuis la veille. Une bonne centaine de soldats et plusieurs chevaliers accompagnés de leur suite, à en juger par la taille de leur camp installé à la lisière de son territoire. Il avait réussi. Montvallon était tombé dans son piège. Mais cette femme, que faisait-elle donc ici ? Le cheikh réprima un geste d'impatience. C'était une affaire d'hommes, une affaire entre lui et ce maudit chien. Il monta quatre à quatre les marches de pierre qui menaient au chemin de ronde et déboucha bientôt sur les remparts. Au risque de tomber, il se pencha sur le parapet et fixa l'horizon. Effectivement, un homme et une femme s'avançaient, entourés de leur escorte respective. Il plissa les yeux. L'homme était bien Montvallon, il n'y avait aucun doute possible. Mais la femme lui était inconnue. Montée sur une haquenée à la robe presque entièrement blanche, elle caracolait gracieusement près du comte.

— Ce sont les couleurs de Jérusalem, lui souffla son jeune second qui l'avait suivi.

— Par Dieu, tu as raison ! Alors cette femme serait... la princesse en personne ?

Kader jura, furieux. Pourquoi se mêlait-elle de cette histoire ? Elle risquait de tout gâcher. Il distinguait maintenant ses traits altiers et sa robe de tissu précieux. Quant à Montvallon, il était armé de pied en cap. Son armure étincelait sous le soleil et une lourde épée pesait à son côté. Le cheikh se redressa. Au même

185

moment, le groupe s'arrêta et le comte s'avança. Il leva la tête, examinant son adversaire.

— Cheikh Kader ibn Saleh je présume, lança-t-il d'une voix puissante.

— Moi-même, messire. À qui ai-je l'honneur ?

Le comte fulminait. Cet homme se moquait délibérément de lui.

— Vous savez parfaitement qui je suis.

— Non, vraiment, je ne vois pas monsieur. Je reconnais certes les couleurs de Jérusalem, mais point les vôtres.

— Eh bien, je vais vous dire qui je suis. Je suis Gauthier de Montvallon, seigneur de Blancastel ou de... Qasr al-Charak, si vous préférez.

Kader fit mine de réfléchir avant de lancer :

— Enchanté messire, j'ai... ouï-dire de vous, en effet. Et... que faites-vous si loin de votre fief ?

— Je suis venu chercher ce qui m'appartient.

— Ce qui vous appartient ? Vous faites erreur seigneur. Il n'y a rien qui soit à vous ici.

La monture de Montvallon fit un écart et celui-ci tira violemment sur les rênes. L'animal hennit de douleur.

— Ne faites pas l'innocent. Vous savez parfaitement ce dont je parle. Vous détenez entre vos murs une femme du nom d'Aude de Chécy, et cette femme m'appartient.

— Ah, vous parlez donc de la jeune personne que j'ai recueillie il y a quelque temps ? Elle m'a effectivement parlé de vous messire, en termes disons... peu élogieux. Sachez qu'elle est mon invitée et, à ce titre, sous ma protection.

— Vous mentez, rugit le comte. Vous la séquestrez. Et vous m'en rendrez compte. Moi et mes hommes n'en resterons pas là.

— Vous rompriez donc la trêve pour une femme ? questionna Kader en ricanant.

Montvallon soupira bruyamment. Seul, il n'aurait pas balancé, et aurait attaqué sans la moindre hésitation. Cet affront ne pouvait se régler que de cette manière. Mais avec la princesse à ses côtés, il n'avait guère de latitude et devait être patient. Inquiète de l'agitation du comte et du tour que prenait la situation, celle-ci prit la parole :

— Cher seigneur, je suis Sibylle de Jérusalem, commença-t-elle.

Kader s'inclina.

— Je sais qui vous êtes, altesse.

— J'accompagne ici... mon vassal. Je partage votre point de vue, une femme ne saurait être à l'origine d'une reprise de la guerre entre nos deux peuples.

— Sauf votre respect, je n'ai pas été si... affirmatif, madame. Ce n'était qu'une question. D'ailleurs, la chose ne serait pas nouvelle. Souvenez-vous d'Hélène de Troie.

La princesse regarda le cheikh avec curiosité. Cet homme sorti de nulle part connaissait donc l'histoire des anciens Grecs ?

— Il me semble que l'affaire est de moindre importance, et pourrait se régler sans dommage, monsieur.

— Je vous écoute, altesse.

— Avant toute chose, il ne serait pas inutile que la principale intéressée s'exprime. N'êtes-vous pas de mon avis ?

Kader serra les dents. Son plan ne se déroulait plus du tout comme prévu. Si Aude arrivait à convaincre cette femme, celle-ci risquait fort d'intimer au comte d'en rester là. Et adieu le combat singulier tant attendu ! Il pesta une nouvelle fois en silence. Il n'avait pas le choix. Il devait céder pour montrer sa bonne foi.

— Si fait, cela me paraît tout à fait raisonnable. Si vous daignez vous avancer... tous les deux, mes hommes vous escorteront dans la grande salle.

La princesse esquissa un sourire tandis que le comte se crispait de nouveau sur sa monture. Lui non plus n'était pas satisfait du cours pris par les événements. Le regard haineux, il interpella le cheikh :

— Qui nous dit que vous ne nous garderez pas prisonniers ?

— Vous m'offensez messire. Je n'oserais point porter atteinte à la sécurité de la mère de votre roi, ni... à la vôtre d'ailleurs. Et, à vrai dire, cela ne me semblerait guère raisonnable, ajouta-t-il en balayant d'un regard le rang serré de soldats ennemis plantés devant la forteresse.

— Fort bien, nous venons, lança Sibylle pour couper court à toute discussion.

Kader se détourna pour ordonner à ses hommes d'ouvrir la grande porte puis se pencha vers son second.

— Va trouver Rania ibn Saleh et dis-lui d'amener la Franque dans la salle d'apparat. Qu'elle la prévienne que le comte de Montvallon est ici, avec la princesse de Jérusalem, et qu'ils souhaitent lui parler. Qu'elle la rassure. Elle ne risque rien tant qu'elle est dans ses murs, avec moi.

En voyant Aude arriver d'un pas hésitant, Kader sentit sa tension s'accroître. Elle avait revêtu sa robe blanche toute simple que Samira avait agrémentée d'une ceinture brodée. Ses cheveux fauves, arrangés en chignon, dégageaient son visage aux traits parfaits. Elle était si pâle que ses yeux paraissaient deux joyaux sombres et sa bouche un fruit trop mûr. Lorsqu'elle s'arrêta, il retint sa respiration. L'atmosphère s'était soudain alourdie dans la grande salle. Tous étaient suspendus aux lèvres de la nouvelle venue.

Après plusieurs secondes d'un silence pesant, la princesse lança enfin :

— Il se peut après tout que vous ayez raison, messieurs. La beauté de madame vaut bien une bataille.

Le comte se raidit à ses côtés. Était-ce ironie ou revirement de sa part ? Quoi qu'il en soit, ce n'était guère le moment de raisonner. Et d'ailleurs, pourquoi faire toutes ces manières pour une catin ?

— Pourrions-nous en venir au fait ? dit-il hargneusement. Vous vouliez savoir si… madame était là de son plein gré. Il me semble que vous avez la réponse sous les yeux. Elle est morte de peur.

Aude serra les poings. Si elle ne se reprenait pas, tout serait perdu. Elle fixa l'homme qui venait de parler. Aucun doute possible, c'était bien celui de son rêve, le cavalier à la cicatrice. Pourquoi donc Kader lui avait-il affirmé qu'il n'existait que dans son imagination ? Désireuse de parer au plus pressé, elle écarta cette idée de son esprit et se concentra sur celui qui lui faisait face. À le détailler ainsi, aucun souvenir ne lui venait. Pourtant l'angoisse montait en elle, insidieusement. Quittant Montvallon du regard, elle s'adressa à la princesse :

— Je suis votre servante, altesse. Que... souhaitez-vous savoir exactement ?

— J'aimerais que vous me disiez ce qui vous a conduit jusqu'ici. Votre situation est... peu habituelle, convenez-en. Une femme de votre qualité, seule parmi nos... ennemis d'hier, n'est point chose courante.

— Madame, il n'est nul besoin de vous tourmenter. Je suis là sans contrainte aucune et de ma propre volonté. Après avoir... quitté monsieur de Montvallon, mes pas m'ont portée en ce palais.

La princesse arqua délicatement ses sourcils en penchant la tête sur le côté.

— Vraiment ma chère ? Pourriez-vous être plus précise s'il vous plaît ? Ma curiosité a été grandement aiguisée par votre aventure et elle est loin d'être satisfaite.

Aude déglutit et riva son regard sur Kader. Imperturbable, il semblait l'avoir abandonnée. Un mauvais pressentiment l'envahit. Une fois de plus, elle le repoussa. Peut-être jugeait-il plus opportun de ne pas intervenir ?

— J'étais égarée, dans le désert, et le cheikh ibn Saleh m'a recueillie. Nous sommes en paix à ce qu'il paraît et n'ai point trouvé matière à m'inquiéter. Pour le moment cette... situation me convient tout à fait. Je... j'ai trouvé ici ce qu'il me manquait.

— N'as-tu pas honte de tes paroles, ingrate ! hurla Montvallon en s'avançant vers elle. Je t'ai tout donné, richesse, honneurs. Avec moi tu ne manquais de rien, et tu étais en sécurité.

La jeune femme recula. Comment avait-elle pu appartenir à cet homme ? Déformé par la colère, son visage n'avait plus rien d'humain, tandis que ses poings serrés semblaient prêts à frapper.

— Je vous prie de ne point effrayer mon invitée, s'il vous plaît, dit Kader en s'interposant.

— Oh vous, répondit Montvallon en le toisant. Croyez-vous que je ne voie point clair dans votre jeu ?

Les deux hommes s'affrontèrent du regard.

— Vous nous prenez nos femmes à défaut d'avoir conquis nos forteresses. Mais celle-ci ne vaut rien, sachez-le.

Aude blêmit sous l'insulte du comte tandis que Kader rétorquait d'une voix dangereusement calme :

— Vous êtes pourtant venu jusqu'ici, messire.

— Une catin, c'est ce qu'elle est, et vous le savez parfaitement. Elle est... assez douée cela dit. Vous en conviendrez certainement.

— Il suffit, répliqua Kader, ma patience a des limites. Vos allégations sont intolérables. Vous devez m'en rendre compte, sans tarder.

Le cheikh exultait. Enfin il avait là l'occasion de provoquer son ennemi. Il se tourna vers la princesse.

— Nul besoin d'une bataille finalement, madame, un combat suffira.

Sibylle de Jérusalem tressaillit, cet homme venait de lui donner bien malgré lui la solution. Elle le jaugea un court instant. Sensiblement de même taille que le comte, il était certes plus mince mais la sauvagerie qu'elle lisait dans ses yeux valait bien celle de l'autre.

— Pourquoi devrais-je me battre avec vous alors que je suis de bonne foi ? s'insurgea Montvallon. Je n'ai rien à gagner dans ce combat. Cette femme est déjà à moi.

La princesse s'avança. Sa décision était prise. Avec un peu de chance le Sarrasin vaincrait, et elle serait débarrassée à tout jamais de celui dont l'ambition menaçait son fils.

— Je crois que vous devriez accepter, messire comte.

— Accepter ? Mais c'est un piège.

Kader frémit. Ce chien ne croyait pas si bien dire.

— Vous êtes allé trop loin, mon cher. Notre... hôte est en droit de se croire insulté.

— Mais qui nous dit que cette femme ne s'exprime pas sous la contrainte ? insista Montvallon, furieux de devoir se soumettre. Je la connais, elle est bien trop couarde pour oser tenir tête à son geôlier.

— Eh bien... il n'y a qu'une façon de le savoir. Battez-vous mes seigneurs, et madame choisira, en toute liberté, de suivre ou non le vainqueur. À partir de maintenant, elle est avec moi et ne me quitte plus. Je la déclare sous protection royale.

— Mais je..., commença Aude, affolée.

— C'est la meilleure solution madame, vous ne voudriez pas être la cause d'une reprise des hostilités, je présume ?

— La princesse a raison, approuva le cheikh en s'adressant à sa maîtresse. N'ayez crainte, si je perds, vous ne serez pas obligée de retourner avec cet homme.

— Mais ce... ce n'est pas ainsi que cela doit se passer Kader, bredouilla Aude les larmes aux yeux.

Pour la première fois depuis qu'elle était entrée dans la grande salle, elle vit le regard de son amant s'adoucir. Il lui prit le visage entre les mains.

— Je gagnerai, n'ayez crainte. Demain avant midi, nous serons débarrassés de lui pour toujours. Et vous reviendrez avec moi, ici même.

Montvallon foudroya Kader du regard. Ce maudit Sarrasin ne l'effrayait pas, n'avait-il pas massacré nombre des siens, à Montgisard ? Il devait seulement changer son plan. D'abord le tuer, puis récupérer la garce et s'emparer de cet endroit. Cela ne devrait pas être très compliqué. Connaître la place n'était pas un mince avantage. Dès son retour au camp, il donnerait des ordres à ses hommes.

— Vous êtes bien sûr de vous... monsieur, lança-t-il d'une voix haineuse. Faites attention néanmoins. J'ai à mon actif bien plus de victoires que de défaites, et nombre des vôtres pourrissent en terre pour avoir osé se mesurer à moi, ou même pour avoir simplement croisé ma route.

Le cheikh vacilla au souvenir du sort subi par son frère mais répondit fermement :

— Je vous laisse le choix des armes, comte. Vous en informerez mon second, ici présent. Nous combattrons demain, au lever du jour, au pied de la forteresse.

Aude regarda autour d'elle avec circonspection. Elle était seule dans une minuscule tente qui jouxtait celle de la princesse et de son fils. Meublé d'un lit et de quelques pliants, l'endroit ressemblait davantage aux quartiers d'un humble chevalier qu'à une suite royale. La jeune femme s'avança vers la sortie et souleva le pan de toile qui en barrait l'accès. Des hommes armés aux couleurs de Jérusalem veillaient à quelques pas.

Elle frissonna. Depuis le matin, son existence était de nouveau bouleversée. À son réveil dans le grand lit, la place de Kader était déjà froide à ses côtés. Inquiète et l'esprit encore embrumé de sommeil, elle avait vu Samira débouler dans la chambre sans même la saluer. La jeune servante l'avait pressée de se lever puis préparée en silence, l'air fermé. Quand Rania était venue la chercher, elle avait enfin compris. Le cheikh ne l'avait-il pas prévenue que ce moment était proche ?

Elle laissa retomber la toile de tente d'un geste las. Elle avait échoué à convaincre la princesse et, à cause de son manque d'ardeur, son amant allait certainement perdre la vie. Comment pourrait-il vaincre face à Montvallon ? Cet homme paraissait taillé pour affronter une armée. Si seulement elle avait pu recouvrer la mémoire avant de le rencontrer, tout aurait été différent ! Mais non, hormis quelques bribes de son enfance sur lesquelles elle se méprenait peut-être, rien ne lui était revenu. Même Sibylle de Jérusalem, dont la personnalité était pourtant bien loin de passer inaperçue, lui demeurait étrangère. Et à vrai dire tout à fait singulière. Ne s'était-elle pas rangée du côté de l'ennemi en approuvant Kader ?

Elle soupira douloureusement. Décidément, tout lui échappait. Plus tôt, dans la grande salle, quelque chose s'était joué, dont elle n'avait saisi ni le sens ni la raison. Des gémissements d'enfant et les notes d'une voix grave interrompirent soudain le cours de ses pensées. Elle prêta l'oreille et reconnut le timbre bien particulier de la princesse. Le petit roi souffrait-il ? Désireuse d'aider et de fuir cet endroit par trop étouffant, elle se dirigea de nouveau vers l'entrée de la tente. Les gardes l'arrêtèrent sitôt le seuil franchi.

— Je souhaiterais visiter la princesse et son fils, messieurs. Il… me semble avoir entendu des pleurs que je pourrais peut-être aider à apaiser.

Les deux hommes échangèrent un regard. Familiers des crises de l'enfant, ils n'étaient guère émus par sa détresse. Mais pouvaient-ils laisser une étrangère voir ce triste spectacle ?

— Votre petit maître semble mal en point. Je puis peut-être le soulager, insista Aude.

— Bien, allez ici, madame, dit enfin l'un des gardes.

Elle s'approcha du lit où reposait le malade sans dire un mot. La princesse avait ôté ses voiles. Penchée sur son fils, sa longue chevelure épandue sur les épaules, elle semblait tout à coup plus fragile. Lorsqu'elle tourna la tête, alertée par le bruit, Aude fut surprise par son air ravagé.

— Que faites-vous là ? questionna Sibylle en se redressant. Je pensais que vous souhaitiez prendre quelque repos avant le combat de demain.

— Pardonnez-moi madame, je... j'ai entendu les pleurs du roi, et suis venue voir si je pouvais vous être de quelque secours. J'ai... certaines connaissances en matière médicale. Ici, au palais, nous disposons d'un hôpital dans lequel j'ai pu exercer.

La princesse se ressaisit aussitôt.

— Ainsi, voici donc à quoi vous occupiez votre temps. Je pensais que... ce cheikh et vous consacriez vos journées à d'autres... distractions.

Aude rougit sous l'allusion.

— Mais... les nuits vous suffisaient peut-être. Allons madame, reprit-elle devant son air gêné, oubliez ces quelques mots par trop déplacés, et voyez plutôt si vous pouvez soulager mon pauvre enfant. J'ai l'impression que ses troubles ne sont point ceux qu'il ressent habituellement. Il doit souffrir d'une autre affection.

La jeune femme s'agenouilla au chevet du petit malade et lui tâta le front. Sa peau était moite et froide, ses joues souillées.

— A-t-il vomi, madame ?

— Oui, tout à l'heure. Sa nourrice est allée nettoyer sa bassine. Depuis il est tout pâle, et je ne sais que faire.

— Le voyage jusqu'ici a sans doute été long et éprouvant. La chaleur est insupportable ces jours-ci. Je pense qu'il souffre d'un manque d'hydratation. Il... faudrait le faire boire, et lui donner du sel afin que son corps retienne l'eau qu'il aura avalée.

La princesse haussa les sourcils d'un air étonné. Sa plus grande terreur était que l'on attente à la vie de son fils. L'empoisonner aurait été aisé au cours de ce voyage mouvementé, et ce Montvallon lui semblait tout à fait homme à franchir le pas.

Ne soutenait-il pas le parti de son mari et celui du Temple ? Mais si cette femme disait vrai, elle s'était inquiétée pour rien. Quant à trouver du sel, rien de plus simple. Un peu rassérénée, elle diligenta sur-le-champ la nourrice qui s'en revenait auprès du cuisinier installé quelques tentes plus loin.

— Votre... science est impressionnante, madame, reconnut-elle quelques minutes plus tard avec soulagement en constatant que son fils reprenait des couleurs après avoir bu un simple verre d'eau salée. Il est vrai que tout cela vous est familier, depuis fort longtemps je crois. Le comte m'a dit qu'il vous avait trouvée dans cet asile où vous aidiez les sœurs à soulager les indigents.

Aude se figea.

— Le comte vous a...

— Oui, mais n'ayez crainte, il ne m'a point révélé vos secrets, la rassura Sibylle de Jérusalem en se méprenant sur la panique qu'elle lisait dans son regard. Bien, poursuivit-elle en se levant. Il faudrait que je m'absente quelque temps pour aller voir mes hommes. Pourriez-vous rester auprès du roi ?

— Bien sûr, je vais rester madame, n'ayez nulle inquiétude.

Le cœur battant, Aude tentait tant bien que mal de se reprendre. *Elle n'était pas qu'une catin.* Comment avait-elle pu cacher à Kader la femme qu'elle était vraiment, lorsqu'il l'avait recueillie, après sa fuite et avant ce maudit accident près du bassin ? Cela lui semblait impossible. Sauf si...

Le petit roi ouvrit les yeux et réclama à manger. Elle lui fit avaler quelques bouchées de fromage frais que la nourrice avait fait apporter puis l'aida à se rallonger. Sauf si elle s'était donnée à un homme qu'elle ne connaissait pas, à un homme qui lui mentait. Elle chancela, horrifiée par sa découverte. Son corps l'avait-il leurrée à ce point, avide de justifier sa présence dans ce lieu insolite ? Elle était seule au monde. Sans passé, sans histoire, sans avenir tant qu'elle ne saurait pas quelle avait été sa vie d'avant. Sa gorge se serra devant l'évidence. Autour d'elle, tous et toutes étaient à leur place, exactement. La nourrice qui s'affairait, les gardes devant la porte de toile, la princesse auprès de ses hommes. Une place qu'ils acceptaient, et dont ils appréciaient parfaitement la mesure. Demain, le cheikh mourrait ou vaincrait, Montvallon s'en sortirait ou serait massacré. Mais elle-même chercherait toujours des réponses à ses questions.

20

— Par Dieu Sélim, que fais-tu là ? interrogea Kader, étonné de voir son ami. Et d'abord, comment es-tu entré ?

— Cela n'est pas bien difficile pour qui connaît les bonnes personnes. Ta belle-sœur a fait prévenir la garde qui m'a ouvert la porte dérobée, à l'arrière, celle près des écuries.

Rania ! Il aurait dû se douter qu'elle appellerait le Damascène à la rescousse. Kader posa son sabre. Désireux d'être préparé au mieux, il avait passé l'après-midi dans la salle d'armes.

— Tu es venu pour me faire changer d'avis ? C'est trop tard, le combat est pour demain.

Sélim regarda le cheikh d'un air accablé. Malgré ses multiples mises en garde, il était arrivé à ses fins.

— Tout s'est donc passé comme tu l'as voulu, dit-il en soupirant. Cependant, même si tu vaincs, crois-tu que tu t'en sortiras si facilement ? C'est une véritable armée qui campe à tes portes.

— Je m'en sortirai. La princesse semble être du côté du régent, et elle est venue en force. Si Montvallon meurt, nul doute que ses hommes rejoindront les rangs de Jérusalem. Tout restera en ordre et la paix sera préservée.

— Tu es bien optimiste, Kader. Et si...

Un soldat arriva en courant, interrompant leur conversation.

— Seigneur, le Franc a choisi, peina-t-il à articuler tant il était essoufflé. Ce sera le fléau d'armes.

Sélim fit la grimace. Cette arme était peu usitée en Orient. Constituée d'une lourde masse de fer sphérique rattachée à un manche par une chaîne métallique, elle était redoutable entre les mains de qui savait la manier. Et nul doute que Montvallon en maîtrisait parfaitement la technique.

— Ne fais pas cette tête, le rassura Kader. Tu crois peut-être que j'ignore comment me servir de cet engin ? Certes, j'aurais préféré le sabre ou même l'épée, mais je m'accommoderai parfaitement du choix du comte. Il sera sans doute très surpris lorsqu'il verra comment je me débrouille.

— Tu... as déjà utilisé ce type d'arme ?

— Tu sembles oublier que j'ai été formé à bonne école. L'esclave franc de mon père, qui m'a appris bien des choses, m'a initié à toutes les techniques de combat. Vois, dit-il en se dirigeant vers le fond de la salle, j'en ai là un spécimen qui a certes peu servi mais dont je connais chaque pouce de métal.

Et, joignant le geste à la parole, il s'empara du fléau qu'il fit tournoyer au-dessus de sa tête avant d'en frapper un lourd poteau de bois surmonté d'un bouclier. Le poteau manqua de s'abattre sous la violence du coup.

— Impressionnant, reconnut Sélim. Puis-je t'aider à... quoi que ce soit ?

— Luttons un peu mon ami. Ce genre de combat se termine souvent au corps à corps.

Enfermés dans la salle d'armes, ils s'entraînèrent jusque tard dans la nuit. Lorsque Kader regagna sa chambre, il s'étonna presque de ne pas y trouver Aude. L'ardeur de la lutte lui avait fait oublier son départ. Puis il se souvint. Elle était en sûreté. Loin de lui certes, de l'autre côté des murailles, mais en sécurité. Enfin, c'est ce qu'il espérait. Pouvait-il réellement faire confiance à Sibylle de Jérusalem ? Sélim lui avait dit qu'elle avait rencontré plusieurs fois Saladin en secret et qu'ensemble ils avaient échangé nombre d'idées sur les terres pour lesquelles ils se battaient. Il s'allongea sur le grand lit et respira longuement les draps de soie. L'odeur de sa maîtresse les avait imprégnés aussi sûrement que la rosée pénétrait le sable au matin. Il prononça plusieurs fois son nom à voix basse dans le silence. Elle lui manquait terriblement.

Aude examina le rectangle de terre qui avait été aménagé durant la nuit. Là se déroulerait le combat qui scellerait le sort du cheikh. Et le sien. Large de plusieurs pieds et long d'une vingtaine de coudées, il lui paraissait ridiculement petit. Délimité par de grosses pierres noires, il laisserait juste la place aux deux hommes de s'affronter. De part et d'autre avaient été installés des bancs de bois sur lesquels s'impatientaient déjà les spectateurs. D'un côté les lieutenants et familiers de Kader, de l'autre la princesse, entourée de quelques chevaliers. Le petit roi, toujours affaibli, était resté auprès de sa nourrice. Assise juste à la gauche de Sibylle de Jérusalem, elle serait aux premières loges pour voir son amant vaincre ou mourir. Elle leva la tête. Les archers du cheikh étaient postés en haut des murailles et n'hésiteraient pas à tirer à la moindre alerte. Derrière eux, le ciel du petit matin virait au rose. Le soleil apparaîtrait bientôt. Il ne lui faudrait pas plus d'une heure pour baigner le champ clos improvisé d'une lumière crue. Mais dans une heure, tout serait terminé.

Kader entra en lice. Elle retint son souffle. Même si cet homme lui mentait, il se battait pour elle. Intriguée par son étrange accoutrement, elle le détailla avec appréhension. Par-dessus une fine cotte de maille, il avait revêtu une sorte de tunique faite de poils de chèvre ou de chameau. Chaussé de hautes bottes et les mains gantées de cuir épais, il était nu-tête, le visage exposé. L'inquiétude la submergea tout à fait. Il lui paraissait bien peu protégé pour affronter un ennemi tel que Montvallon.

— Oh ! je vois que le comte a choisi la masse, ou plutôt le fléau d'armes, remarqua à côté d'elle la princesse impressionnée. Instrument redoutable s'il en est, qui nous promet un affrontement des plus excitants. Un seul coup bien porté est capable d'arracher la tête du meilleur des chevaliers.

Aude pâlit. Pourquoi Kader avait-il laissé à son adversaire le choix des armes ? N'était-ce pas lui qui était agressé ? À moins que la vérité ne soit pas tout à fait celle-ci. Elle chassa instantanément cette idée de son esprit. Pour le moment il ne s'agissait pas de comprendre. Il s'agissait de la vie de son amant, et tout son être lui criait qu'il était en grand danger.

— Comment se fait-il qu'il soit vêtu de cette manière ? demanda-t-elle dans un souffle à sa voisine. Il semble si vulnérable ainsi.

— Vous ne comprenez pas ma chère ? Je croyais pourtant que vous étiez familière des tournois.

Elle sursauta. Que voulait dire au juste la princesse ?

— Cette arme a vite fait d'enfoncer le métal des armures, même des plus solides, enchaîna Sibylle de Jérusalem. Vous ne voudriez pas que votre... champion soit blessé par sa propre protection au risque de ne plus pouvoir faire le moindre mouvement ?

— Certes non, altesse, répondit Aude d'une voix presque inaudible.

Effondrée par ces explications, elle reporta son attention sur Kader. L'un de ses hommes lui lançait un bouclier. Il l'attrapa d'un geste sûr et, les bras levés, fit lentement le tour de la place. Tandis que tous les regards étaient tournés vers lui, le comte fit enfin son apparition. Contrairement au cheikh, il avait revêtu une partie de son armure. Son torse était bardé de fer et ses mollets protégés par des jambières métalliques. Dans ses mains de géant, l'imposant fléau semblait n'être qu'un jouet destiné à amuser la foule.

Une clameur monta doucement et elle ferma les yeux. Le combat allait commencer. Un frisson la parcourut. Tout son être refusait d'assister à ce spectacle. Il ne s'agissait pas seulement de fuir ce moment mais d'éviter autre chose, dont la nature lui échappait. Elle contracta les paupières pour ne pas être tentée de regarder ; si fort que des éclairs lumineux l'éblouirent, comme si un orage se déchaînait à l'intérieur de son crâne. Terrifiée, elle étouffa un gémissement de crainte. Allait-elle perdre la vue alors que son passé persistait à se dérober ? À ses côtés, Sibylle de Jérusalem bougea légèrement. Juste assez pour la ramener à la réalité. Peu à peu les éclairs s'espacèrent puis s'estompèrent avant de disparaître.

Un peu rassérénée, elle s'apprêtait à ouvrir les yeux lorsqu'un flot d'images envahit son esprit, lui coupant le souffle. La mémoire lui revenait, brute et dense. Sa mère tout d'abord, la coiffant longuement en chantonnant, puis son père aux champs pour la

199

moisson ou encore victorieux et fier sur son destrier, et enfin ce chevalier blessé qu'on emmenait comme elle se trouvait près de Montvallon sur l'estrade seigneuriale. La princesse avait raison. Elle était familière des tournois. Et le comte faisait partie de sa vie. Elle serra les poings tandis que d'autres images déferlaient, jusqu'à sa fuite et cet accident en plein désert, où elle se trouvait seule, au milieu d'une nature hostile. Sa tête se mit à tourner et elle s'agrippa à son siège pour ne pas tomber. Il n'y avait nulle trace de Kader dans ses souvenirs. Elle ouvrit les yeux. Les deux hommes étaient face à face et se jaugeaient d'un air farouche. Ils s'observaient afin de savoir qui frapperait le premier. Elle fixa le cheikh. Tout était faux. Il ne savait rien de son existence. Il ne ressentait rien pour elle. Il ne la défendait pas contre le comte. Alors, à quoi rimait tout ceci ? Elle se leva à demi puis se rassit. Il était trop tard pour échapper à la suite. Résignée, elle se força à regarder le combat qui commençait.

Montvallon leva son fléau et fondit sur son adversaire. Kader para le coup avec son bouclier qui trembla dans sa main gantée. Il fléchit légèrement. La masse avait failli passer par-dessus l'écu d'acier. Il attaqua à son tour mais le comte esquiva en baissant la tête. Emporté en avant par le poids de son arme, le cheikh manqua de tomber. Une rumeur s'éleva et Aude tressaillit. Mais il reprit bien vite son équilibre, prêt à poursuivre la lutte. Familier du maniement du fléau, Montvallon assénait des coups puissants et précis que Kader, plus souple, évitait en se déplaçant. À ce petit jeu, le comte semblait se fatiguer davantage. Aussi, quand il recula d'un pas lourd pour prendre son élan, le cheikh fonça droit sur lui pour tenter de lui enlever son bouclier. Les deux hommes se heurtèrent dans un fracas métallique et les écus tombèrent à leurs pieds. Désormais sans protection, ils n'avaient plus qu'une solution : attaquer, car ils ne pouvaient plus parer. Kader se précipita le premier mais son fléau ne fit qu'effleurer l'armure du comte qui s'enfonça sans causer de dommage. Furieux de s'être fait surprendre, Montvallon s'avança à son tour et abattit sa masse sur l'épaule du cheikh qui tomba à genoux. Sélim et Rania se levèrent d'un même ensemble tandis qu'Aude poussait un cri qui raisonna dans l'arène silencieuse.

Le comte respira plus librement. Enfin son ennemi avait plié. Dans quelques instants, il lui exploserait le crâne et son sang rougirait cette terre qui bientôt lui appartiendrait. Malgré la solide défense du Sarrasin, il avait déployé discrètement ses hommes. Ceux-ci n'attendaient que son signal pour attaquer. Nul doute qu'à la mort de leur chef, la panique s'installerait dans les rangs adverses. Il lui serait facile alors de mener les siens à l'assaut. Sûr de sa victoire, il souleva sa masse pour assener le coup fatal.

Kader serra les dents, le temps que l'onde de douleur se propage le long de son bras. S'il échouait, Hassan ne serait pas vengé. Pourtant, lorsqu'il vit le fléau du comte s'abattre de nouveau sur lui, ce ne fut pas le visage de son frère qui se matérialisa devant lui mais celui de sa maîtresse. Son cri l'avait dévasté, et il refusait que cette histoire finisse ainsi, dans la poussière de ce champ clos. Au prix d'un ultime effort, il leva les bras en avant en tendant son arme à la manière d'un bâton, la masse dans une main et le manche dans l'autre. Comme il l'espérait, la chaîne de son adversaire s'enroula autour du fléau tendu et, lorsqu'il tira d'un coup sec, Montvallon fut soudain désarmé. Hurlant de rage, ce dernier extirpa aussitôt de sa jambière un long poignard affûté. Le combat n'était pas terminé. Kader se leva en titubant, son fléau à la main. Désormais, il ne se battait plus pour Hassan mais pour elle, pour Aude. Et il devait vivre pour elle, pour rester avec elle, pour sentir encore son corps chaud contre le sien. Il lui dirait tout. S'il l'emportait, il lui parlerait. Et remettrait sa vie entre ses mains. C'est à elle que son existence appartenait, non à ce Franc répugnant. Déterminé à vaincre, il évita de justesse le coup mortel et, passant derrière le comte, lui enroula la chaîne du fléau autour de la gorge. Surpris par cette attaque, celui-ci esquissa un geste d'impuissance avant de jeter son poignard à terre puis de tenter de se dégager, en vain. Rassemblant ses forces une dernière fois, Kader serra sans pitié. Un craquement sec se fit entendre, et Montvallon s'écroula à ses pieds, mort. Il contempla un moment le corps

201

inerte de son ennemi, avant de s'évanouir et de tomber à son tour sur le sable encore froid.

Aude s'affaissa sur son siège. Son tourmenteur n'était plus. Seul restait l'homme qu'elle aimait mais qui l'avait trahie.

— Je crois que votre champion a gagné, ma chère, constata Sibylle de Jérusalem admirative. Ferez-vous le choix de rester près de lui ? C'est un homme courageux et fort vaillant.

Négligeant de répondre, la jeune femme se redressa et considéra Kader allongé sur le sol. Aziz s'activait déjà près de lui. Puis deux de ses hommes le soulevèrent et l'emportèrent vers le fort. Partagée entre l'angoisse et la colère, elle hésitait à le rejoindre. Enfin elle se décida. Il fallait qu'elle sache.

— Alors, s'impatienta la princesse, que décidez-vous ?

— Je... ne sais, madame. Mais permettez-moi de vous laisser. Permettez-moi de me rendre auprès du cheikh. Il semble grièvement blessé.

— Allez-y ma chère. Vous reviendrez me dire adieu si vous restez, n'est-ce pas ? Nous partirons tantôt. J'aimerais que Baudouinet se repose davantage. Il est encore très faible.

— Certainement madame, répondit Aude en s'inclinant.

Et elle courut pour rattraper Rania qui s'engouffrait à son tour dans la forteresse. Elle la héla juste avant qu'elle ne disparaisse de sa vue.

— Madame... madame..., Kader est-il sérieusement atteint ?

Rania se retourna. Elle avait presque oublié la Franque. Pâle malgré sa course, Aude de Chécy semblait prête à défaillir, mais elle avait dans le regard une assurance nouvelle.

— La blessure est importante mais nullement mortelle, il s'en sortira, n'ayez crainte.

— Je... souhaiterais le voir, maintenant.

— Il a perdu conscience, cela peut attendre. Accompagnez-moi plutôt au harem, nous prendrons une collation avec les enfants.

Aude se mordit les lèvres. Il n'était pas question de céder.

— Non madame.

Rania resta perplexe. Décidément quelque chose n'allait pas.

Il n'y avait presque rien de commun entre la femme qu'elle avait menée tremblante, la veille, devant les Francs, et celle qui se tenait là, ferme et déterminée.

— Venez avec moi alors, finit-elle par répondre. Aziz l'a fait conduire au bimaristan pour le soigner.

Les deux femmes se dirigèrent vers l'hôpital d'un pas rapide. Kader avait été installé dans l'une des petites chambres. Toujours inconscient, il était allongé sur le côté. Penché sur lui, le vieux médecin se préparait à panser sa blessure. Aude se tourna vers Rania.

— J'aimerais le veiller, madame, seule. Pourriez-vous le dire à Aziz ?

— Mais...

— S'il vous plaît, la coupa-t-elle.

La jeune veuve s'exécuta de mauvaise grâce. Malgré des échanges parfois houleux, Aude de Chécy avait toujours été courtoise. Était-ce le fait d'avoir retrouvé les siens qui la rendait presque agressive ?

— Aziz vous autorise à rester près de lui... seule, annonça-t-elle quelques instants plus tard l'air contrarié. Il reviendra dans une heure. En attendant, s'il se passe quelque chose, il vous demande de l'appeler, immédiatement.

— Bien, répondit Aude. Je le ferai.

Une fois le médecin et Rania sortis, elle s'approcha du lit. Kader était complètement à sa merci. Comme elle l'avait été quelques semaines plus tôt. Elle effleura son front. Comment avait-il pu profiter d'elle, la leurrer durant tout ce temps ? Et pour quelle raison l'avait-il fait ? Il bougea légèrement. La souffrance se lisait sur son beau visage mais elle ne parvenait pas à s'attendrir. Il lui avait fait trop de mal. Elle retira sa main et se détourna pour se diriger vers la fenêtre qui donnait sur la cour principale. Dehors, malgré l'agitation ambiante, le petit peuple du fort vaquait à ses occupations et les soldats veillaient, imperturbables. Le soleil, désormais haut dans le ciel, faisait briller de mille feux la coupole d'or du palais, tandis que les murs roses se découpaient sur le ciel pur et sans nuage. *L'oasis d'Al Aïn.* Elle avait vécu plus d'un mois dans ce lieu, et tout ceci n'était qu'illusion.

203

— Vous êtes là madame, l'entendit-elle soudain murmurer dans son dos.

Elle se retourna, sursautant malgré elle au son de sa voix. Le cheikh la contemplait, un sourire aux lèvres. Nulle agressivité dans ses yeux sombres, juste de la douceur. Son cœur manqua un battement. C'était la première fois qu'il lui adressait un tel regard.

— Ce fut un rude combat monsieur, dit-elle seulement en regagnant son chevet.

Kader s'inquiéta. Son ton était aussi froid que la lame d'un poignard.

— Oui, en effet.

Il tenta de se redresser mais gémit de douleur. Aude ne fit pas un geste pour l'aider.

— Ma douce, je... dois vous dire quelque chose, articula-t-il péniblement.

— Moi aussi, seigneur, je souhaiterais vous entretenir.

Elle laissa un instant ses yeux errer sur son épaule meurtrie. Le moment était sans doute mal choisi pour avoir une explication, mais elle n'avait pas le choix.

— Avant tout, commença-t-elle, j'aimerais savoir... pour quoi et pour qui vous vous êtes battu, ce jourd'hui.

Le cheikh la dévisagea. Il sentait la fébrilité qui l'agitait malgré sa réserve. Se doutait-elle de quelque chose ? Quoi qu'il en soit, il lui devait la vérité, il se l'était promis.

— Je me suis battu pour vous mais aussi... pour mon frère.

— Votre frère ?

— Je... je n'ai pas été tout à fait honnête avec vous, avoua-t-il.

Aude exhala un soupir. Enfin, il reconnaissait l'avoir trompée, même si mêler son frère à tout cela lui paraissait bien étrange.

— Non, effectivement, vous ne l'avez pas été monsieur. Je sais tout.

— Vous ne savez rien ma douce.

Soucieux de la convaincre et de la retenir près de lui, il lui agrippa le bras malgré la souffrance. La jeune femme se dégagea d'un geste brusque.

— Lâchez-moi s'il vous plaît. J'ai retrouvé mes souvenirs,

tous mes souvenirs, et vous n'en faites pas partie. Je ne vous connais pas.

— Je sais.

Elle le considéra avec étonnement. Cela ne lui ressemblait guère d'être si conciliant. Le combat, qui avait affaibli son corps, avait-il aussi altéré son esprit ? Peut-être après tout. Elle était bien placée pour savoir que les choses ne tenaient à rien. Un simple choc sur la tête et toute une existence s'effaçait, d'un seul coup.

— Vous vous êtes servi de moi, poursuivit-elle néanmoins. Pourquoi ?

— Montvallon, ce chien, a occis mon frère il y a deux ans. Je voulais me venger mais impossible avec cette trêve. Je... vous avais vue à ce tournoi, aussi quand Sélim vous a trouvée, seule et blessée, j'ai eu cette idée, cette idée de me servir de vous.

Aude frissonna. Elle avait cru que le comte était le plus terrible des hommes mais le cheikh le surpassait.

— Souvenez-vous, j'étais ce paysan à qui vous avez tendu l'enfant.

Ainsi il était cet homme chez qui elle avait cru déceler un peu de compassion, un peu d'humanité. Mais elle s'était fourvoyée. Il l'avait trompée, manipulée, anéantie. Elle serra les poings, désireuse de combattre la détresse qui, lentement, montait.

— Et moi, je vous faisais confiance. J'ai cru naïvement à cette histoire de statue et d'étoiles. Je... je vous aimais ! lança-t-elle les yeux étincelants.

Kader retint son souffle. Il savait tout cela. Mais après cet énorme gâchis, était-il encore temps de lui avouer ses sentiments, de se déclarer à son tour ? Sa raison lui dictait d'être prudent tandis que son cœur lui criait le contraire.

— Quand ce Franc a levé sa masse, j'ai compris. Je devais vivre pour vous. Je ne veux pas vous perdre, Aude. Je...

Elle l'arrêta d'un geste, furieuse.

—Vous dites cela pour vous protéger monsieur, encore une fois. Votre cœur est aussi sec que le sable du désert, je le sais mieux que quiconque. Auriez-vous donc peur que je dévoile

205

vos plans ? L'armée de Jérusalem vous assiégerait, vous le savez parfaitement.

Le cheikh pâlit. Il n'y avait nul calcul dans ses paroles mais Aude était bien trop bouleversée pour le comprendre.

— Vous avez ma vie et celle de mon peuple entre vos mains, souffla-t-il seulement, résigné à ne pas insister davantage. Quelle que soit votre décision, je la comprendrai.

— N'ayez crainte, nul ne saura rien de vos... manigances. Ce serait bien trop dangereux pour tout le monde, pour les vôtres et les miens. Mais sachez que je vous méprise pour ce que vous avez fait, et que... je ne resterai pas une minute de plus ici.

Il s'affola.

— Vous partez ? Mais... où irez-vous donc ?

— Je vais retourner d'où je viens, répondit-elle sèchement en se levant. Je vais retourner chez moi.

Ses yeux se posèrent de nouveau sur l'imposant bandage qui lui barrait le haut du torse avant de revenir sur son visage.

— Prenez-soin de vous, monsieur.

Et elle quitta la chambre sans attendre, de peur de voir sa résolution faiblir. Une fois dans la cour, elle se heurta à Rania qui faisait les cent pas.

— Je m'en vais madame. Je ne sais quel rôle vous avez joué dans cette histoire, lui jeta-t-elle d'une voix vibrante, mais sachez que... j'ai été heureuse de vous connaître. Et que je vous souhaite le meilleur, à vous et à vos fils.

Rania la regarda avec stupeur. La Franque paraissait ébranlée. Avait-elle retrouvé la mémoire ou son beau-frère s'était-il enfin décidé à lui avouer la vérité ?

— J'ignore ce que Kader vous a raconté, madame, mais... ce que je sais c'est... qu'il tient à vous, énormément.

— Non, je ne crois pas. Il aime une chimère, cachée au cœur des sables, à l'abri des regards des hommes.

La jeune veuve haussa les sourcils d'un air étonné.

— Demandez-lui donc, madame, il vous expliquera. Et, s'il vous plaît, ajouta-t-elle avant de s'éloigner, pourrez-vous dire au revoir à Samira de ma part ?

Sibylle de Jérusalem apposa d'un geste ample sa signature au bas de la missive adressée à Raymond de Tripoli. Elle pouvait être satisfaite. La matinée avait été éprouvante mais tout s'était finalement passé au mieux. Elle s'était débarrassée de Montvallon et avait réussi à calmer ses troupes, prêtes à passer à l'action. Bien sûr, il avait fallu doubler la solde des hommes et promettre quelques arpents de terre supplémentaires aux chevaliers, mais ce n'était qu'un moindre mal. Le cheikh, de son côté, une fois le comte mis hors d'état de nuire, n'avait rien tenté de plus. Son second les avait fait raccompagner au camp et leur avait même fourni quelques outres d'eau potable pour le voyage de retour. Elle relut sa lettre avant de la sabler pour fixer l'encre. Lorsque le régent en aurait connaissance, il ferait ce qu'il faudrait. Il mettrait un homme de paix à Blancastel. Quant à son époux, elle s'en chargerait dès son retour. Un sourire de dédain étira ses lèvres pleines. Il n'y avait aucune inquiétude à avoir à ce sujet. Comme elle s'apprêtait à confier le pli à son homme de confiance, l'un des gardes en faction devant sa tente annonça Aude de Chécy.

— Ainsi vous tenez votre promesse, ma chère ? lança-t-elle à sa visiteuse.

Aude s'avança.

— Quelle promesse, votre altesse ?

— Me dire adieu bien sûr !

— Madame, je… ne suis point venue vous dire adieu. Je suis venue vous demander de m'emmener avec vous… loin d'ici.

La princesse l'examina, surprise. Elle aurait pourtant juré que la jeune femme ne quitterait pas Kader ibn Saleh.

— Vous ne souhaitez pas rester avec le cheikh ?

— Non madame, répondit Aude d'une voix ferme.

— Le comte avait donc raison ? Cet homme vous a enlevée, contrainte peut-être ?

— Non, ce n'est pas cela.

— J'avoue que je ne comprends pas. Il s'est battu et… a failli mourir pour vous. J'ai vu la façon dont il vous regardait hier. Vous ne lui êtes pas indifférente.

Aude soupira. Décidément, tout le monde se trompait au sujet

207

de Kader. Il n'était qu'un menteur, incapable de sentiments, tout du moins à son égard.

— Vous m'avez donné le choix madame. Je ne pensais pas avoir à me justifier.

Sibylle de Jérusalem hocha la tête sans conviction. Que diable s'était-il passé entre ces deux-là ? Après tout, cela ne la regardait pas. Elle avait eu ce qu'elle voulait.

— Bien, vous avez raison, ma chère. Vous n'avez nullement à le faire. Mais, vous voilà bien démunie, réalisa-t-elle soudain. N'avez-vous point quelque bagage ?

— Non je suis arrivée ici sans rien, ou presque. J'ai quitté le comte précipitamment comprenez-vous, et je... repars de même.

La princesse n'insista pas. Une idée venait de surgir dans son esprit.

— Je... vous demanderai seulement de me conduire dans cet asile, ajouta Aude, là où est ma place désormais.

— Vraiment ? J'avais songé à autre chose pour vous, madame. Baudouinet se remet grâce à vos soins. Tout à l'heure, il vous a demandée. Il apprécie votre présence. Que diriez-vous de rester près de moi quelque temps ? Vous seriez attachée à mon fils. Sa nourrice est quelquefois un peu... distraite. Vous ne seriez pas trop de deux pour veiller sur lui.

— Oh ! je... j'en serais très honorée, altesse. Mais... je n'ai point l'habitude de la cour. Et après tout ce qu'il vient de se passer, ici, je crains que...

— Allons, ne vous faites pas prier, vous n'avez rien à craindre, répliqua chaleureusement la princesse. Certes, l'on s'interrogera à votre sujet un jour ou deux, puis cela passera. La cour n'est sans doute pas un endroit de tout repos, mais vous vous y ferez très vite. Et vous êtes toujours sous protection royale, ne l'oubliez pas. Vous pourrez rejoindre les sœurs plus tard si cela vous agrée.

Accomplir le rêve de ses parents, voir Jérusalem, toucher le tombeau du Christ. Et se retrouver parmi son peuple, loin de Kader, loin du désert. La proposition était tentante. D'autant plus que sa présence ne serait pas inutile. Le petit roi avait besoin d'attentions, et elle pourrait sans doute l'aider. Aude s'accorda encore quelques secondes de réflexion puis darda un regard décidé sur Sibylle de Jérusalem.

— J'accepte madame, avec grand plaisir.

21

Damas, résidence de Sélim, janvier 1186

Les premiers flocons de neige commençaient à voleter dans le ciel gris. Chaudement emmitouflés dans des caftans de laine épaisse, Kader et Sélim étaient sortis sur la terrasse qui surplombait la ville pour admirer le spectacle.

— La neige ne tiendra pas, remarqua le Damascène. Et c'est heureux pour toi, sinon il t'aurait fallu différer ton voyage à Jérusalem.

Kader se pencha par-dessus la balustrade. Après avoir gracieusement tourbillonné dans les airs, les flocons venaient mourir sur le sol où ils se mêlaient à la boue des ruelles.

— Tu as raison, mais c'est bien dommage. J'ai rarement eu l'occasion d'observer ce phénomène lors de mes campagnes avec Saladin. Deux ou trois fois seulement, dans le nord, chez les montagnards du Kurdistan, j'ai vu le sol couvert de neige et les grands arbres habillés de majestueux manteaux blancs. C'était extraordinaire ! Même à Mossoul ces derniers jours, alors que nous bivouaquions au pied des premiers sommets, le temps était plutôt doux pour la saison.

— L'hiver est au contraire particulièrement froid cette année dans nos plaines, constata Sélim. Viens, rentrons, et raconte-moi par le menu ce qu'il s'est passé depuis que j'ai quitté le camp du sultan.

Une fois à l'intérieur, ils s'installèrent confortablement sur l'un des divans auprès desquels avaient été disposés des braseros. Kader était arrivé à Damas le matin même, tandis que Sélim avait regagné sa résidence depuis déjà plusieurs semaines. Dès les premiers jours de septembre, une fois guéri de sa blessure, le cheikh avait décidé de repartir avec son ami aux côtés de Saladin. La conquête du nord ne se passait pas aussi bien que prévue.

Durant l'été, malgré ses certitudes, le sultan avait échoué devant Mossoul. Il avait pourtant détourné les eaux du fleuve Tigre pour assoiffer les habitants de la région mais la chaleur était si forte que ses soldats n'avaient pas été en état de combattre. Dépité, il avait dû renoncer et revoir sa stratégie. Kader et Sélim étaient arrivés un peu plus tard et, ensemble, ils avaient conquis plusieurs cités et petits royaumes isolés. Ces victoires avaient attiré les alliés plus sûrement que des promesses. Les ambassades étaient venues de toutes parts, le sultan de Perse lui-même avait envoyé ses plus fidèles émissaires. En novembre, Saladin avait hésité : devait-il retourner à Damas ou rester sur place ? Il avait finalement décidé de rester et de prendre ses quartiers d'hiver près de Mossoul. Il pourrait ainsi relancer le siège de la ville au printemps pour espérer enfin la conquérir. Désireux néanmoins de savoir si tout se passait bien dans la capitale en son absence, il y avait diligenté Sélim en le chargeant de lui rapporter la moindre anomalie ou le moindre manquement des hommes qu'il avait mis en place.

— À vrai dire les choses ont peu bougé au nord depuis ton départ, commença Kader. Tu es parti juste au début du Ramadan. Saladin a pris du repos et reçu de nouveaux ambassadeurs. Dans l'attente de la conquête de Mossoul, son intérêt se porte vers l'est, il veut rallier tous les Kurdes, et pas seulement ceux de sa tribu. Ensuite seulement il se retournera contre les Francs. Pour l'instant il respecte la trêve et a même poussé le jeu à me confier cette mission.

— Et donc, le sultan t'a chargé de ravitailler nos ennemis !

— Oui, aussi étonnant que cela puisse paraître. Il paraît que... Sibylle de Jérusalem elle-même l'a appelé à l'aide, juste après Noël, la grande fête des Chrétiens. L'été a été particulièrement chaud en Palestine. Plantes et céréales ont brûlé sur pied, ruinant les récoltes. Les habitants de la cité royale n'ont plus rien à se mettre sous la dent. Ils en sont réduits à manger les chiens et les rats, dit-on.

— Vraiment ? Et que comptes-tu leur apporter ?

— Du blé, de l'orge et des dattes, selon les instructions de notre chef.

Sélim fit la moue. Il savait parfaitement que les greniers et entrepôts de Damas étaient pleins, contrairement à ceux des Francs. Ceux-ci avaient trop peu de terre pour subvenir à leurs besoins alors que les siens pouvaient compter sur les ressources de nombreux territoires dont ils avaient fait la conquête. Pourtant, quelque chose le gênait.

— Mais... je ne comprends pas. Pourquoi Saladin consent-il à les aider ? Ne devrait-il pas plutôt chercher à les affaiblir pour les forcer à partir ? Avec ce froid, il est certain qu'ils ne tiendraient pas longtemps sans nourriture... disons... décente.

— Le sultan doit craindre que le peuple affamé ne se retourne contre le régent et pousse à la guerre, avança le cheikh. Or nous ne sommes pas encore tout à fait prêts.

— Hum, tu as sans doute raison ! Et... il t'a choisi, toi, malgré ce qui s'est passé cet été avec Montvallon.

— Oui, malgré cela. Il sait que je connais la princesse. Il a dû penser que j'étais le plus indiqué pour mener à bien cette mission. C'est... la seule explication valable que j'ai trouvée.

— Quoi qu'il en soit, tu as dû te faire pas mal d'ennemis parmi les partisans du comte. Alors, fais bien attention à toi !

— À tes ordres, mon ami, répliqua Kader un brin ironique. Je ne souhaite guère m'attarder parmi ces gens et je me tiendrai sur mes gardes, ne t'inquiète pas. Tout se passera bien.

— Je l'espère, fit Sélim sceptique.

Il se tut quelques instants, l'air soudain gêné. Une question lui brûlait les lèvres.

— Et... elle ? Crois-tu qu'elle soit auprès de Sibylle, à Jérusalem ?

— Elle ? Tu veux dire... Aude, Aude de Chécy ?

Le Damascène acquiesça d'un mouvement de la tête. Kader laissa son regard errer au loin quelques instants avant de répondre.

— Je ne sais. Elle... ne m'a pas dit grand-chose, seulement

qu'elle rentrait chez elle. Mais je... j'ignore d'où elle vient. Cependant, je ne pense pas qu'elle soit jamais allée là-bas, à Jérusalem. La princesse ne la connaissait pas. Elle... n'a donc aucune raison d'y être.

Sa voix s'était brisée. Il ne savait rien d'elle. Cette femme lui avait ravi son cœur et il ne la connaissait pas. Accablé par ce constat, il se leva pour faire quelques pas. Le souvenir d'Aude de Chécy était comme une brûlure. Lorsqu'elle était partie, il avait sombré dans le délire, et Aziz avait craint pour sa vie. Rania et le vieux médecin l'avaient soigné nuit et jour tandis que Sélim refusait de rejoindre le sultan tant que son ami serait entre la vie et la mort. Son corps avait fini par guérir mais son esprit restait atteint.

— Tu dois l'oublier, Kader.

— Je... n'y arrive pas. Je pense à elle à chaque instant. Son image me suit partout. Je la vois sous mes paupières lorsque je ferme les yeux. Elle hante mes rêves... et ma vie.

— Tu n'y arrives pas ou tu ne le veux pas ? Je m'étonne, mon ami. Tu es toujours si volontaire, si courageux. Il n'est pas dans tes habitudes de geindre et de te morfondre.

Le cheikh lui sourit tristement.

— Tu ne comprends pas, cette souffrance m'est douce quelquefois. Aude est loin, mais ainsi elle est à moi tout entière, telle que je la veux.

— Mais tu es fou ! s'exclama Sélim, atterré par sa réponse.

— Oui, tu as raison, je suis fou, fou d'elle. Comme Qays l'était de Layla. Souviens-toi des paroles du poète à la femme tant aimée qui se précipite enfin pour le rejoindre : « Pourquoi troubler ainsi mon repos ? Éloigne-toi que je puisse à chaque instant penser sans entrave à l'amour de Layla ».

— Par Dieu, ce n'est qu'un conte Kader, reprends-toi ! Nul homme de chair ne se comporte ainsi. Tu lui as fait du mal, beaucoup de mal en agissant comme tu l'as fait. Loin de toi elle essaye sans doute de se reconstruire et tu dois faire de même, l'oublier, aller de l'avant.

— Mais... je l'aime ! Comment faut-il donc que je te le dise ?

Sélim retint son souffle. Son ami, amoureux d'une Franque,

la maîtresse de Montvallon de surcroît ? Il avait un peu de mal à y croire.

— Il fallait penser aux conséquences de tes actes si tu avais des sentiments pour elle, reprit-il plus doucement devant son air effondré. Heureusement pour toi, cette histoire s'est bien terminée. Dieu t'a protégé malgré tes mensonges. Et maintenant tu dois passer à autre chose, je te le répète. D'ailleurs je vais t'en donner l'occasion. Dans deux jours, nous sommes invités chez le Grand cadi. Tu sais comme il régale. Il y aura des danseuses et la porte de son harem ne sera pas tout à fait close...

— Je n'ai aucune envie de voir cet homme, on ne peut pas lui faire confiance. Ses jugements sont le plus souvent faussés par ses propres intérêts.

— Justement, c'est pour cela que nous y allons. Pour lui montrer que nous le tenons à l'œil. Saladin lui-même m'a demandé de le surveiller. Mais... il n'est pas interdit de joindre l'utile à l'agréable.

Sélim guetta la réaction de Kader avec curiosité. Son ami n'était-il pas toujours le premier à séduire les femmes et à les mettre dans son lit, aussi facilement que le faucon du désert happait ses proies en plein vol, sans leur donner la moindre chance d'en réchapper ? À sa réponse, il verrait bien si son amour était aussi profond qu'il le prétendait.

— J'ai changé, répondit le cheikh comme s'il lisait dans ses pensées. N'as-tu donc rien compris à tout ce que je t'ai dit ? Les concubines du cadi ne m'intéressent pas plus que leur maître. Mais... tu parles peut-être pour toi ? ajouta-t-il en le fixant d'un air narquois. Aurais-tu quelque... houri en vue ?

Le Damascène pinça les lèvres. Décidément, Aude de Chécy avait fait bien des ravages. Quant à lui, il avait des projets qu'il était grand temps de confier à son compagnon.

— Non, je... j'ai autre chose en tête. Avec Rania nous avons passé ensemble de longs moments au bimaristan pour te soigner. Jour après jour nous avons partagé nos craintes et nos angoisses. Cette épreuve nous a rapprochés. Je l'ai revue à mon retour à Damas et nous avons pris une décision, tout du moins... si tu es d'accord. Nous souhaiterions nous marier.

— Enfin ! Je me demandais quand tu m'annoncerais cette nouvelle.

— Nous voulions attendre le temps nécessaire après la mort de Hassan. Tu sais comme Rania lui était attachée mais elle a besoin d'un père pour ses fils et... je suis là. J'espère que tu n'es pas... froissé par notre projet.

— Bien au contraire, cela me rend heureux, répondit le cheikh en lui donnant l'accolade. Les jumeaux t'adorent. Et Rania sera une bonne épouse.

La fête battait son plein lorsque Kader et Salim arrivèrent chez le cadi, le grand juge de Damas. On les introduisit cérémonieusement dans la salle de réception. Tous les invités étaient déjà présents. Il y avait là les hommes les plus influents de la cité. Installés sur des divans couverts de soieries, ils dégustaient des plats raffinés ou sirotaient de grands verres de vin d'Arménie. Certains, à demi allongés, fumaient le narguilé les yeux mi-clos. Les deux amis s'installèrent et aussitôt, d'un geste discret, le cadi fit signe aux musiciens d'arrêter de jouer. Il allait prendre la parole.

— Et maintenant mes frères, mon cadeau. J'ai fait venir d'Égypte, spécialement pour vous ce soir, une danseuse exceptionnelle, qui vous fera oublier l'hiver et le froid, et vous enivrera plus sûrement que le meilleur de mes vins. Elle est la rose du Nil, la préférée du gouverneur du Caire.

— Tu vois, dit Sélim à voix basse, tu ne vas pas t'ennuyer.

— Je te l'ai dit, cela ne m'intéresse pas, rétorqua Kader. Je préférerais m'en aller, ajouta-t-il en faisant mine de se lever. Tu sais que je pars demain pour Jérusalem. Il serait sans doute préférable que je me repose ce soir, au lieu de perdre mon temps ici, parmi tous ces... ivrognes libidineux.

— Tu exagères ! Reste avec moi, nous rentrerons un peu plus tard. Si nous sommes là, c'est aussi pour servir le sultan. Alors aide-moi s'il te plaît. Et souris, le cadi nous regarde.

Le cheikh ébaucha une esquisse de sourire puis se rassit en maugréant.

Le petit orchestre, composé de flûtes, de tambourins et

215

de quelques cordes, attaqua les premières notes. C'était une musique drue, sensuelle, presque primitive, inconnue au Levant où l'oreille était davantage habituée aux sons doux et fluides du luth. La danseuse entra, entièrement voilée de gaze. Sous le fin tissu transparent, on devinait son bustier serré qui s'arrêtait juste sous la poitrine et son sarouel largement ouvert sur les côtés. Elle exécuta quelques pas en glissant autour de la salle tandis que ses bras, chargés de bracelets d'argent, jouaient avec son voile. Lorsqu'elle eut suffisamment capté l'attention de son public, elle se plaça au centre de la pièce et, tout en tournoyant voluptueusement, se débarrassa de l'encombrant tissu en quelques gestes gracieux. Les hommes retinrent leur souffle. Elle avait la peau brune et mate, un corps parfait, une chair à la fois dense et généreuse. Sa poitrine, comprimée par le bustier, était pleine et ronde. Sous sa taille mince, ses hanches, soulignées par une haute ceinture délicatement ouvragée, s'épanouissaient harmonieusement. Son corps se mit à onduler langoureusement au son des flûtes auxquelles se mêlaient les accords du qanun, posé sur les genoux d'un vieux musicien. Puis les tambours prirent le relais et son bassin commença à s'agiter frénétiquement. Elle leva les bras et pencha la tête en arrière. Un même soupir jaillit des poitrines masculines à la respiration fébrile. Lorsqu'elle se redressa, elle entreprit de tourner lentement sur elle-même en se balançant.

Kader étouffa un bâillement. Il avait déjà vu de telles danseuses au Caire et connaissait parfaitement leur savoir-faire. Elles pouvaient faire entrer un homme en transe et le conduire jusqu'à l'extase sans qu'il n'ait même caressé un pouce de chair. Soudain, comme il ne s'y attendait pas, elle piqua droit sur lui et, d'un geste plein de défi, arracha le petit voile qui lui couvrait encore le bas du visage. Elle était magnifique. Sa bouche, pulpeuse et très rouge, annonçait des plaisirs interdits. Le cheikh sursauta, plus embarrassé que séduit. Elle s'approcha davantage et se pencha vers lui tout en jouant de sa poitrine. Un parfum de rose s'exhalait de son bustier. Kader leva la tête et la danseuse le défia du regard. Il tressaillit de nouveau. Un autre regard lui apparut soudain, anéantissant celui de la femme qui s'exhibait.

Il recula involontairement sur son siège. La danseuse plissa les yeux et son visage se durcit l'espace d'un instant. Celui qu'elle avait choisi d'honorer se refusait. Mais elle n'était pas une débutante. Elle s'approcha d'un vieillard et lui refit sa scène de séduction. Lorsqu'il tendit les mains pour la toucher elle s'éloigna en souriant, l'air triomphant.

À pas lents, elle revint au milieu de la salle et recommença ses balancements suggestifs. Le feu courait dans les veines des hommes tandis que la musique se faisait de plus en plus lancinante. La sueur commençait à couler sur la peau mate de la danseuse et ses seins alourdissaient la soie de son bustier. Après plusieurs figures particulièrement osées, elle ôta son sarouel d'un geste sec. Sa ceinture ne soutenait plus qu'une étroite bande de tissu tout juste assez large pour dissimuler son sexe. Ses jambes, brunes et musclées, s'agitaient au rythme des tambourins tandis que ses mains fouaillaient ses épais cheveux noirs qui lui tombaient jusqu'aux reins. Plusieurs hommes, pâmés, semblaient au bord de la jouissance. Les yeux voilés par le désir, ils détaillaient son corps sans pudeur. Avides, leurs regards se nichaient au creux de sa poitrine et exploraient son entrejambe. Les pieds nus posés au sol, elle avançait maintenant par saccades, genoux écartés. Elle se planta de nouveau devant Kader et fit lentement un tour complet sur elle-même en se déhanchant de plus belle. C'était là une invite explicite mais le cheikh resta de marbre. Sans se décourager, elle continua de jouer de ses seins et de son ventre, sa chair sombre se balançant au rythme de la musique. Son nombril, orné d'un énorme diamant brillant de mille feux, semblait être le centre de cet univers de sensualité.

Kader baissa les yeux. Il n'avait aucune envie de la voir nue ou de caresser son corps. Ni de la pénétrer et de la voir jouir. Dans une ultime tentative de séduction, elle se pencha en avant et se laissa gracieusement glisser au sol. C'en était trop. Il se leva et se détourna sans même lui jeter un regard. Sélim accourut vers la danseuse pour la relever tandis que les autres hommes applaudissaient et la réclamaient.

— C'était extraordinaire mais... mon ami ne peut rester,

bredouilla-t-il, embarrassé. Veuillez l'excuser pour sa grossièreté. Il... n'a pas conscience de l'honneur que vous lui avez fait.

Une fois debout, elle le toisa d'un air dédaigneux.

— Ce fils de chien ne mérite même pas d'embrasser la poussière sous mes pas. Qu'il aille au diable, rétorqua-t-elle en s'éloignant, la tête haute.

Sélim fit la grimace et rejoignit Kader qui s'en allait sans même avoir salué son hôte.

— En filant ainsi, tu te fais un ennemi du grand juge, mon frère. Quant à celle-ci, ajouta-t-il en désignant la fière Égyptienne, elle te détestera pour longtemps.

— Je ne pouvais pas rester un instant de plus ici, j'étouffais dans cet endroit avec cette femme accrochée à moi.

— Bien, comme tu veux. Mais permets-moi de t'abandonner et de retourner près du cadi. Je ne peux me permettre de le quitter en mauvais termes. Nous nous verrons demain matin, à ton départ.

Une fois dehors, Kader se dirigea d'un pas rapide vers la demeure du Damascène. La nuit était claire et le vent commençait de se lever. La journée du lendemain serait froide et sèche, idéale pour effectuer le voyage prévu. Quoi qu'il en ait pensé, la danse avait éveillé son corps et échauffé son sang, mais c'est Aude de Chécy qu'il voyait, Aude qu'il voulait. Il serra les poings. Lorsqu'il en aurait fini à Jérusalem, il retournerait au nord, combattre auprès de son chef. Et la fureur de la guerre remplacerait celle du désir. Mais Sélim faisait erreur. Dieu l'avait puni pour ce qu'il avait fait.

Depuis quelques jours, on ne parlait plus que de cela. Saladin avait décidé de ravitailler la ville. Certains habitants de Jérusalem n'y croyaient pas ou disaient que c'était une ruse pour faire entrer l'ennemi dans la cité. D'autres louaient le Seigneur. La Noël avait été particulièrement triste. En guise de réveillon il avait fallu se contenter des derniers fruits secs gardés pour l'occasion. Mais les prières avaient été entendues et le miracle était arrivé.

L'après-midi se terminait. Comme à son habitude, Aude avait joué dans la cour avec le petit roi puis l'avait couché pour la sieste. Malgré les restrictions, il se remettait particulièrement bien. Il faut dire que l'automne avait été favorable et que, depuis la disette, elle rognait sur sa part et lui faisait servir les meilleurs morceaux. Elle lui caressa doucement les cheveux et considéra son visage apaisé. Au moins elle était utile à quelque chose et avait enfin trouvé un semblant de sens à son existence. Au printemps, quand l'enfant serait tout à fait guéri, elle s'en retournerait chez les sœurs. Sa vocation semblait être de soigner son prochain. Et elle ne pourrait jamais aussi bien l'exercer qu'ici, en Terre sainte. Abandonnée, l'idée de rentrer chez elle. Personne ne l'y attendait. Quant à épouser le premier venu pour parvenir à ses fins, elle n'y tenait plus. Ses expériences avec les hommes l'avaient à jamais dissuadée d'en rechercher la présence. Un bruit de pas retentit dans le corridor et l'arracha à ses pensées. La nourrice arriva en courant, l'air réjoui.

— Madame, madame, ils arrivent ! Les Sarrasins, ils sont là !

— Déjà ? Mais nous ne les attendions que demain.

— Voyez si vous ne me croyez pas.

Aude se pencha à l'étroite fenêtre de la chambre. Un long cortège de carrioles et de chevaux remontait la ruelle qui menait à la citadelle. Magnifiques dans leurs costumes colorés sous lesquels se devinaient les cottes de maille, les soldats sarrasins avançaient lentement, fièrement dressés sur leur monture. Certains abaissaient dédaigneusement leurs regards vers les Francs affamés, d'autres examinaient avec curiosité ce qui les entourait. La plupart n'avaient jamais mis les pieds dans la ville, lui avait-on dit. Les habitants s'étaient massés sur leur passage et, toute hostilité oubliée, leur faisaient fête aux cris de Noël. Ces hommes lui rappelèrent si fort Kader qu'elle sentit ses jambes se dérober sous elle. L'air hagard, elle s'écarta brusquement de la fenêtre.

— Qu'avez-vous madame ? s'écria la nourrice.

— Rien, rien du tout Perrine. Cela me... enfin tout cela me rappelle bien des choses et... des tourments, comme vous le savez.

La nourrice s'avança et lui tapota gentiment le bras.

— Je comprends. Mais cette fois ces hommes nous apportent le salut.

Une amitié s'était nouée entre les deux jeunes femmes autour des soins à donner au petit roi. Au début, Perrine avait été réticente à partager sa tâche puis elle avait su apprécier l'aide et le caractère toujours égal de sa compagne. Elles prirent place près de la cheminée et se mirent à leur ouvrage. Bouleversée, Aude ne réussissait pas à se concentrer. La proximité des Sarrasins l'avait ramenée tout droit au cheikh. Elle ne parvenait pas à l'oublier. Triste retour des choses pour une femme à la mémoire défaillante il y a peu ! Elle pensait le détester et le haïr après tous ses mensonges mais elle n'y arrivait pas, tout du moins pas tout à fait. Était-ce l'histoire de cette étrange statue qui la touchait plus que de raison et l'attachait encore à lui ? Ou bien plutôt ses caresses, dont elle ressentait encore la brûlure sur sa peau et les ardeurs jusqu'au plus profond d'elle-même ? Son aiguille glissa et s'enfonça dans la chair tendre de l'index. Elle poussa un petit cri de douleur et porta le doigt à sa bouche. Il fallait absolument qu'elle arrête de songer à lui. Les moments partagés avec Kader n'avaient été qu'illusions et offenses à Dieu. Montvallon avait eu bien raison, elle était une femme perdue. Il n'avait suffi que de quelques belles paroles à un homme pour la conquérir et l'allonger sous lui.

— Je vais descendre faire mon rapport du jour à la princesse, dit-elle un peu plus tard à la nourrice.

Tous les soirs, elle lui relatait la journée de l'enfant par le menu. Elle enfila un manteau de gros drap sur sa robe de laine et se dirigea vers la grande salle. Sibylle y était toujours à cette heure-ci. Des voix l'arrêtèrent alors qu'elle descendait les dernières marches de l'escalier de pierre. *Les Sarrasins*. Quelle sotte elle avait été ! Elle aurait dû penser qu'ils seraient reçus par le régent dès leur arrivée. Elle se détourna pour remonter auprès du roi et de Perrine mais la princesse l'interpella.

— Où allez-vous ma chère ? Venez donc vous joindre à nous en ce moment de réjouissance. Nos... amis nous ont apporté de quoi passer l'hiver.

Aude hésita puis rebroussa chemin. Les désirs de sa maîtresse étaient des ordres.

— Et voyez qui est là en personne pour nous apporter ce cadeau. Quelqu'un que... vous connaissez bien.

Glacée par ces derniers mots, elle balaya la salle du regard. Plusieurs courtisans et Sarrasins entouraient Sibylle de Jérusalem et le régent. Un homme de haute stature dont elle n'apercevait que le profil perdu discutait avec Raymond de Tripoli. Son cœur manqua un battement et ses mains se mirent à trembler. *Kader.* Lorsqu'il tourna la tête, elle dut s'appuyer sur le mur froid pour ne pas tomber. Puis ses yeux se perdirent dans son regard sombre et toutes ses certitudes s'envolèrent.

22

Ce ne furent pas les paroles de la princesse qui alertèrent le cheikh, mais la qualité de l'air autour de lui. Il s'était soudain raréfié au point de l'oppresser. *Elle était là, juste derrière lui, à quelques pas.* La gorge sèche, il répondit sans conviction à Tripoli. Déjà il ne l'écoutait plus, entièrement happé par ce qu'il ressentait. *S'il se retournait, il la verrait. Et la réalité s'ajusterait à ses désirs.* Il reprit son souffle et se décida. Légèrement amaigrie, le regard accroché au sien, Aude de Chécy lui faisait face. Comment avait-il pu continuer à vivre, à respirer loin d'elle ? Sélim avait raison, il était fou. Non pas de l'aimer, mais de penser qu'il pouvait exister sans elle. Il dut se faire violence pour ne pas se précipiter et la prendre dans ses bras. Elle semblait si vulnérable, affaissée contre ce mur gris.

— Venez donc saluer notre sauveur ma chère, ordonna Sibylle de Jérusalem à sa protégée.

Aude s'avança en hésitant vers Kader. À son passage, certains courtisans murmuraient leurs noms, ajoutant encore à sa confusion. Quant à Raymond de Tripoli, il jeta un bref coup d'œil à son interlocuteur avant de rejoindre un groupe de partisans qui discutaient un peu plus loin.

— Soyez béni pour votre venue messire, bredouilla-t-elle. Et votre sultan remercié pour sa générosité.

— Il le sera, répondit Kader en s'inclinant. Accordez-moi quelques minutes s'il vous plaît ajouta-t-il plus bas, en relevant la tête et en plantant ses yeux dans les siens.

Fascinée par sa présence, Aude n'était même plus capable de

prononcer un mot, ni de faire le moindre geste. Il lui semblait tout à la fois inaccessible et terriblement proche. Si elle avançait le bras ne serait-ce qu'un tout petit peu, elle le toucherait, et sentirait de nouveau la chaleur de sa peau sous ses doigts tremblants. Ce fut cette dernière impression qui l'emporta. Le danger était là, tout près. Les ultimes instants passés en sa compagnie à l'oasis se mirent à défiler dans sa tête et elle sut alors parfaitement ce qu'elle devait faire. Si elle lui donnait encore une fois l'occasion de s'expliquer, Dieu sait ce qui pourrait arriver. Elle serait capable de céder. Mieux valait battre en retraite que de l'affronter.

— Pardonnez-moi, mais je dois retourner auprès du roi, déclara-t-elle d'une voix qu'elle espéra suffisamment assurée.

Le visage imperturbable, Kader ne la retint pas. Tandis qu'elle se repliait vers l'escalier, la princesse la héla au passage.

— N'oubliez pas, ma chère, ce soir nous donnons un grand dîner. Écoutez-moi, vous autres, ajouta-t-elle en s'adressant à tous. Nos invités nous ont apporté agneaux et chapons, ainsi que friandises de Damas que nous aurons la joie de déguster ensemble, tout à l'heure.

Les courtisans applaudirent et elle profita de l'agitation pour s'éclipser. Le cheikh la regarda s'enfuir. *Mektoub*. Dieu lui donnait une chance de la reconquérir. Il ne la laisserait pas s'échapper.

Le dîner touchait à sa fin. À la grande déception de Kader, Aude n'était pas descendue se joindre à eux. Assis entre le régent et la princesse, il avait fait les frais de la conversation, tout en évitant soigneusement de commettre un quelconque impair.

— Ce repas était fort bon, lança tout à coup Guy de Lusignan à l'adresse du cheikh alors qu'il l'avait ignoré de toute la soirée. Nous n'avions pas fait ainsi ripaille depuis fort longtemps. Vous remercierez Saladin.

Kader se raidit et inclina imperceptiblement la tête en signe d'assentiment.

— La trêve a finalement du bon, reprit l'époux de Sibylle de Jérusalem d'un air moqueur en se léchant ostensiblement les doigts. Ces agneaux... sarrasinois sont fort goûteux, bien qu'un peu... maigrelets.

— Ces agneaux ont été arrachés à leur mère pour vous complaire, messire, répliqua Kader une lueur dangereuse dans les yeux. Je vois d'ailleurs qu'ici, ils ont fait la conquête de tous, ajouta-t-il en désignant du regard les plats et les tranchoirs vides.

— Cessez là vos querelles verbales messeigneurs, intervint le régent. N'oubliez pas que nous avons signé la trêve pour quatre ans, et qu'elle court sur les champs de bataille aussi bien qu'entre ces murs.

Guy de Lusignan se rencogna sur son siège, l'air mauvais, tandis que le cheikh se leva.

— Je vais rejoindre mes appartements, si vous le permettez. Je pars tôt demain, et ne voudrais pas abuser davantage de votre hospitalité.

Un garde le raccompagna jusqu'à sa chambre. On avait allumé un feu dans la cheminée pour chasser l'humidité qui suintait des murs épais. Il tâta sa couche, elle était large et confortable. Le régent et la princesse ne s'étaient pas moqués de lui. Il soupira. Sa mission était accomplie. Même s'il lui en avait coûté de venir jusqu'ici aider les Francs. Maintenant, il devait essayer de réparer ce qu'il avait fait. Il devait absolument retrouver Aude et lui parler. Mais où était-elle ? Il sortit de la chambre et erra un long moment dans les galeries. Impossible de la retrouver.

En désespoir de cause, il décida d'aller sur les remparts. La nuit était glaciale et le ciel clair, éclairé par une lune toute ronde qui éclipsait l'éclat des étoiles. Il se pencha par-dessus les créneaux. Il n'était jamais venu à Jérusalem et, depuis son arrivée, n'avait rien vu de la cité, à part les rues sombres peuplées d'habitants faméliques. Ce soir, elle était là, à ses pieds. Mais il ne pouvait que la deviner. Les siens en avaient été chassés il y a bien longtemps par des hommes semblables à ceux avec qui il venait de partager son repas. Il jura en silence. Pourquoi cette ambassade auprès de ses ennemis ? Il n'était pas loin de partager l'avis de Sélim. On aurait dû profiter de leur faiblesse pour les éliminer. Leur place n'était pas ici. La sienne non plus d'ailleurs, tant que la ville resterait franque. Il se morigéna. Que

224

faisait-il sur ces remparts, à rechercher une femme qui ne lui était pas destinée ? Il se redressa et, après un ultime regard en contrebas, entreprit de rejoindre sa chambre.

Puis il l'aperçut, un peu plus loin, cachée à demi par l'une des tourelles. Emmitouflée dans un épais manteau, elle contemplait le ciel. Toutes ses résolutions tombèrent d'un coup. Il devait absolument lui parler.

— La lune est mon amie ce soir.

Aude se retourna brusquement.

— Votre... amie ?

Le visage fermé, elle était aussi pâle que l'astre nocturne. Mais il aurait juré voir passer dans ses yeux comme un éclair de joie.

— Oui, elle m'a conduite jusqu'à vous alors que j'arpentais désespérément tout le palais, dit-il soudain fébrile. J'espérais vous voir au dîner. Pourquoi nous avoir privés de votre présence ?

Aude recula contre le parapet. Comme elle s'y attendait, Kader ne lâchait pas. Pourtant, elle devait tenir bon si elle voulait suivre la voie qu'elle s'était tracée.

— Vous osez me demander pourquoi, répondit-elle l'air furieux. Croyez-vous que j'aie envie de me trouver dans la même pièce que l'homme qui m'a trahie ?

— Je me suis excusé pour cela, madame. Mon frère, Hassan, était tout pour moi. Et j'étais prêt à n'importe quelle folie pour le venger, pour tuer celui qui l'avait si vilainement massacré. J'aurais espéré que... vous puissiez comprendre mes... agissements.

— Vous déraisonnez, monsieur. Me demander de comprendre cette infamie que vous m'avez fait subir ? Autant m'ordonner de... de me jeter du haut de ce mur en chantant !

Aude sentait la panique l'envahir. Malgré tous ses efforts, sa voix tremblait et son corps était irrémédiablement attiré vers celui du cheikh. Incapable de trouver le sommeil, elle était sortie pour tenter de trouver un peu de paix. Mais cela avait été une grossière erreur. Maintenant elle était face à celui qu'elle voulait fuir, face à son ennemi.

— Votre mémoire vous jouerait-elle de nouveau des tours que vous ayez oublié ce qui se passait entre nous ? Avez-vous

225

oublié... cela ? murmura-t-il en se rapprochant dangereusement et en lui effleurant la joue.

Son parfum familier l'envahit, la ramenant sans détour à l'intimité qu'ils avaient partagée à l'oasis. Elle sentait son souffle tiède lui caresser le visage dans le froid de la nuit tandis que ses doigts couraient sur sa peau.

— Je vous interdis, vous... vous n'avez pas le droit, balbutia-t-elle. Je ne vous autorise pas à me toucher.

Il s'avança davantage. Ses lèvres frôlèrent les siennes.

— J'utilise les armes à ma disposition, ma douce.

— Alors, permettez-moi d'utiliser les miennes, monsieur.

Et, levant subitement le bras, elle le gifla violemment. Le cheikh recula légèrement.

— La guerre est donc déclarée, madame ! répliqua-t-il en riant doucement. Sachez pourtant que ceci n'est point offense, mais doux supplice.

Et, sans lui laisser le temps de réagir, il l'attira brusquement à lui en plaquant sa bouche sur la sienne. Le monde bascula. Malgré l'épaisseur de leurs vêtements, elle sentait les muscles durs de son torse pressés contre sa poitrine et son sexe dressé sur son ventre. Son cœur s'accéléra et son corps s'embrasa. Si elle ne faisait rien, tout recommencerait. Elle le repoussa avec difficulté.

— Vous n'avez pas compris, monsieur. Entre vous et moi, tout est terminé. Vous avez joué et... vous avez perdu.

Kader s'écarta.

— Joué ? gronda-t-il. Rétablir l'honneur de mon frère n'était point un jeu, mais un devoir. Quant à mes sentiments pour vous, ils sont...

— Vos sentiments ? l'interrompit-elle. Il me semble que vous ignorez tout de la signification de ce mot. Laissez-moi maintenant. Je suis lasse de tout ceci. Je n'aspire qu'à trouver un peu de repos. Loin des tumultes de cette vie et... de vous.

Sur ces mots, elle lui tourna le dos et s'enfuit en courant. Le froid s'abattit d'un coup sur le cheikh. Elle avait raison, même si la donne avait changé en cours de partie. Il avait joué, et perdu. Joué sa confiance, et perdu son amour.

Désemparée et aveuglée par les larmes, Aude mit de longues minutes à retrouver le chemin de sa chambre. Elle longeait enfin le corridor menant aux logements royaux lorsqu'elle surprit des voix d'hommes. Ils devaient se trouver juste un peu plus loin, après la volée de marches qui menait au premier palier. Elle hésita. Ne risquait-elle rien en se montrant à cette heure de la nuit ? Sa réputation à la citadelle n'était pas très brillante. S'ils la voyaient errer ainsi nuitamment, elle en serait quitte pour passer un mauvais moment. Elle s'avança avec précaution. Les voix se faisaient de plus en plus distinctes. Les hommes parlaient de l'ambassade sarrasine et de Kader. Elle tendit l'oreille et reconnut la voix de Guy de Lusignan. Le cœur battant, elle s'aplatit contre le mur.

— Il repart demain. Vous devrez agir avant, dit l'époux de Sibylle de Jérusalem. Il faut absolument l'éliminer avant qu'il ne quitte la citadelle.

Aude étouffa un cri. Ces hommes voulaient tuer le cheikh !

— N'ayez crainte messire, répondit une voix qu'elle ne reconnut pas. J'agirai cette nuit même, tout à l'heure. La plupart des nôtres ont déjà rejoint leur couche, ou cuvent, ivres morts, dans la grande salle. Personne ne me gênera. Ce chien n'aura que ce qu'il mérite. En l'éliminant, je ferai coup double. Je vengerai Gauthier de Montvallon, mon frère d'armes, et je précipiterai le royaume dans la guerre.

— Bien, répondit Lusignan. Je compte sur vous, mon ami.

Les deux hommes se séparèrent et elle suivit celui qui se préparait à piéger son amant. Il se dirigeait droit vers la chambre de Kader. Perrine lui avait dit où elle se trouvait, juste avant le logis des pages. L'homme ouvrit la porte avec précaution et se glissa à l'intérieur. Le cheikh allait arriver d'une minute à l'autre. Elle devait faire vite si elle voulait le prévenir à temps. Pleine d'appréhension, elle s'élança de nouveau dans l'impressionnant dédale de couloirs. Son cœur la guidait plus sûrement que ses pas. Elle le comprit lorsqu'elle heurta une haute silhouette sombre.

Surpris de la revoir, Kader la saisit par les épaules, savourant le contact de ses mains sur son corps frêle.

— Que faites-vous ici, madame, auriez-vous... quelques regrets ?

Elle tremblait et palpitait entre ses bras, le visage couvert de larmes.

— Mon Dieu qu'avez-vous ? demanda-t-il, soudain inquiet. Que se passe-t-il ?

Elle reprit son souffle.

— Je... enfin... j'ai surpris une conversation entre Guy de Lusignan et un autre homme. Il... il lui a donné l'ordre de vous tuer, cette nuit.

— Et c'est pour cela que vous êtes dans cet état ? Auriez-vous quelque... sentiment à mon égard ? Si tout du moins j'en crois la définition de ce mot, qui semblerait m'avoir échappée.

Elle le fixa d'un air farouche.

— Je suis sérieuse monsieur, votre vie est en danger. Quant à mes sentiments, vous savez parfaitement ce qu'il en est, ou plutôt ce qu'il en était.

Kader lui rendit son regard. Oui, il le savait. Elle lui avait dit qu'elle l'aimait, et il avait foulé son cœur aux pieds, sans pitié.

— Pardonnez-moi de vous tourmenter ainsi et calmez-vous, dit-il plus tendrement. Dites-moi ce que vous savez.

— Je ne sais rien de plus. Je... crois qu'il se dirigeait vers votre chambre.

— Ainsi... vous savez où se trouve ma chambre, ne put-il s'empêcher de remarquer non sans malice.

Elle rougit et baissa les yeux. Malgré la menace qui pesait sur lui, il sourit dans l'obscurité. Tout n'était peut-être pas perdu. À la condition toutefois qu'il parvienne à se tirer de ce mauvais pas.

— Il doit m'attendre à l'intérieur. Je vais le surprendre, n'ayez crainte.

— Je... viens avec vous, au cas où vous auriez besoin de moi.

Son sourire s'accentua et il lui prit la main.

— Bien, suivez-moi, madame.

Lorsqu'ils arrivèrent devant la chambre, la porte était fermée. Kader la poussa, et dès qu'il eut pénétré à l'intérieur, un homme bondit sur lui, un poignard à la main. Il évita aisément le coup fatal puis, dans la foulée, réussit à lui tordre le bras. Son adversaire jura et lâcha son arme. Sans perdre de temps, le cheikh se précipita, lui agrippant les jambes. Tous deux tombèrent lourdement au sol et se battirent un long moment à terre. Ils étaient de force égale mais Kader n'était pas seul. Et quand Aude lui tendit un petit banc de bois, il le fracassa de toutes ses forces sur la tête de son agresseur. L'homme s'écroula dans un grognement.

— Merci pour votre aide, ma douce, dit-il en se relevant. Sans vous, j'étais fort mal parti. Je le connais, c'est Renaud de Châtillon. Il ne vaut pas mieux que l'autre, ce chien de Montvallon.

— Que... qu'allez-vous faire maintenant ?

— Quelle question ! Je vais l'achever bien sûr. Et jeter son corps par-dessus les remparts, il ne mérite pas mieux. Quant à Lusignan, il comprendra parfaitement ce qu'il en est en voyant le cadavre de son ami gisant désarticulé dans la boue.

— Non ! Vous ne pouvez faire cela, s'écria Aude affolée.

Il la foudroya du regard.

— Et pourquoi non ? Vous voudriez que je le laisse en vie, après ce qu'il a fait ? En s'attaquant à moi, c'est mon peuple qu'il vise, le sultan qu'il provoque. Ceci est une déclaration de guerre, une... déclaration bien réelle cette fois-ci. Ne le comprenez-vous donc pas ? Cette trêve n'est qu'un leurre, destinée à gagner du temps.

— Mais... Sibylle et le régent veulent la paix.

Kader s'esclaffa.

— Non, cette femme ne veut pas la paix. Elle attend le bon moment, c'est tout. Elle est comme l'araignée, qui tisse sa toile. Quant au régent, vous avez sans doute raison, il paraît sincère mais... peut-être pas pour les bonnes raisons.

— Oh ! Et votre sultan, l'est-il lui, sincère ? rétorqua-t-elle, froissée par ses propos.

— Il a montré qu'il était prêt à vous aider en me confiant cette mission. Et les actes sont souvent les seules choses qui permettent vraiment de savoir ce qu'un homme a en tête. Alors, je vous laisse juge. Quant à moi, je vais tuer ce chien, pour que tous sachent que nous ne sommes pas dupes et que nous sommes les plus forts.

— Vous ne pouvez pas faire cela, Kader. L'enjeu est trop important. Je... je n'ai rien dit de vos agissements à mon égard, à personne. Si j'avais parlé, l'armée de Jérusalem vous aurait tué. Alors, laissez-le en vie, s'il vous plaît, vous me le devez bien.

Le cheikh réfléchit. Cette guerre qu'Aude redoutait reprendrait forcément à un moment ou à un autre, cela ne faisait guère de doute. Plus tôt ou plus tard, finalement, quelle importance ? Il l'observa un bref instant. Sa poitrine se soulevait beaucoup trop rapidement. Était-elle en colère contre lui ou émue par sa présence ? Il avança lentement la main pour lui caresser les cheveux, autant pour la rassurer que pour sentir de nouveau leur douce soie glisser sous ses doigts. Elle frémit légèrement mais ne recula pas. Ses yeux le fixaient intensément. À la lueur des flambeaux fichés dans les murs, encore tout humides de larmes, ils semblaient d'un bleu plus clair que de coutume.

— Je veux bien le laisser en vie et oublier cet... incident. Châtillon ne s'en vantera certainement pas, et Lusignan non plus. Je le veux bien, mais... à une seule condition.

— Laquelle ? interrogea-t-elle, méfiante et pleine d'espoir à la fois.

— Que vous veniez avec moi.

Aude pâlit.

— Que... voulez-vous dire ? Vous voulez que... je redevienne votre prisonnière ? Ou pire votre... esclave ?

Elle chancela. Comment osait-il lui faire cette proposition ? Sa cruauté n'avait-elle donc pas de limites ?

— Mon esclave ? répéta Kader en fronçant les sourcils. D'où diable tirez-vous cela ? Tous les hommes et toutes les femmes de l'oasis sont libres, vous le savez parfaitement bien. Quant à être ma prisonnière, vous ne l'avez jamais été. Vous étiez seulement enfermée dans la prison de votre mémoire.

— Vous jouez sur les mots monsieur. Je n'avais point de liberté dans votre palais, sinon celle de... vous appartenir.

— Je reconnais avoir forcé la porte de votre esprit d'une bien vilaine façon, ma douce. Mais non, ce que je veux, poursuivit-il, c'est... que vous deveniez ma femme. Vous m'avez prouvé que vous teniez toujours à moi ce soir, en me prévenant du piège dans lequel j'allais tomber, puis en m'aidant à maîtriser Châtillon.

— Votre femme ? s'exclama Aude déroutée par cette demande.

Pour cela il faudrait que j'aie confiance en vous, Kader. Or, vous m'avez trahie une première fois, souvenez-vous. Comment pourrais-je être certaine que cela n'arrivera pas de nouveau ?

— Cela n'arrivera plus, ma douce, je vous en fais le serment. Vous ne comprenez donc pas que je vous aime, de tout mon cœur et de toute mon âme ? Je l'ai su sans l'ombre d'un doute lorsque j'ai combattu Montvallon.

Aude le fixa, éperdue. L'intensité de son désespoir lorsqu'elle avait surpris la conversation entre Lusignan et Châtillon lui avait donné la mesure de ses sentiments. Elle l'aimait toujours, quoi qu'elle en dise. Mais elle n'allait pas baisser les armes si aisément.

— L'approche de la mort nous fait souvent dire ou penser des choses que nous n'éprouvons pas.

Comme il restait silencieux et la regardait l'air curieux, attendant la suite, elle enchaîna :

— Vous... ne savez rien de moi. Je... j'ai été la maîtresse de cet homme. Je ne vaux guère mieux que vous. Je me suis servie de lui pour rentrer en France, sur la terre de mes parents, de mon enfance.

— Dites-moi, c'est cela que vous voulez, rentrer en France ? s'inquiéta-t-il, soudain pris d'un doute.

— Non, ce n'est plus ce que je veux désormais. Mes parents sont morts loin de chez eux et reposent quelque part, au fond de la mer, tout près des côtes de ce pays. Rien ne me rattache plus à ma terre natale.

Il s'agenouilla.

— Alors, venez avec moi. Je serai à moi tout seul votre famille, comme vous serez la mienne.

L'oasis et tout le petit monde qui la peuplait apparurent soudain à Aude dont la volonté commençait à fléchir. Aziz, Samira, et même Rania, n'étaient-ils pas devenus un peu ses amis ? Pouvait-elle se donner cette chance de retrouver un foyer et une famille ?

— Et... que penseront les gens ?

— Qu'importe les vôtres ou les miens.

— Mais... des ennemis... mariés ?

— Si je laisse la vie à cet homme nous ne serons plus ennemis

231

me semble-t-il. Tous les deux, nous pourrions même être... comme un exemple pour ceux qui nous entourent.

Aude se mordit les lèvres, son amant était à ses pieds, pourtant elle hésitait encore.

— Un exemple ? Et si la guerre reprend, que deviendrons-nous ?

La rassurer, afin de ne pas la perdre une seconde fois. Kader se fit violence pour taire ses véritables pensées. Désormais, il répugnait à lui mentir.

— Nous verrons ma douce, l'histoire n'est pas encore... tout à fait écrite. Dieu nous réserve parfois des surprises. Il faut avoir confiance.

— Et le roi, je ne puis l'abandonner ! s'exclama-t-elle à bout d'arguments.

— On murmure qu'il va mieux pourtant.

— C'est vrai. Vous avez réponse à tout, monsieur, comme d'habitude.

Kader sourit, soulagé.

— Vous me connaissez donc presque par cœur *habibi*, c'est bon signe, dit-il en se relevant.

Et il prit sa bouche tandis qu'elle se coulait tout contre lui.

Épilogue

Oasis d'Al Aïn, palais de Kader, avril 1186

Le soleil venait tout juste de se lever. Ses premiers rayons filtraient à travers les jalousies de bois légèrement entrouvertes, chassant en partie l'obscurité qui régnait dans la chambre. Allongé tout contre Aude dont il sentait la chaleur se diffuser au plus profond de lui, Kader se haussa sur un coude avec précaution pour la contempler mieux à son aise. Profondément endormie, son souffle régulier soulevait avec grâce le drap de soie qui la couvrait. Ils avaient fait l'amour toute la nuit et elle était sans doute épuisée. Depuis quelques jours, elle semblait plus lasse d'ailleurs. De légers cernes marquaient ses grands yeux clairs et son pas était moins vif, ses mouvements plus mesurés. Pourtant, son corps n'avait jamais paru aussi épanoui ni sa peau plus douce. N'y tenant plus, il abaissa le drap et découvrit sa gorge. Il avait hésité mais elle était sa femme désormais, elle était à lui, comme il était à elle. Et tout était permis. Ou presque. Il sourit. Ils étaient mariés depuis près de trois mois maintenant. Dès leur retour de Jérusalem, ils avaient décidé d'unir leurs vies pour proclamer leur amour à la face du monde. La fête avait été grandiose car ils n'avaient pas été les seuls à se dirent oui. Rania et Sélim avaient convolé même jour. Il retint son souffle. Dans la faible lumière dorée, ses seins étaient encore plus beaux. S'il les touchait, ils se dresseraient, leurs pointes roses et fières tendues vers ses doigts avides. Il effleura doucement la peau satinée et le spectacle commença.

Aude gémit. Les caresses de Kader n'étaient pas désagréables mais quelque chose la gênait. Elle ouvrit les yeux et voulut s'étirer. Un haut-le-cœur la souleva. Paniquée, elle s'échappa brusquement des bras de son mari.

— Qu'as-tu mon amour, que se passe-t-il ? lança Kader, inquiet de la voir courir toute nue vers la salle d'eau.

Il se leva à son tour et enfila son sarouel.

— Tout va bien *habibi* ? lui cria-t-il à travers la porte. Veux-tu que j'appelle Samira ?

Il appuya son oreille sur le battant de bois. Seul un léger clapotis et de brefs soupirs se faisaient entendre. N'y tenant plus, il entra. Elle avait passé sa tunique de soie bleue. Pâle et défaite, elle se tapotait les joues avec l'eau froide d'une grande vasque de marbre.

— Mon Dieu, me diras-tu ce que tu as, à la fin ?

— Je...

Elle se tourna vers lui et chancela. Il la rattrapa puis l'entraîna vers le lit.

— Viens t'allonger mon amour.

— Je dois te dire quelque chose, Kader. Quelque chose qui te fera plaisir, ajouta-t-elle en souriant devant son air anxieux.

Il fronça les sourcils.

— Plaisir ? Tu crois que te voir dans cet état me fait... plaisir ?

— Voyons réfléchis un peu... Allons tu ne vois vraiment pas, *habibi* ? Il y a... que j'attends un enfant, un enfant de toi.

Il faillit la lâcher.

— Oh ! je... je suis vraiment ridicule, j'aurais dû m'en douter ! Tes pâleurs, ta fatigue de ces jours derniers.

— Es-tu heureux mon amour ?

— Bien sûr, bien sûr que je le suis. Quelle question ! Combien de fois ne t'ai-je pas dit qu'il fallait repeupler cet endroit. Le palais est tout triste depuis que Rania et les enfants sont partis habiter à Damas, chez Sélim. Ces petits monstres me manquent terriblement et j'ai hâte que nous en fabriquions de nouveaux !

234

Il l'installa plus confortablement sur le lit et s'assit tout près d'elle.

— Eh bien, puisque tu me fais des cachotteries, figure-toi que moi aussi j'ai un secret, lui annonça-t-il.

— Vraiment ! De quel genre ?

— Un secret... de la plus haute importance. De ceux qui changent la face du monde.

— Tu m'effraies Kader. De quoi s'agit-il ?

— Tu sais que Saladin vient nous rendre visite dans quelques jours ?

Aude acquiesça. Sa visite était prévue de longue date et tout était prêt. Après avoir passé l'hiver dans le nord, le sultan souhaitait se rendre en Égypte. Il avait prévu de faire un crochet par l'oasis pour faire une petite cure d'eau de source. Il avait souffert pendant plusieurs semaines d'un mauvais mal de ventre dont Aziz viendrait très certainement à bout. Elle esquissa un sourire. Kader lui avait raconté comment Saladin, en bon stratège qu'il était, avait su utiliser la situation à son profit en faisant courir le bruit de sa mort prochaine. Mossoul avait plié, tout du moins en partie. Son chef avait renouvelé son serment de vassalité, persuadé que le sultan ne verrait pas les beaux jours. Et celui-ci était devenu le maître incontesté de la place et de la région alentour.

— Figure-toi qu'hier soir, poursuivit Kader, j'ai reçu une missive de Jérusalem. Sibylle, ton... ancienne maîtresse, m'a annoncé sa venue.

Le visage de la jeune femme s'éclaira. Elle avait quitté la cour dès le lendemain de leurs retrouvailles, sans prendre véritablement le temps de faire ses adieux. Le petit roi, surtout, lui manquait. Mais elle n'oubliait pas non plus la princesse, qui l'avait recueillie sans lui demander d'explication, ne faisant jamais aucune allusion à sa vie passée.

— Sibylle de Jérusalem, ici ? Mais pourquoi ?

— Pour rencontrer Saladin justement.

— Vraiment ? Je ne comprends pas. Malgré la trêve, ils restent dans des camps opposés.

— Si fait. Mais même les plus grands ennemis ont des intérêts communs. As-tu donc oublié l'aide du sultan à Jérusalem, cet hiver ? As-tu donc oublié… ce qui nous a réunis ?

— Bien sûr que non, mon amour, mais… je m'interroge néanmoins.

— Sibylle est née ici, en Orient. Elle connaît parfaitement nos coutumes et nos lois, nos habitudes, le poids des alliances et de la parole donnée. Ce n'est pas la première fois qu'elle rencontre le sultan. Elle nous comprend bien mieux que tous ces hommes venus d'Occident, tous ces… chiens pareils à Lusignan.

Aude se raidit entre ses bras.

— Oh ! Je ne voulais pas te blesser ma douce, pardonne-moi.

— Je te comprends Kader. Je… sais ce que tu as souffert par les miens. Mais il ne faut plus parler d'eux comme cela. Tu oublies que tu vas bientôt être le père d'un enfant qui… est un peu de ce sang-là.

— Non, je ne l'oublie pas *habibi*. D'ailleurs, je te le promets, jamais plus je n'utiliserai ce mot pour qualifier les tiens, dit-il en la serrant plus fort.

Elle soupira. Ne lui avait-il pas déjà fait cette promesse plus d'une dizaine de fois depuis qu'elle partageait sa vie ?

— Saladin va sans doute essayer de soutirer des informations à la princesse, en échange du maintien de la trêve, reprit-il.

Il se tut. Cette trêve, que de fois l'avait-il maudite ! Il la chérissait maintenant. Pourtant son chef n'en avait plus besoin. Il avait conquis Mossoul, et Byzance était de son côté. Il disposait de suffisamment de forces pour attaquer les Francs. C'était le moment, d'autant plus que l'on murmurait que les rois d'Occident s'étaient alliés pour constituer une armée afin d'envahir de nouveau la Palestine. Lusignan conspirait, la princesse le confirmerait certainement.

— Elle veut que son fils règne. Elle a besoin de la paix et le sultan en profite, conclua-t-il. Pour sa part, mieux il connaîtra les desseins des Francs, plus il sera à même de les déjouer.

— C'est une femme extraordinaire, dit Aude.

— Tu sais ce que je pense d'elle. Elle est rusée. Mais tu as raison, elle est assez exceptionnelle dans son genre.

— Ne dis pas de mal de la princesse s'il te plaît. Elle nous a soutenus tous les deux, ne l'oublie pas. C'est grâce à elle que j'ai pu me retirer de la cour la tête haute, sans avoir l'air de m'enfuir.

— C'est vrai, aussi l'accueillerai-je du mieux possible.

Aude regarda son mari. Il avait changé depuis qu'elle vivait près de lui. Son air sombre l'avait quitté et il souriait bien plus souvent. Elle appuya sa tête sur son épaule. Avec lui, elle ne risquait rien. Mais une question lui brûlait les lèvres.

— Tu crois qu'il est possible que la guerre ne reprenne pas, je veux dire… jamais ?

— Je ne sais point ma douce, l'avenir nous le dira. Tout ce qui compte, c'est toi et moi maintenant. Je n'aurai pas suffisamment de ma vie entière pour me faire pardonner. C'est mon combat le plus important désormais.

— Mais, tu es pardonné, ne le sais-tu pas ? Cet enfant n'en est-il pas la plus belle preuve ?

— Oui, il l'est, mon aimée. D'ailleurs, il est temps de s'occuper de lui. Habillons-nous et allons voir Aziz, il nous sera de bon conseil. Et je suis sûr que l'éclat de sa joie fera pâlir celui du soleil lui-même !

À l'oasis, il est une habitude qu'Aude avait prise, et à laquelle elle ne dérogea jamais de toute son existence. Chaque soir, à la tombée de la nuit, lorsque retentissait le chant sacré, elle montait les cent et une marches qui menaient au sommet de la plus haute tour du palais. Puis elle se penchait à l'une des grandes fenêtres de pierre et contemplait longuement l'horizon, tournée vers le Levant, vers les lointaines falaises de grès roses. Parfois, un étrange sentiment l'envahissait. Elle se voyait là-bas, seule dans la grotte froide, prisonnière de l'éternité. Elle attendait dans l'obscurité, droite et sereine, malgré la peur. Ces soirs-là, elle descendait les marches quatre à quatre et se précipitait dans les bras de celui qui l'avait délivrée, les bras de l'homme qu'elle aimait.

RESTEZ CONNECTÉ AVEC HARLEQUIN

Harlequin vous offre un large choix de littérature sentimentale !

Sélectionnez votre style parmi toutes les idées de lecture proposées !

 www.harlequin.fr   **L'application Harlequin**

- **Découvrez** toutes nos actualités, exclusivités, promotions, parutions à venir…

- **Partagez** vos avis sur vos dernières lectures…

- **Lisez** gratuitement en ligne

- **Retrouvez** vos abonnements, vos romans dédicacés, vos livres et vos ebooks en précommande…

- Des **ebooks gratuits** inclus dans l'application

- **+ de 50 nouveautés tous les mois !**

- Des **petits prix** toute l'année

- Une **facilité de lecture** en un clic hors connexion

- Et plein d'autres avantages…

Téléchargez notre application gratuitement

SUIVEZ-NOUS !   facebook.com/HarlequinFrance
twitter.com/harlequinfrance